論創海外ミステリ48

ママ、死体を発見す

クレイグ・ライス
水野恵 訳

MOTHER FINDS A BODY
Craig Rice

論創社

装幀／画　栗原裕孝

目次

主要登場人物

ジプシー・ローズ・リー……バーレスク出身の女優、本名ルイーズ
ビフ・ブラニガン……バーレスク出身の男優、ジプシーの夫
エヴァンジー……ジプシーの母
ジー・ジー・グラハム……バーレスクのストリッパー
ディンプルズ・ダーリン……バーレスクのストリッパー
マンディ・ヒル……バーレスクのコメディアン
クリフ・コブ……バーレスクのコメディアン、通称コーニー
マミー・スミス……未亡人の美容師
ガス……麻薬の売人
フランシスコ・カルシオ……〈ハッピー・アワー〉の経営者
ジョイス・ジャニス……〈ハッピー・アワー〉のストリッパー
ゴンザレス……医者
ハンク……テキサス州イスレタの保安官

第1章

夜なのに気温は四十三度。喘息《ぜんそく》にも殺人にも適した気候ではない。母はいま、その二つの厄介な問題に悩まされている。汗ばんだひたいに縮れた前髪が張りつき、母はそれを苛立たしげにかき上げて、トレーラーのステップの上で気ぜわしく足踏みをした。

「今夜じゅうにあの死体を森に埋めるか、母親抜きで新婚旅行を終えるか、二つに一つよ」

母は本気だ。わたしがスクラップ用に取っておいた新聞紙を折りたたみ、うちわ代わりにばさばさあおぐしぐさを見ればわかる。母が欲しているのはそよ風ではない。ハリケーン並みの暴風だ。新聞が前後に揺れる合間に、記事の見出しが目に入った。「ジプシー・ローズ・リー、元バーレスク（歌・踊り・寸劇などにストリップを加えた大衆向けエンターテイメントショー）・コメディアンと水上タクシーで結婚」その下にはこうある。『彼女の指輪』でスターの仲間入りをした新郎のビフ・ブラニガンと花嫁は、トレーラーハウスでの新婚旅行を計画している」

記事の日付はいまから一週間前の、八月十三日金曜日、吉日。その日を選んだのはわたしだ。十三日の金曜日に結婚式なんてロマンティックだと思ったから。水上タクシーもわたしのアイディアだ。堅苦しい儀式にロマンティックな雰囲気を織り交ぜようと思って。急な思いつきだったが、実際にやってみて正解だとわかった。大賑わいの水上タクシーは荷物を載せすぎたゴンドラさながら。その前半分に帆布を広げ、船尾に木製の椅子を並べた。船長は海岸通りの酒場で見つけ出し、花婿介添人は港へ向かう途中で調達。そして聖書は、コーヒーとドーナツと信仰を提供する終夜営業の教会で手に入れた。

船のエンジンがかかり、大海原にゆっくりと滑り出したとき、ビフもまた素晴らしい結婚式だと認めてくれた。船尾に並んで腰を下ろし、冷たい水面を指でなぞる。夜空に黄色い満月が昇っていた。

「舞台の書き割りみたいだな」まるで畏怖の念に打たれたかのように、ビフは声をひそめて言った。「ミンスキーの月を思い出すよ。いまにもテノール歌手の歌声が聞こえてきそうだ。『僕は恋をした、月に住む男の娘に』ってね」

「ほんとね」わたしは胸がいっぱいになった。「やがて幕が開き、コーラスガールたちが姿を現す。十六本の脚を揃えて、ラインストーンのGストリング（ストリッパーが身につける小さな下着。バタフライともいう）姿でポーズを取り、真んなかの娘《こ》は金箔の星を掲げている」

船首で水夫が歌をうたっていた。切れぎれにしか聞こえないが、どうやら役立たずの新米水夫は串刺しにしちまえとうたっているらしい。

夢のようにロマンティックな夜だった。しかしそれは、わたしたちがテキサス州のイスレタに到着し、死体を発見する一週間前のことだ。しかも、その死体はあまりいい状態とは言えなかった。どこから見ても死んでいて、後頭部にこぶし大の穴が穿《うが》たれていた。

母はビフをにらみつけた。苛々と足を踏み鳴らし、あおぐ手にいっそう力がこもる。「腐った死体を放っておくわけにはいかないでしょう。こんな暑いさなかに」母は言う。「だって――不衛生じゃない。喘息持ちでなくたって、この臭いには耐えられないわよ」

ビフとわたしは以前にも死体と深い仲になったことがある（前作『Gストリング殺人事件』のこと）。それにしても、母のようにあっけらかんと語り合う気にはなれない。母はこの新たな死体をハンバーガーか、食べかけの豆の缶詰くらいにしか考えていない。だからこんな気温の高い場所に放置できないというのだ。

臭いに関しては確かに母の言うとおりだ。だが、それなら母が最近使いはじめた喘息薬〈永遠の命《ライフ・エヴァーラスティング》〉のことを言わせてもらいたい。ヘリオトロープ（ニオイムラサキとも呼ばれ、古くから香料として利用されてきた花）の甘い香りとは似ても似つかないどころか、死体といい勝負だ。

母の苦しげな息づかいがおさまるのを待って、ビフは口を挟んだ。

「だけどね、エヴァンジー」辛抱強く言う。「自分のトレーラーで死体を発見したら、警察に通報しなきゃいけないんですよ。もう少しこの臭いに耐えられるでしょう。いままで我慢できたんだから。明日の朝一番で、町に行って警察を呼んできますよ」

母はひときわ甲高い咳《せき》をした。「そう言うと思っていたのよ。あんたはわたしの娘の立場をちっとも考えていない。この子のキャリアに傷がついたってかまいやしないんでしょう。さっさと警察を呼んでいらっしゃい。新聞は好き勝手に書きたてるだろうね。そして、この子が築き上げてきたものをだいなしにしてしまうのよ！」母の声はヒステリックに高まり、みるみるうちに顔が紅潮していく。

発作の前兆だ。そう気づいたビフは喘息薬を取りにトレーラーへ駆け込んだ。そのあいだにわたしは、テントのひさしの下に母を連れ込み折りたたみ椅子《キャンプチェア》に座らせて、さらなる説得をこころみた。

「でもね、ママ、遅かれ早かれ死体は発見されるのよ。殺されたってことは一目瞭然だし、わたしたちの結婚式で介添人を務めた男だってこともじきにわかるわ。そしたら……」

「どうしてわかるのさ、そんなこと」母は唇を真一文字に引き結び、顎《あご》をこわばらせた。「だってあの男は赤の他人だろう。ビフはどうか知らないけど、おまえとあの男が初対面だってこと、わたしはちゃんと知っているのよ」

「ビフだって初対面よ。そんなことママも知っているじゃない。それに、この際それは関係ないの。肝心なのは、警察に知らせるまで死体に触れちゃいけないってこと。法律でそう決められているのよ」

母は鼻を鳴らした。「ふん、くだらないね、法律なんか。ちっとも融通がきかないんだから」

ビフは網戸《スクリーンドア》を静かに閉めた。忍び足でテーブルに近づき、喘息用の粉薬を皿に盛り、マッチで火をつける。炎が鎮まると、粘りつくような臭いの煙が立ち昇りはじめた。母はトルコタオル（けばの長い厚手のタオル）を頭に巻き、煙の噴き出し口に顔をうずめた。ビフとわたしは、苦しげな息づかいを聞きながら、発作が山を越えるのを待った。

「みんな眠っているのかしら」わたしはビフに言った。

「みんなって犬や猿やテンジクネズミのこと？　それともお客のことかい？」ビフはそう尋ね

てから、声を立てずに笑った。「まったくなんて新婚旅行だ！　幕間《まくあい》に演《や》る小ネタさえあれば、いっぱしの巡回劇場を始められるぞ」一呼吸置いてわたしの質問に答えた。「ああ、よく眠っているよ。例のごとく、わがもの顔でトレーラーを占領して」

「あら、わたしの責任みたいな言い方しないでよ。マンディもコーニーもあなたの友達でしょう。コメディアンを率いてバーレスク巡回劇場の座長をやりたいなら、ベッドで眠れないからってわたしに文句を言わないでちょうだい」

「ジー・ジーとディンプルズ、あのかわいい家出娘二人は、きみの友達だぞ」ビフは嬉しそうに言った。やけに嬉しそうだった。「ちょっと乗せてって頼まれたとき、断ればよかったのか？」

「ちょっと乗せるっていうのはね、その角を曲がったところとか、一ブロック先まで乗せてあげることで、いっしょに州を横断することじゃないのよ。それから、あの子たちを揶揄《やゆ》するのはやめて。そりゃあ、あなたが『彼女の指輪』で共演した美女たちとは違うかもしれない。だけど、そういうお堅い女優さんたちに、できるものならやってほしいわね。ジー・ジーみたいなバンプ（腰を前後に突き出す踊り）や、ついでにディンプルズみたいないクイヴァー（小刻みに腰を揺する踊り）を」

ビフが口を開きかけたとき、スクリーンドアを引っかく音が聞こえた。ダックスフントのビル――四匹の息子が自慢の父親――が外に出たがって、前足で金網を引っかいている。ビルは白い腕の上に立っていた。ジー・ジー・グラハムの腕だ。彼女はその部屋を寝室に使っていて、ドアに腕を投げ出した格好で眠っていた。汗ばんだ赤毛。赤ん坊のように体を丸め、そばかすの浮いた鼻をもう一方の腕にうずめている。わたしがドアを開けてやると、ビルはジー・ジーに押し出されてステップを転げ落ちた。

「いい度胸だな」ビフが言う。「僕らの血統証つきの番犬を追い出すなんて。こっちにおいで、ビル」

ビルはよたよた歩いて主人に近づき、愛撫に身をまかせた。ビフがだらりと垂れた耳を片方ずつなでて話しかけると、嬉しそうに鼻を鳴らした。

「こいつなんだか落ちつきがないな。きっと死体を見張っているんだ。ビルが見つけたものだから、自分の獲物だと思っているんだな」

そのとおりといわんばかりに、ビルはしっぽをぶんぶん振った。

すると、母がタオルの下からくしゃくしゃの頭を突き出した。「忘れないでちょうだい。あの死体を見つけたのはこのわたしだってこと。発作がおさまったらすぐ埋めるわよ。でなきゃ、朝一番の東行きの列車に乗るからね」

「うるせえぞ!」トレーラーから怒鳴り声が聞こえてきた。クリフ・コブ——通称コーニーだ。ビフとは大の仲よしで、わたしが大嫌いな唯一のバーレスク・コメディアンだ。

「今度あいつがあなたをベッドから追い出したら、あの醜いデカ鼻をつまんで引きずり下ろしてやるから」わたしはビフに言った。

声をひそめるつもりはなかった。本人に聞こえればいいと思っていた。ユマでトレーラーに乗り込んできてからずっと、コーニーはわたしの不平の種だった。それにはちゃんとした理由がある。だいたい、彼を招いた覚えはない。すでに定員オーバーだと説明したのに、鞄《かばん》や荷物を抱えて乗り込んできた。ビフの運転を手伝うからと言って。実際は、走行距離が千マイルを超えても、ハンドルに触れてさえいない。生活費も負担する約束だったのに、コーニーの金の色を一度も見たことがない。

「あいつは正真正銘のごくつぶしね」

ビフはわたしを黙らせようとした。

「あら、黙るのはあなたのほうよ」わたしは声を荒げた。「この三週間、あいつは一度も床で寝ていないじゃない。みんなは順番に譲り合っているのに！ ユマを発つ前に、わたし言ったわよね。こんなことになるんじゃないかって。それなのにあなたったら。よくわかっているはずよ。あいつはあなたの友達なのよ。そもそも、うちに転がり込んできたのも、くだらない賭け事ですっからかんになったからでしょ。昔とちっとも変わっていない。身勝手で、思いやりのかけらもない、ろくでなし。こうしていっしょに旅をしているときだってそうよ。おいしいところはいつだって、あなたのお友達のコーニー・コブが独り占め。一番いい化粧台も、あなたの見せ場も、支払い以外は全部自分のもの。シーズンが終わったとき、あの男の銀行口座だけがふくれ上がっていても驚かないわ。あいつは他人の金で生きているのよ！」

わたしは大声でわめいていたにちがいない。トルコタオルをかぶっている母にもちゃんと聞こえていた。

「ジプシーの言うとおりよ」母はくぐもった声で言った。

トレーラーのコーニーがまた怒鳴った。「うるせえって言ってんだろう。ここをどこだと思ってるんだ。工場のボイラー室にでもいるつもりか？」

わたしは口をつぐんだ。コーニーに皮肉たっぷりに注意されたからではなく、疲れ果ててしまったからだ。ときどきビフに対して無性に腹が立つことがある。いったんわたしが感情を爆発させると、ビフは反論せずに、こっちが疲れるまで黙っている。そのうちわたしは怒る材料が尽きて、たいてい狂ったように泣き出してしまう。でも今夜は涙の代わりに笑いが込み上げてきた。急にこの状況が滑稽に思えたのだ。人でごった返すトレーラー。そのうち一人は死体。そんななかわたしは、コメディアンが生活費を払わないと言って怒り狂っている。

突然にやにやし出したわたしに、ビフは真意を測りかね、何か言うのを待っていた。

「厄介ごとはもうたくさん」わたしは言った。「コーニーのことで言い争うなんて馬鹿ばかしいわ！　許してちょうだい、ハニー」

ビフはわたしに歩みより、鼻の頭にキスをした。トルコタオルが割り込んでこなければ、もっと上手にできたかもしれない。たとえ頭にタオルをかぶっていようと、母の五感は絶えず働いている。タオルの下から顔を出すなり、充血した目で他人《ひと》ごとのように言った。

「やれやれ、今度の発作はずいぶんひどかったわね」タオルを丁寧に折りたたみ、椅子の背もたれにかける。それから〈永遠の命〉の容器のてっぺんでくすぶっている粉薬の火種をもみ消した。

「さあ、さっさとすませるわよ。あんたとルイーズは穴を掘るスコップを探してきてちょうだい。埋めるのによさそうな場所を探しておくから」そう言い置いて、森のなかへ入っていった。歌を口ずさみながら――「わたしは知っている。決して日の当たらない場所を。そこは四葉のクローバーが生い茂る場所」

母はふと立ち止まり、何かをつまみ上げた。そして石油ランプの明かりの近くへ戻ってくると、手にした雑草の束を調べはじめた。

「見てごらん、おまえたち」母ははしゃいだ声を上げた。「四葉のクローバー。この歌は本当に効き目があるわ。ママの言うとおりにしなさいっていう天のお告げよ。何もかも全部」母は振り返らず、四葉のクローバーを巻き毛にさして、再び森へ向かって歩き出した。

「ビフ！」少し進んでから、母は大きな声でつけ加えた。「ルイーズに聞かせてもらいなさい。わたしが四葉のクローバーを七十一本見つけたときのことを」

徐々に遠ざかっていく母の歌声。やがてビフはわたしを振り返った。彼の表情にはいつもと違う何かがあった。恐怖とは少し違うが、それに近いもの。どうやらビフは母の話に困惑し、真実なら気味が悪いと思っているようだ。長い沈黙が続き、わたしはいたたまれなくなった。

「本当よ」わたしは先に口を開いた。「つまり、四葉のクローバーの話だけど。実際、ママは一度に七十一本の四葉を見つけたことがあるの。母の日に。わたしたちは車で移動中だった。信じないかもしれないけど、途中で五回もパンクしたのよ！　牽引車を待つあいだに、ママはさっきの歌をうたいはじめた。そして気がつくと、両手いっぱいにクローバーを持っていたの」

「タイヤが五回もパンクするなんて。ちっともラッキーじゃないと思うけど」ビフはじっと森を見ている。母の姿はすでにない。それでも闇の向こうに目を凝らしていた。

「それがラッキーだったのよ。最後にパンクした場所はオハイオ州、アクロンの近くで、タイヤの生産地だった。ママは髪をふわふわにふくらませ、鼻におしろいをはたいて、ある会社の社長を訪ねたの。どうやってそんな偉い人に会えたのかはいまもってわからない。でも、ママはああいう人だから。とにかく、その社長に説明したらしいわ。自分たちはヴォードヴィル（歌や踊りを織り交ぜた通俗的な喜劇）の旅芸人で、昼公演《マチネー》に出演するためにスプリングフィールドへ行かなきゃならないんだって。そのあとママはちょっと泣いてみせた。そしたら十分後に技師がやってきて、真新しいタイヤを五本、車に取りつけてくれたのよ。『お金はいりません』彼はわたしたちに言ったわ。『社長は気の毒な方を助けられたことを喜んでいます』って」

ビフは形ばかりの返事をした。熱心に耳を傾けていたとは思えない。

「ふうん、べつに驚くことじゃないと思うけど。タイヤには保証がついているんだ」つまらなそうに言った。

「そうね。でも、相手には黙っていたけど、そのタイヤで走った距離は一万五千マイルを超えていたの。そもそも再生タイヤだし、買ったときの状態もママは言わなかったはずよ」

ビフは黙っている。わたしは耳にタコができるほどその話を聞かされてきた。それがいまになって気がついた。母がしたことは一種の詐欺ではないか。わたしは急いでその場を取りつくろった。

「タイヤ・メーカーはもうかっているとママは思ったのよ。だから、そのう、五本の中古タイヤくらいで破産しやしないって」わたしの言い訳はビフに通じなかった。

「ねえ、パンキン（恋人等への呼びかけの言葉、パンプキンの略）」ビフは真顔で言った。「どうも気に食わないんだ。最近のエヴァンジーの行動。なんだかいつもの彼女らしくない。いや、わかっているよ。タイヤをただでせしめるのも、他人の曲をくすねるのも、本人にしてみれば、ちょっとした悪ふざけにすぎないってことは。だけど今回は状況が違う。あの冷静沈着さは尋常じゃない。僕は男だけど、暗い森のなかに死体を埋めにいく度胸はないよ。穴を掘って、そこへ死体を放り込むなんて！　考えただけでぞっとする。それなのにエヴァンジーを見てみろよ。四葉のクローバーを髪にさして、鼻歌までうたって。世のなかには心配ごとなど何もないっていわんばかりだ。そんなふうに、墓穴によさそうな場所を探しにいったんだぞ。僕らの介添人を埋めるのによさそうな場所を」

「ダーリン」わたしはうんざりして言った。「ママのことは結婚前からよく知っているでしょう。それにママを誘ったのはあなたなのよ。結婚式に出ないなら、いっしょに新婚旅行に行こうって。電話で呼びよせたのもあなたじゃない。それにね、わたしはあなたの家族のことを、そんなふうに言ったりしないわ」

「僕の両親はラマポ（ニューヨーク州南部からニュージャージー州北部に延びる山地）の山奥で暮らしている。こんなときに引き合いに出さないでくれ。おふくろは靴を履いたことがないし、親父は電車を見たことがない。質素で気のいい田舎者さ。エヴァンジーみたいに悪知恵を働かせるすべさえ知らない」

話は延々と続きそうだったが、そのとき母が戻ってくる足音が聞こえてきた。母はまだ鼻歌をうたっていた。いつになく機嫌がいい。トレーラーに近づいてくる姿がぼんやりと見えた。淡いブルーのオーガンジーのドレス、お揃いの靴下、黒いメアリー・ジェーン（かかとの低いエナメルの靴）。ランプの明かりが届く位置まで来ても、母はうら若い娘のように見えた。頬を赤く染め、手にはべつの四葉のクローバーを持っている。

「ねえおまえたち、わたし考えたんだけど」母の口調はやけに穏やかで、何か裏があるとわたしは直感した。「ビフの言うとおりだわ。朝まで待って警察に連絡しましょう」

怪しい。あまりにも聞き分けがよすぎる。歯ブラシやタオルを手に取る母を、わたしは注意深く眺めていた。母はトレーラー・キャンプ場の端にある洗面所へ向かった。

「本気みたいだな」ビフは自信なさそうに言った。

「決まってるでしょ！　ママは嘘つきだとでも言いたいの？」

ビフは残りの言葉を呑み込んだ。そして車の後部座席に寝床を作りはじめた。マットレス、毛布、枕——どれも、母が旅をするとき車のトランクに積んで持ち歩くものだ。ベッドができると、ビフは天井の明かりをつけた。グラスに水をそそぎ、ヘッドボードの近くの小さな棚に置く。それ用にビフが作った棚だ。喘息用の粉薬とマッチをグラスの横に並べる。

「もっとくつろげる場所なら、お義母《かあ》さんも熟睡できるのにな」ビフは残念そうに言った。

「あら、わたしはよく眠れるわよ」洗面所から戻ってきた母は、灯台の明かりみたいに磨き上げた顔で優しく微笑んだ。「こんなに寝心地のいい場所はないわ」母はビフとわたしにキスをし、「お休み」と言ってベッドにもぐり込んだ。

ビフは折りたたみ式の軍用簡易ベッドを見た。それが彼の寝床だ。一方、わたしはトレーラーの車内をのぞいた。ジー・ジーがわたしに残してくれたスペースは幅二フィートほど。

「死人《ログ》みたいに眠ろう」ビフは言った。そして小声でつけ加えた。「べつに趣味の悪い冗談じゃないよ」

第2章

四時五分過ぎ、わたしはコンロと格闘していた。夜遅くに母をベッドに寝かせたあと、ビフとわたしはコーヒーが飲みたくなった。しかし、火はなかなかつかない。

「故障してるみたいだな」ビフがそう言うのは十五回目だ。ほうきの藁《わら》でバルブを突っついている。

「きっと燃料が切れたのよ。新しい灯油を買ってきてって言ったでしょ。サンディエゴを発つ前に。それなのに、もう、あなたったら」

ビフがわたしの腕をつかんだ。「あそこ!」そう言って指をさした。

空がうっすらと赤いのは朝陽のせいだと思った。やがて煙が見えた。トレーラー・キャンプ場はたいてい町のごみ捨て場近くにある。このキャンプ場もそうだ。だから、ごみを焼却する煙だと思った。その矢先に火の手が上がり、じきにそれは森全体を包み込んだ。

最初に思いついたのは、動物たちを守ることだった。わたしはビフを押しのけてトレーラーに走った。炎が数フィート先まで迫っていると叫んだことは記憶にない。ダックスフントのビル一家をバスケットごと抱え上げたことは覚えている。猿のルーファス・ヴェロニカの鎖を外して肩に載せたことも。それから、ジー・ジーのテンジクネズミをタンスの引き出しからすくい上げ、ポケットに突っ込んだ。ジー・ジーにつまずくまで、客を起こすことは忘れていた。

わたしがコーニーとマンディの寝室のドアを叩いていると、ジー・ジーが横を通った。自分のスクラップ・ブックを脇に挟み、もう一方に十歳のコリンスキーの毛で作ったマフラーを抱えている。

ディンプルズ・ダーリンをベッドから転げ落とし、キモノを投げてやった。彼女は悲鳴を上げかけたが、ジー・ジーにトレーラーから押し出されて中途半端に終わってしまった。

わたしが外に出たとき、コーニーとマンディが後ろのドアから現れた。二人でビフのパジャマを着ている。マンディが下で、コーニーが上。まだ目が覚めていないらしく、呆《ほう》けた顔で炎を眺めている。

ディンプルズが悲鳴を上げた。火事ではなく、コーニーの姿を見て。キモノを彼に投げつけ、トレーラーに駆け戻った。そして再び姿を現したとき、椅子にかけてあった薄汚れたミンクのコートを抱えていた。髪に錫《すず》のカーラーを巻き、矯正用のピンクのゴムバンドを顎につけている。このときばかりは、さすがのディンプルズ・ダーリンも見た目を気にする余裕はなかった。ミンクのコートを裏返し、ぎゅっと抱きしめた。

「これが最後の晴れ衣装」薄笑いを浮かべて、気を失った。

そのころキャンプ場は大騒ぎになっていた。ネグリジェやパジャマ姿の住人が、水の入ったバケツや桶《おけ》を手に現場に集まってくる。そのうちの一人が、親切心からディンプルズにバケツの水をぶちまけた。彼女はずぶ濡れの顔をしかめて起き上がった。

「な――なんの料理？」

「きみが焼かれちまうぞ！」ビフがぴしゃりと言った。「しっかりしないと」彼は何かを探しているらしいが、いかんせん声が聞きとれない。かろうじて「スコップはどこだ？」という部分だけ理解できた。

しまいにビフは近くのトレーラーに駆け込み、大きなスコップを手に戻ってきた。そして、うちのトレーラーの横に溝を掘りはじめ、近所のトレーラー住人が通りかかると、自分にならうよう大声で勧めた。

「炎は溝を越えられないんだ」ビフは不思議そうに眺める人々に説明した。

一分近くかかって、一番頭の回転が速い者がようやくビフの言うことを理解した。その男がスコップを探しにむかうと、わけのわからぬままにほかの住人も従った。

それで一安心したビフは、今度はわたしたちに指示を出しはじめた。火の粉が燃え移らないようにトレーラーに水をかけろという。「それから車を移動させろ！　ガソリンに……」

わたしは最後まで聞かなかった。動物たちを腕や髪にぶら下げたまま、トラックの運転席に乗り込み、猛スピードで道路に飛び出した。そして安全そうな場所を見つけると、路肩に停めてエンジンを切った。猿をハンドルに結びつけ、犬の入ったかごを後部座席に置く。そのとき、母がいないことに気づいた。ベッドは乱れていない。粉薬は棚に置いたまま、グラスの水が枕にこぼれている。しかし母の姿はない。

わたしは大急ぎでキャンプ場に戻った。ディンプルズとジー・ジーはバケツでトレーラーに水をかけつづけていた。車体の汚れが流れ落ち、両脇に泥の川ができている。ジー・ジーもずぶ濡れになっていた。

「ママを知らない?」わたしは周囲の喧騒に負けないように声を張り上げた。

答えはない。

ビフの声が聞こえた。「うちのトレーラーはひとまず置いておいて、炎に一番近いやつに水をかけるんだ!」

わたしたちはバケツをつかみ、火事場に最も近いトレーラーへ急いだ。大半の車はすでに避難しているため、キャンプ場は暗かった。自前の発電機を備えているトレーラーを除いて、目につく明かりはない。赤々と燃えさかる炎も分厚い煙にさえぎられている。風はこちら側に向かって吹いていた。火の粉が飛び散り、足元の枯れ草に燃え移る。わたしは空《から》のバケツで叩き消そうとした。しかし、とても追いつかない。

目が痛いし、息が苦しかった。それでもわたしは炎に向かって走った。勇敢だからではない。そっちでビフの声が聞こえたのだ。そのときのわたしは、火のなかに飛び込んでも彼のもとへ行くつもりでいた。周囲の喧騒の合間に、指示を出す彼の声が聞こえた。ようやく追いついたと思いきや、次の瞬間には、はるか遠くに感じられる。それでも、ビフの落ちついた口調に励まされて、わたしはさらに足を速めた。

錫のバケツの持ち手は焼けるように熱かった。足にぶつかると、スラックスの生地を通して熱が伝わってくる。そしてふいに開けた場所に出た。目を凝らすと、そこはまったく森らしくなかった。ひしゃげた低木がまばらに生え、枯れた枝が周囲に折り重なっている。そこは風の通り道なのだろう。意図的に切り開いたのだとしても、せいぜい小さなたき火ができるくらいだ。近づいてくるビフの影が見え、ディンプルズの声が聞こえた。

「やってらんないわ」彼女は不平をこぼした。「あたしたちは汗だくで頑張ってるっていうのに。コーニーとマンディはいったい何してんのよ？　知ってるわけないわよね、そんなこと。もういいわ。なんと言われようと、あたしは一杯やりにいく。それもいますぐにね」

「あたしも行く」とジー・ジー。「どうせ、もう手に負えないわ」

森の近くで一台のトレーラーハウスが燃えつづけている。背後から昇る朝陽を浴びて、まるで車のショールームに飾られた派手な演出装置のようだ。トレーラーを牽引するおんぼろ車も燃えていた。ガソリンの強烈な臭いがあたりに立ち込めている。

しかし、わたしは気にもとめなかった。母が無事だということ以外、何も頭に入ってこなかった。母はそこにいた。燃えつづけるトレーラーの近くで、憔悴《しょうすい》しきった顔の女と立ち話をしている。女はすすり泣き、慰める母の声が聞こえた。

「本当にお気の毒に。トレーラーから車を離す時間すらなかったなんて」女の体に腕をまわし、肩を叩く。「わたしたちも到着したばかりなのよ。それでこんな災難に巻き込まれるなんて。でも、保険に入っていたのなら泣くことないでしょう。そのお金で新しい車とトレーラーハウスを買えるんですもの。うちの娘のような車を……」母はわたしに気づくと腕のなかに飛び込んできた。「大変なことになったわね、ルイーズ」不安そうな声にかすかな安堵が混じっている。

わたしは喉がこわばるのを感じた。楽屋に現れた劇場の支配人に、ちょっと話があると言われたときのように。母のことを尋ねられるときはいつも予測がつく。手紙がなくなったとか、衣装をトイレに流されたとか、曲を書いた紙がなくなったとか、そういう事件が起きたときだ。そしてわたしは、母がまたしても〝娘の利益を守ろうとした〟ことを知るのだ。

ときとしてそれがエスカレートする。母は手紙を書くのが大好きだ。他人の手紙に湯気を当てて開けるのも同じくらい好きだ。残念ながら母の手紙はいわゆる〝中傷文〟と呼ばれるたぐいのものだ。もちろん本人はそんなふうに思っていない。それどころか、手紙を書くことは神聖な義務だと考えている。母がこう言うのを何度耳にしたかわからない。「誰かがあの女に手紙を書くべきなのよ。どれほど下劣な人間か教えてやらなくちゃ——おまえの歌をあんなふうにまねしたりして。母親として黙っているわけにはいかない。だからしかたなく書くのよ」それから無垢な瞳でこうつけ加えるのだ。「もちろん署名はしないわ。匿名の手紙として送るのよ」

いまの母は手紙を書くときと同じ顔をしている。わたしは母の腕をつかみ、すすり泣く女から引き離した。母は振り向いて女に手を振ると、再び咳をしはじめた。

「ねえ、ルイーズ、この火事のせいで発作が起きそうだわ」そして同じ口調で、泣いていた女のことを語りはじめた。「あの人、気の毒なのよ。あのトレーラーが全財産なんですって。夕方到着したばかりなのに、こんな目に遭うなんてねえ。トレーラーを美容院にして、方々でパーマとかそういうことをやっていたらしいわ。ここにもお得意さんが三人いて、せっかく来たのに、みんな焼けてしまって……」

「ママ」わたしはさえぎった。「火事のときどこにいたの？」

「まったく行儀の悪い子だねえ。気の毒なスミスさんのことを話している最中なのに。あの奥さん、わたしに言ったのよ……」

「あの人のことなんかどうだっていいの」わたしは負けじと言った。「火事のときママがどこにいたかと訊いているのよ。ベッドに眠った形跡はなかったし」

母が言い訳を始めるなり、わたしは尋ねたことを後悔した。ゆうべの母の言葉――全部ママにまかせなさい――や、困ったときの母の対処法を思い出すのはたやすいことだった。

「ママ、火事を起こしたのはママなの？」

母は穏やかな青い瞳でわたしを見た。顔が上気している。喘息の発作のせいだと思いたいが、そうでないことはわかっていた。

「まあ、ルイーズったら。なんてことを言うのよ。母親に向かって」

やはり母がやったのだ。でも、いったいどうして？　本人に尋ねようとは思わなかった。答えを聞くのが怖い。

「もう、よしなさいよ。そんな悲劇のヒロインみたいなしゃべり方」母は苛立たしげに言った。

「ええそうよ、このろくでもない火事を起こしたのはわたしよ。あの気の毒な奥さんのトレーラーまで燃えるなんて、わたしに予測できるわけないでしょう？　それに、トレーラーからみんなを追い払うには、少々荒っぽい手を使うしかなかったんだもの」母はぷいとそっぽを向いた。

「おまえだって友達に知られたくないはずよ。死体を積んで走っているなんて。真っ昼間に引っぱり出すわけにもいかないし。おまえとビフが困っていたから一肌脱いでやったのに。ひとことのお礼もないんだから」

母のやり方に振りまわされるのは初めてではない。幼くしてショービジネス界に飛び込んで以来、そういうことの連続だった。それにしても今回はやりすぎだ。

「まともな娘なら母親を手伝うのは当然でしょう」母は言う。「なのに、おまえときたら！」それから急に機嫌を直して言った。「でもまあ、これでもう心配いらないわよ。万事丸くおさまった。被害を受けたのは、年老いた立ち木数本とスミスさんのトレーラーだけ。彼女は全部保険で取り戻せるし、おまえの望みどおりに死体はちゃんと埋めたし……」

「やめて！」言葉が口をついて出た。「それにしても——いったい誰が手伝ってくれたの？」

「あら、一人でやったのよ」手助けが必要だと思われたことに、母は傷ついたようだ。「みんなが寝静まるのを待って、後ろのドアからそっと抜け出し、スコップを探しにいったの。立派な穴を掘ったのよ。そのあと火をつけて、死体を取りにもどった。穴はそれほど深くないけど、ビフが掘ったとしてもたいして変わらないわ。もちろん、すぐにこの町を出れば、べつに問題はないはずよ。たいしたもんでしょう？」

「誰かに見られたんじゃない？」

「いつ？」

「死体を埋めているときよ」わたしは自分の声が震えていることに苛立ちを覚えた。

母は立ち止まった。「そういえば」記憶をたどりながら言う。「おまえに言われて思い出したけど、誰かに尾《つ》けられている気がしたわ。乳母車を押してでこぼこ道を……」

「乳母車って誰の？」

「あら、ジョニーのよ。ほら、隣に気のいい夫婦が住んでいるでしょう。旦那がはさみを研ぐ仕事をしていて、町から町へと旅をしながら稼いでいるとか。そういえば、あのお嫁さん、おなかにもう一人いるらしいわ。いまだって三人もいるのに、また一人増えるなんて。恥ずかしくないのかしら」

「どうして乳母車を借りたの、ママ？」

「だって、うちにはないんだもの。まさか、肩にかついで運んだと思っていないでしょうね」

母はしばし口をつぐんだ。わたしたちはトレーラー目ざして歩きつづけた。

「そういえば、ルイーズ、いつの間にか発作がおさまったみたいよ。新しい薬が効いたのか、それともこの乾燥した空気がいいのか」母は気持ちよさそうに深呼吸した。

「ふう」母は言う。「もう大丈夫。ところで、死体のことはまだビフに話しちゃだめよ。あとでびっくりさせてやりましょう」

第3章

午前七時には最後の消防士が立ち去り、トレーラー・キャンプ場は再び眠りについた。森から流れてくる、木や化学製品が焼け焦げた臭いが、蒸し風呂の湯気のように立ち込めている。しかし、この一週間強烈な臭気にさらされてきたせいで、わたしの鼻はすっかり麻痺していた。いずれにしろ、コンロの上で湯気を上げるコーヒー・ポットに鼻を近づけていたので、ビフほど臭いに悩まされることはなかった。

ビフの苦痛の種は二つある。悪臭と手のひらの水ぶくれだ。わたしはその水ぶくれを結構気に入っている。生活のために働く労働者みたいでちょっと格好いい。でも、臭いに関してはビフと同意見だ。

「この臭い、ビルか誰かがトレーラーに引きずり込んだ、例のものの臭いに似ているな」ビフはそう言って急に笑い出した。「なんと、こいつは大発見だ!」

下卑た笑い方が癇《かん》に障《さわ》り、わたしはコーヒー・ポットから顔を上げた。すると、ビフの笑い声がいっそう大きくなった。

「ねえ、鏡を見てごらん。眉毛が半分なくなってるぞ」

こんな日に、それのどこがおもしろいというのか。わたしは眉毛を半分失い、前髪は焦げてちりちり。おまけに灰をかぶった頭は真っ白で、洋服も似たような有様だ。

「そんなに優しい人だとは思わなかったわ」わたしは大げさに嘆いてみせた。「あなたのコーヒーを淹《い》れるために、熱いのを我慢してコンロの前に座っているっていうのに。そのあいだにお化粧を直すことだってできたのよ。なんにせよ、あなたは自分のことをレンブラント（多数の自画像を残した十七世紀オランダの画家）か何かだと思っているみたいね！」

ビフは慌ててカップとソーサーをテーブルに並べ、トレーラーのステップの上に据えた携帯用の冷蔵庫からミルクの缶を取り出した。そのころには、わたしも笑い出したくなっていた。何もかもが滑稽だった。焼け焦げたわたしの眉を除いて。

「あなたってすごいわ、ハニー」わたしは素直に認めた。「溝を掘るとか、そういうことを思いつくなんて。あなたほど熱心に火を消そうとしていた人はいなかったし」コーヒーをぐるぐるかき混ぜた。ほめすぎてつけ上がらないよう注意しながら。

「きみだって立派だったよ」ビフもいま思い出したように言った。「車を移動させたり、水をかけたり……。そうだ、車はどこだい？」

どさくさにまぎれてすっかり忘れていた。車に動物たちを残してきたことも。

「少し先の路肩に停めてあるわ。コーヒーを飲みおわったら取ってきてちょうだい。犬たちの朝食を用意しておくから」

「〈オールド・オペラ劇場〉の看板女優、朝食を作る！」ビフは楽しそうに言う。椅子にもたれて二本の煙草に火をつけ、そのうちの一本をわたしにくれた。「誰も信じないだろうな。きみがこうして、テキサス州イスレタのトレーラー・キャンプ場で暮らしているなんて。バスタブには死体。森が燃え、きみは家事でおおわらわ。僕の手には水ぶくれ。それもスコップを握ってできた水ぶくれだ！」

　ビフは水ぶくれをそっとなで、夢見るように瞳を輝かせている。何を考えているかは察しがつく。このエピソードが新聞に掲載されるのを想像しているのだ。ショービジネス界内での結婚の厄介なところはただ一つ――プライバシーがないことだ。

　それで思い出した。自分が抱えている秘密を。母が森でしたことをビフに打ち明ける機会がなかった。満ち足りた彼の顔を見ていると、せっかくの気分をだいなしにするのは忍びなかった。せめてコーヒーを飲みおわるまでは黙っていよう。母はああ言ったけれど、わたしはビフを驚かせるつもりはなかった。とはいえ、やはりあの話を切り出すのは容易ではない。まだ結婚して日が浅いし、「ねえ、あなた、ママが馬鹿なことをしたのよ。死体を埋めるために森に火をつけたんですって」と気軽に言えるほどの仲ではない。

　考えてみれば、わたしたちは結婚していないも同然だ。法律上の結婚は成立している。遠洋漁業の船長に必要な台詞を言わせたし（米国では船上で結婚式を挙げる際、牧師の代わりを船長が務めることが法律で定められている）指輪もはめている。ところが結婚当夜から、わずか五分さえ二人きりになったことがない。

　あいだに割って入ったのは母や友人たちだけではない。彼らが加わる前に、映画会社がお目つけ役として宣伝係をよこした。わたしたちがヘイズ・オフィス（ハリウッド黄金時代に映倫規定を定めた全米映画製作者配給者協会〈MPPDA〉の別称）の倫理規定に見合った結婚式を挙げるのを見届けるまで、その宣伝係は帰ろうとしなかった。映画会社の連中は、水上タクシーでの結婚式が気に食わず、船長が式の形式的な手続きを省略したことが気に食わず、わたしの経歴が何よりも気に食わない。バーレスク界のクイーンを映画女優に仕立て上げるのが、こんなに骨の折れる仕事だとは思わなかっただろう。

ヘイズだろうとなんだろうと、わたしのロマンティックな結婚式をぶち壊しにさせるつもりはない。わたしの父は海で式を挙げたし、祖父も、叔父もそう。わたしは先祖代々の伝統を重んじるタイプなのだ。そんなわたしを非常識と呼びたいなら、どうぞご勝手に。だが、これだけは言える——わたしは純白のベールをかぶる気はないし、辛気臭いオルガンに合わせて鳩を飛ばすのもごめんだ。この一件で、映画会社から完全に見放されたわけではないが、そうなる日も遠くないだろう。それで全然かまわない。わたしはいつだってバーレスクに戻ることができる。

「ねえ、パンキン」ビフが呼んだ。

「なあに?」

「何を考えていたんだい?」

「本当のことを知りたい? それともちょっと脚色する?」

「本当のことが知りたい」

「こういう生き方を非常識と言うなら、ほめすぎだと思っていたのよ」

ビフは笑うとかなりハンサムだ。わたしの答えを聞いて、ビフはにっこり笑った。とびきり素敵な笑顔で。彼は立ち上がり、コーヒー・ポットに卵の殻を入れた。朝陽を浴びて立つ姿はとても頼もしく見えた。

ビフは身長六・四フィート。ちょっと高すぎる。つねに頭上を気にしているから、おのずと前かがみになる。実際に曲げているのは膝なのだが。ビフが前に傾いているのは、舞台でてっとり早く笑いを取るためだと思っている人が多い。でもそれは違う。髪は黒、後頭部の一房だけがまっすぐで、あとはウェーブがかかっている。透きとおるようなアイリッシュ・ブルーの瞳は、怒ると黒っぽく変わる。わたしは彼の大きな口が好きだ。大きな口は、母いわく、気前のよさの証拠らしい。もちろん母は、ビフがそうだとは言わない。彼の場合、大きな口はほら吹きの証だと母は思っている。役者でなければ、口のことをとやかく言われずにすんだのに。母は役者が好きではない。とりわけバーレスクの役者は。

「楽しんでいるかい?」ビフはわたしに尋ねた。

「ええ、最高の新婚旅行だわ」

ビフはテーブルにカップを並べた。その一つに顔を寄せ、母の喘息用タオルで磨きはじめた。

「マンディのやつ、洗い方がずいぶん雑だな」

「あら、やるだけましよ。あなたのお友達のコーニーにならい、言いたいことが山ほどあるけど。ゆうべの火事のときだって、どこにいたんだか……」

近づいてくる車の音がわたしをさえぎった。ブレーキをきしらせて、テーブルの数フィート手前で止まった。うちの車だ。後部座席からコーニーがよろよろと降り立った。パジャマはしわくちゃだが、ズボンを履いているのでほっとした。たとえ上下ばらばらでも。目は寝不足でぼんやりしている。おぼつかない足どりでテーブルに近づきウィルソンのボトルに手を伸ばす。わたしは彼をじろりとにらみつけた。

「その茶色いやつ《ブラウン・ボーイ》をくれ」コーニーが言う。

「もう充分飲んだでしょ。南アフリカを黒人の少年《ブラウン・ボーイ》でいっぱいにできるくらい」わたしはボトルを奪いとり、冷たく言い放った。「少し眠って酔いを覚ましなさい。今度はあなたが床で寝る番よ」

コーニーは動かなかった。恐ろしい形相でわたしをにらんでいる。頭を殴るか、顔面を蹴り飛ばすか決めかねているようだ。

「どこに行っていたんだ?」ビフが尋ねた。

「どこだと思う? このへんでうろうろしてたら、俺もくだらねえヒーローになれたのか? 煙のなかにクリフ・コーニー・コブの居場所はない。だから町へ行ってちょいと笑わせてきた。それが俺の仕事なのさ」

「わたしたちの車で飲みにいくなんて、本当に図々しいわね」わたしはそう言ってから、車を移動させたことを思い出した。「それはそうと、どうしてあの場所がわかったの?」

コーニーは地面に顔から倒れ込まないように、テントの支柱につかまっている。そんなに酔っ払った彼を見るのは初めてだ。

「知りたいなら教えてやろう。町へ行く途中、路肩に停めたあの車の横を通ったのさ。他人に乗りまわされたくないなら、鍵をつけっぱなしにするなよ。図々しいなんて言われる筋合いは……」

そのときコーニーが一人でないことに気づいた。運転席から男が降りてきた。かつて見たことのないほど大柄な男だった。背丈はビフよりも低いが、大きさの種類が違う。大きな手に、大きな頭。縮れた髪は灰色に近い。もじゃもじゃ眉毛で、耳もまた大きい。陽射しの下に出ると、無精髭が目についた。

ビフは酒をグラスにそそいだ。男はそういう顔つきをしていた。初対面なのにいっしょに酒を飲みたくなるような、親しみの湧く顔だ。

「役者にしてはずいぶん早起きじゃないか」

想像どおりの声だった。大きくてよく響く。その外見といい雰囲気といい、テキサスの広告塔みたいな男だ。キャンプチェアを引きよせ、ビフの前に腰を下ろした。「保安官としてイスレタに着任して以来、こんな騒ぎは初めてだよ。火事と役者がいちどきにやってくるとはね。ここには舞台俳優なんてめったに来ないし、最後に見たのはずいぶん昔だ——どこぞのカウボーイで、入れ歯をしていたっけ」

ビフから酒を受けとり、一気に飲み干した。そして手の甲で口元をぬぐった。

「チェイサーをさし上げましょうか?」わたしは尋ねた。

ビフは保安官に答える間を与えなかった。「チェイサー?」そう言いながら、気のきいた冗談を懸命にひねり出そうとした。「チェイサーなんかもうないさー」

ありがたいことに保安官はビフの独り言を無視した。入れ歯のカウボーイのことをまだ考えつづけていたのだ。

「いや、結構」保安官は太ももをぽんと叩いた。「そのカウボーイときたら、馬のことをこれっぽっちも知らないんだ」

そのフロアショーについてそれ以上言うべきことはないらしく、満足そうに笑った。

わたしもつられて笑おうとしたが、うまくいかなかった。目の前の男が保安官だと知らなければ簡単なのに。森のなかにぞんざいに埋められた死体と、コーニーの得意げな表情が気になって、頬が引きつってしまう。

唐突に保安官が立ち上がった。トレーラーにぶらぶらと歩みより、スクリーンドアの隙間から室内をのぞき込んだ。

「ここにいるのはみんな役者なのかね？」保安官は訊いた。そんなことはありえないといわんばかりに。それから鼻にしわを寄せた。「うわ、なんだこの臭いは」

ビフは慌てて駆けより、説明した。「ああ、これはエヴァンジーの喘息薬の臭いなんです。彼女は僕の義理の母で、昔から……」

「母親だろうとなんだろうと」保安官はさえぎった。「こんな臭《くさ》いものは、テキサスならとっくに土葬しちまってるぞ」

ビフは片方の眉をつり上げた。「それは僕のギャグじゃないか。〈ゲイエティ〉でやったやつだ。ずいぶん行動範囲が広いんですね」

保安官は微笑んだ。そしてこちらへ戻ってくると、紙きれに名前と番号を書きつけた。

「ゴンザレス医師の電話番号だ。喘息の注射薬を数種類持っていて、確かアレルギーと呼んでいたと思う。わたしの友人だと言えばいい」

わたしが番号を確かめる前に、保安官にメモを奪われた。「そうだ、わたしの番号も書いておこう。必要になるかもしれない」

わたしはその紙きれをちらりと見たが、名前も番号も頭に入らなかった。どうして保安官は、自分の番号が必要になると思ったのだろう。

保安官はビフに勧められてもう一杯飲んだ。「乾杯！」二人は声を合わせて言った。それを飲みおえると、ようやく帰りじたくを始めた。町まで送るというビフの申し出を保安官は断った。「いやいや、できるだけ歩くようにしているんでね。車といえば、その友達には二度とハンドルを握らせないほうがいい。おたくの車の尻をぐっしゃりつぶしたんだ」保安官はコーニーを頭からつま先まで眺めた。好意的な眼差しではない。「とにかく、口だけは達者らしいな」

ビフとわたしは保安官の姿が見えなくなってから、車を調べに向かった。彼の言うとおりだった。後ろがつぶれているだけでなく、トレーラーを連結する金具がきれいになくなっている。

「どっかの酔っ払いが突っ込んできたのさ」コーニーはしれっとして言った。

彼は嘘をついている。ビフがそのことに気づいてくれたらいいのだが。

「そいつはなんて言ったんだ？　おまえのその減らず口のことを」ビフが尋ねた。

コーニーはすぐには答えず、わたしを見てにんまり笑った。「女房どのに訊いてみろよ」親指でわたしをさした。

「おまえに訊いているんだよ」口調は穏やかだが、ビフの青い瞳がみるみる黒っぽく変わっていく。「だいたい、その態度はなんだ？　歯ブラシを忘れずに持っていけよ。僕らの友情もこれで終わりだ」

わたしは天にも昇る気持ちだった。この厄介者を追い出すために死体や火事が必要だったなら、わたしはその二つを甘んじて受け入れただろう。しかし、幸せな気分は長くは続かなかった。コーニーは卑屈な笑みを浮かべた。足元がふらつき、体が前後に揺れている。

「この愉快な一行から、俺を追い出そうっていうのか？　なあ、兄弟、尋ねる相手を間違ってるぞ。俺は数時間前から、大切な下宿人になったんだぜ」コーニーはトレーラーに向かいかけ、思い直してわたしの背中をぽんと叩いた。「大事なママに訊いてみろよ。火事の最中に何をしていたのかって」

コーニーが気づくよりも早く、ビフは彼のパジャマの尻をつかむと、ステップから乱暴に引きずり下ろした。

「妻に謝れ！」

わたしはこの瞬間をいつも夢見ていた。こういう場合、男役の台詞はたいてい「彼女から手を離せ！」だ。夢のなかでか弱い女を演じたこともある。でも、こうして実現してみるとちっとも嬉しくない。それどころか馬鹿ばかしくなってきた。ことさら上品に眉根を寄せてみせるか、それとも慈悲深く微笑んでみせるか。迷ったすえ、その中間を選ぶことにした。

「どっちも大馬鹿だわ！」そう言い捨てて立ち去った。テントのひさしを支えるロープにつまずこうと気にしない。わたしはほかのことで頭がいっぱいだった。

母が死体を埋めるところを、よりによってクリフ・コーニー・コブに見られるなんて。トレーラーの裏へまわり、悪態をついた。「くそったれ！」少し憂さが晴れたので、もう一度言ってみた。「くそったれ！」

「ひょっとすると嘘かもしれないわ」わたしは声に出して言った。「あいつは森と反対に向かった。でなきゃ、車を見つけるはずないもの。町へ行ったことは間違いない。そこで保安官に会ったんだから」

ポケットに手を入れ、保安官の名前と電話番号を書いた紙きれを探す。そして何度も自問した。

「いますぐ保安官に事情を説明したほうがいいんじゃないかしら」

そこへビフがやってきた。「何をぶつぶつ言っているんだい、こんなところで」

「単なる独り言よ。ねえ、ハニー、すぐに車を修理に出しましょう。この町から出たいの。一刻も早く」

ビフはわたしの体に腕をまわし、二人で車のほうへ歩き出した。

「あいつ、どうしてあんなこと言ったのかな。きみのお義母さんに火事のとき何をしていたか尋ねてみろだなんて」

ビフは軽い口調で言った。わたしもそれにならおうとした。

「あとで説明するわ。車を修理したあとで」

「田舎の修理工場じゃたいした設備はないだろう。車が戻ってくるころには、白い顎髭をたくわえた、補聴器を手放せない爺さんになっているかも」

第4章

修理工場の整備士はあおむけに車の下にもぐった。「こりゃあ、三、四日はかかるな。溶接しなけりゃならないし。こういう修理はめったにやらないから、部品を取りよせなきゃならないかも」

ビフとわたしはいっせいにしゃべりはじめ、彼は妻であるわたしに先を譲ってくれた。

「わざとやったと思う?」

整備士は寝そべったまま台車を前後に転がしている。わたしはしばらく様子を見ていたが、こらえきれずに言った。ふざけるのはやめて、さっさと立ち上がってここを見ろと。金具がもぎとられた場所を指さした。「ほら、のこぎりか何かで削りとったように見えるでしょう?」

整備士は頭をかきながら言った。「かもしれないけど、いったい誰がそんなことを?」

夫の大の仲よしよ、とはさすがに言わなかった。それによく考えてみると、たとえ母が死体を埋めるところをコーニーが目撃したとしても、車を壊す理由にはならない。イスレタで足どめを食わせたいのでなければ。

「あれは鋳鉄《ちゅうてつ》なんだ」整備士がビフに説明を始めた。「どんなふうに折れるか知っているかい?

たいていの場合、きれいに……」

ビフは辛抱強く金属やら半貴石やらの話に耳を傾けたのち、この町にバーはあるかと尋ねた。

整備士は油まみれの手で裏通りをさした。わたしはその先を目で追った。

バーはあるかですって？　そこにはバーしかなかった。〈ブリンキング・パップ〉〈レッド・ミル〉〈ラスト・ホール〉わたしの目の届くかぎり、どの看板にも〈バー〉と〈ビール〉の文字が並んでいる。

「イスレタにはほかの産業はないのかい？」とビフ。

やっとのことで整備士はそのジョークを理解した。「あはは！　ここは国境のすぐ近くだからね。メキシコに行く橋が閉鎖されると、たくさんの旅行客が寝酒を求めてやってくる。向こうで正体がわからなくなるまで飲んできても、この町でさらに飲むことができるのさ」

ビフは裏通りに視線を転じた。「そいつはすごい」

活気のありそうなバー〈ハッピー・アワー〉に入り、ビールを一杯飲んだ。ビフがウィルソンのボトルを一本買い、わたしたちは店を出ることにした。ドアの上の時計は十時十分をさしている。

「ビールを何箱か買ってかえろうかしら」わたしは言った。「みんな起きているころだし、ここに数日足どめを食らうと知ったら、お酒を欲しがるはずよ。それともライをもう一本買うべきか」ちょっと考えてつけ加えた。「ビールじゃ足しにならないかも」

バーテンダーが歯を突っつくのをやめて注文に応じるのを待っていると、四人のミュージシャンが酒場《サルーン》奥の小さなステージによたよたと上がった。彼らがイタリア民謡の『アマポーラ』を二コーラス演奏したところで、どこからともなく六人のコーラスガールがフロアに飛び出してきた。疲れた顔のコーラスガール。見覚えがあるのは、彼女たちが長年バーレスク界にいたからだ。当時よりもさらに疲れた顔をしている。ラベンダー色のレーヨンの小さなパンティと、ネットのブラ。房飾りのついた扇子を気だるそうに振っている。

ビフはもう一度時計を見やり、サルーンを見まわした。わたしたちを除けば客はいないに等しい。色の浅黒い小男がステージ近くのボックス席に座っているきりだ。男はシャンパンの小瓶をテーブルに置き、女たちがお決まりの踊りを披露するあいだ、一度も顔を上げなかった。

「これは一日の始まりなのか？」ビフはバーテンダーに尋ねた。「それとも昨日の続きか？」

バーテンダーは肩をすくめた。「リハーサルだと思いますけど。自分もここに入って日が浅いもので」

わたしはフロアショーを振り返った。踊り子たちが一カ所に集まり、扇子でバラの形を作っている。それがバラだとわかるのは、バーレスクでも同じことをやっていたからだ。舞台の袖からピンクのチーズクロス（目の粗い薄手の綿布）が現れたとき、バラはまだ蕾《つぼみ》の状態にある。もちろん、クロスの下には誰かが隠れている。バラの蕾が大きく花開いた瞬間、わたしはその誰かを見た。とたんに、バーテンダーからボトルを奪いとり、ドアに向かって駆け出したくなった。

ビフはバーレスク界の女たらし《カサノバ》と呼ばれていた。そのことで結婚前に悩んだこともあるし、元彼女に出くわすことも珍しくない。それにしても、まさかテキサスのイスレタで、チーズクロスの下から現れるとは思わなかった。

ビフはだらしなく口を開けてその踊り子を見ていた。やがて彼女に向かって微笑み、それから思い出したようにわたしを振り返った。「世間は狭いとはこのことだな」ビフがそう言うのと同時に、彼女はブラジャーをピアノの上に放り投げた。

彼女がGストリングをチューバに放り込むのを待って、わたしは答えた。「本当にそうね」

ショーに目を奪われて、浅黒い小男がブース席から立ち上がったことに気づかなかった。男は葉巻をくわえてビフの隣に立った。葉巻に火をつけず、体を前後に揺すっている。

「ショーを気に入ったかね?」小男が尋ねた。

ビフはぎくりとした。自分の肘のあたりを見下ろし、ようやく声の出所に気づいた。

小男は機嫌を損ねたようだ。ビフが驚いてまじまじと見直したせいだろう。ビフが調子に乗って冗談を言い出しやしないかと、わたしは内心冷や冷やしていた。「穴から出ておいで」とか「立ち上がってごらん」とか。実際は、度肝を抜かれてジョークを飛ばす余裕などなかった。

小男が黄色いベストから名刺を取り出すと、ビフの目はその手に釘づけになった。無理もない。男の手は浅黒く、黒い剛毛がこぶしを覆っていた。健康そうなピンク色の爪は光り輝いているのに、先だけが黒ずんでいる。

「わたしはこの店の経営者だ」名刺を見ているビフに小男が言った。

わたしはビフの後ろからのぞき込んだ。名刺いわく、名前はフランシスコ・カルシオ。最高級の香水、リネン、アルコール各種を扱うディーラーだという。

「名刺を作り変えなきゃいけないな。こうしてショービジネス界に進出したんだから」

ビフとわたしは愛想よく笑ってみせた。

笑顔は返ってこなかった。カルシオは体を揺するのをやめ、今度は葉巻カッターをパチパチ鳴らしはじめた。相変わらずステージには目もくれない。三インチほどの前ばり一枚で踊りつづけている例の女は、気分を害したようだ。

頭をのけぞらせるお決まりのポーズで踊りをしめくくり、両手を頭上に上げる。バーレスクにいたときと同じ終わり方だ。

新米の興行主は、わたしが裸の友人に向かってぎこちなく微笑むのを見ていた。

「彼女、なかなかだろう?」

「ああいうタイプが好きならね」わたしはそっけなく言った。

「わたしがスカウトしたんだよ。それにしても女は金がかかりすぎる。あの娘も顔を合わせるたびにギャラを上げろとうるさいんだ。そうだな、きみにその気があるなら、週に二十五ドル出してもいい」

カルシオは葉巻カッターを数回パチパチ鳴らした。その金額に感銘を受けるべきだったのだろう。わたしが表情を変えずにいると、さらに続けた。

「もちろん、彼女の稼ぎは週二十五以上だ。一杯飲むたびに五セント入ることになっている」

なるほど、とわたしは思った。彼女の豪快な飲みっぷりを考えれば、ずいぶん小金がたまるだろう。それから少し遅れて気がついた。

「つまり彼女は客と酒を飲んで、五セントずつ稼いでいるってこと?」

カルシオは答えなかった。すっかりビフに気を取られている。

わたしは一週間前に結婚したばかりの夫をちらりと見て、トレーラーの行き先はリノ（ネバダ州西部。離婚裁判所があることで有名）にすべきだったかしらと思った。ビフはフロアショーの一部と化していた——風車のように腕をぶんぶん振りまわし、わたしたちの隣の空席をさかんに指さしている。

「あの人の楽屋にカードでも送ったら？」わたしは言った。

ビフは返事をせず、さらに大きく腕を振った。

「話してきたらいいじゃない」

わたしの声は思いのほか大きかったにちがいない。彼女はわたしを見て微笑んだ。昔と変わらない笑顔だった。おつむが弱そうだし、不気味な蛇にも似ている。

「一杯やりにくるはずだ」彼女がステージから消えるとビフは言った。

わたしは彼をまじまじと見た。「待ってられないわ」

それからの三十分、引き止めるカルシオからビフを引き離そうとわたしは躍起になった。相手が彼一人なら勝てたかもしれない。しかし、バーテンダーやドアマンまで出てくると、お手上げだった。

決してビフの頭が足りないとかそういうわけではない。彼はお人よしすぎるのだ。ジョイス・ジャニスが隣のスツールに座ってまもなく、わたしは彼女とカルシオの関係に気がついた。二人はいっしょに暮らしている。一目瞭然なのに、ビフは一向に気づかない。ジョイスの身の上話に熱心に耳を傾け、酒で喉をうるおしつづけてやっている。

小銭をせっせと稼いで、ジョイスはたくわえを少しずつ増やしてきたのだ。しかし、彼女はそれを続けられなくなっている。ピンクのマニキュアに似合わぬ荒い息づかいから察するに、その金は病院代に消えているのだろう。

「夕飯を食べにいこう」ビフがそう言うのは十四回目だ。

またしてもジョイスは断った。「金離れのいい客がいつ来るかわからない。だから次のショーもやらなくちゃいけないのよ」

「いまのはリハーサルじゃないのか」とビフ。「だってバーテンダーが――」

「何もわかっちゃいないのよ」ジョイスが言う。「いまのはティー・ダンス。週二回やるのよ」

青いサテンのイブニングドレスの胸元が、身を乗り出すたびにあらわになる。そんな衣装でティー・ダンスなどするはずがない。しかし、バーレスクに長くいるビフはそのことに気づかなかった。バーテンダーは澄ました顔をしている。

わたしは自分に言い聞かせようとした。ビフは社交的にふるまっているだけ、ジョイスに同情しているのだと。彼女の姿は見るも哀れだった。わたしだって彼女のことをよく知らなかったら、涙くらい流していたかもしれない。かかとのすり減った銀のパンプス。尻のまわりが汗じみたドレス。たるんだ二の腕にはペソ硬貨大の青あざがある。

もっとも、本人が気にしている様子はない。カルシオが嫉妬していることを彼女は知っているし、みんなに注目されていることを喜んでいる。カウンターに爪でしるしをつけて、何杯飲んだかを数えることも忘れていない。

しるしが十個になったところでわたしは席を立ち、ビフの肩を叩いた。「お開きにしましょう。一人でここに残りたくないのなら」優しく言って、ジョイスに鋭い一瞥をくれた。ビフが重い腰を上げたとき、さっきの時計は三時五分をさしていた。彼が会計をすませるあいだ、わたしたちは口をきかなかった。買いものの最中も黙ったまま。そしてキャンプ場への帰り道も沈黙が続いていた。

断じて嫉妬ではない——と言いたいところだが、まあ、認めてもいい。確かにわたしは嫉妬していたし、腹を立てていた。そのうえ足も頭も痛かった。母のことを打ち明けるタイミングではない。でも、言わずにはいられなかった。ビフがあまりにものん気そうな顔をしていたから。どうしてわたし一人が悩まなきゃいけないのか、そう思ってしまったのだ。

「ああ、そういえば」わたしは軽い調子で切り出した。「ママがね、もっと深い穴を掘ってほしいって。ゆうべあの死体を埋めたのよ」

わたしたちは歩きつづけた。ビフの瞳がかすかに揺らいだ。

「ママが森に火をつけたらしいわ。コーニーが言おうとしたのはたぶん……」

さらに数フィート歩いて急にビフが立ち止まった。あまりにも突然すぎて前につんのめった。落ちそうになった卵のパックを、わたしがかろうじて受け止めた。

「お義母さんがなんだって?」

わたしはこれ以上ないほど落ちついていた。ママが掃除のためにベッドを運び出したのよ、とでも言うように。わたしはトレーラー目ざして歩きつづけた。もし口笛を吹けたら、吹いていただろう。

「ママは森に火をつけたのよ。トレーラーから死体を運び出すために」

第5章

帰宅すると、ジー・ジーとマンディはカードをしていた。わたしは食料品を冷蔵庫に入れ、ビフは茫然とした顔で酒の準備を始めた。

グラスがぶつかり合う音を聞きつけて、ディンプルズがトレーラーから姿を見せた。いまだにキモノ――縁に羽根飾りのついた色褪せたピンクの布――をはおっていて、頭にタオルを巻き、白いヘナの花びらをおでこにくっつけている。

「こんな時間までどこをほっつき歩いていたのよ?」ディンプルズが言う。酒のボトルを見つけると、不機嫌そうな口元が緩んだ。つまずかないよう慎重に階段を下りてくる。サンダルのかかとが片方取れかけているので、注意が必要なのだ。薄汚れたポンポンを引きずって、キャンプチェアのほうへやってきた。マニキュアを塗る道具を一揃い持っている。グラスとボトルを載せる余地を残し、その道具をテーブルに並べた。

「ママはどこ?」わたしは訊いた。

ジー・ジーは焼け焦げたトレーラーを指さした。そこに母がいた。昨夜泣いていた女に腕をまわし、いっしょに歩いている。

「スミスさんよ」とジー・ジー。「旦那が死んで、その保険金であのトレーラーを買ったんだって。なかを美容院に改造して、パーマなんかをしてまわっていたらしいわ。エヴァンジーがどれだけ同情しているか知ってる？　なにしろ、気の毒な未亡人のおばさんが焼け出されたからって、このトレーラーに住まわせようとしているのよ。今夜はフロントシートに寝るみたいだけど、エヴァンジーはね、寝室に彼女の場所を用意しているのよ」

ジー・ジーは話している最中、わたしを見ようとせず、忙しそうにグラスの準備をしていた。手を口元に持っていき、親指の爪を噛んだ。そしてのち一気にしゃべり出した。「もう、ジップ、今朝は大変だったんだから。口じゃ言い表せないくらい。あんたのママのせいでキャンプじゅうが大騒ぎになったのよ。みんな口々に訴えるって言い出して。誰を訴えるかなんて、あたしに訊かないで。でも、火事の責任は役所にあるってエヴァンジーが言ったら、みんな納得してたわ。管理不行き届きとかなんとか。それで午後からは作戦会議を開いたのよ」

ビフは何か言いかけたが、母を見て思いとどまった。

母は陽気に手を振りながら、次々とトレーラーをまわっている。そして一台の横で立ち止まり、ジョニー坊やの具合はどうかと尋ねた。

わたしはジー・ジーのほうを見た。

「あの子、エヴァンジーがお話を聞かせてあげないと、パブラム（幼児用シリアル）を食べないのよ」

母の作り話のせいで、ジョニー坊やが胃弱体質にならなきゃいいが。今日はどんな話を聞かせるつもりだろう。母親が十一人の子供を狼の群れのなかに放り込む話か、それとも、夫が女房の頭を肉切り包丁で切り落とす話か。その二つは母のお気に入りなのだ。

「ジョニーは乳母車を持っているかしら?」わたしはジー・ジーに尋ねた。

ジー・ジーは肩をすくめ、母に視線を戻した。午後の陽射しを受けて母の髪がきらきら輝き、空を映した瞳はかつてないほど青く澄んで見える。

「彼女が政治家になっても驚かないわ」ジー・ジーの言葉が聞こえたのか、母はこちらにやってきた。

なんてきれいなのかしら、とわたしは母を誇らしく思った。

「どこへ行っていたの?」母は嬉しそうに言う。答える前に、わたしの鼻先にスミス夫人を押しつけて紹介した。そしてこっそりつけ加えた。「彼女ひどい目に遭ったのよ。優しくしてあげてね、ルイーズ」

優しくしないわけにはいかないだろう。スミス夫人は明らかに打ちのめされていた。なめし革のような肌に刻まれた深いしわ。色褪せた青い瞳。妙な癖のついたマーセルヘア（一九二〇年代に流行したウエーブヘア）はまるでつやがない。年齢はさほど変わらないはずだが、二人並んでいると、母がひときわ輝いて見える。

こちらは大歓迎だとわたしはスミス夫人に言った。居心地のいい住まいが見つかるまで、うちのトレーラーにいてくれてかまわないと。すると夫人はわっと泣き出した。

「みなさん本当にお優しいのね」彼女は泣きじゃくった。「こんなに親切な方たちがいるなんて」

母は夫人の細い肩を抱いた。「さあさあ、マミー、もう泣かないで。きっと何もかもうまくいくわ」

ビフは泣きつづける夫人に酒を勧めた。ところが、母はそれをはねつけて首を横に振った。

「少し休んだほうがいいわ」そう言って、夫人をトレーラーへと導いた。

母がスクリーンドアを開けると、犬たちがいっせいに吠えはじめ、コーニーといっしょに後ろのドアからどやどやと降りてきた。

「ここじゃあゆっくり眠ることもできないのか？」コーニーは文句を言いながら椅子にどさりと腰を下ろした。

「もう三時半よ。寝たいならホテルに移ればいいじゃない」ジー・ジーは彼の胸元にコーヒー・カップを押しつけ、ポットを荒々しく置いた。「あたしはね、なかを掃除したくて、十二時からずっと待っていたのよ」

ジー・ジーの考える掃除とは、ものをあちこちに蹴飛ばして、行方をわからなくすることだ。本人はそれでいいと思っている。磨いたりこすったりするのはビフの担当。母はわたしの食事の準備を手伝う。ベッドメイクはディンプルズで、皿洗いはマンディ。コーニーはうろうろして、みんなの仕事の邪魔をするだけだ。

コーニーは二日酔いらしいが、懲りた様子はない。どこで飲んできたのかとビフが尋ねると、〈ハッピー・アワー〉と答えたきり黙り込んでしまった。

コーニーはジョイス・ジャニスのことを知っている。数シーズン前に『エルティンジ』（二十世紀前半に活躍した、女装が得意なヴォードヴィル俳優ジュリアン・エルティンジにまつわる喜劇）で共演したのだ。なのに、サルーンで彼女を見かけたことを言わないのは不自然だ。そのあと、わたしはべつの可能性を思いついた。泥酔していて気づかなかったのかもしれない。トラックのもぎとられた金具について訊くのはやめた。どっちみち嘘をつくに決まっている。しかし、保安官と知り合った経緯については尋ねた。

「〈ハッピー・アワー〉でうろうろしてたのさ。俺が車のエンジンをかけるのに手間どっていたら、代わりに運転してやろうと言ってきて」コーニーは熱いコーヒーに息を吹きかけ、それを飲み干してから先を続けた。「そのとき俺は思ったんだ。あんたが保安官に会いたいんじゃないかって。ゆうべお袋さんがスコップでしたことを話せば、大いに関心を持つはずだ。適切に処理してくれるだろうしな」

コーニーはボトルに手を伸ばし、強い酒をグラスにそそいだ。それから煙草に火をつけ、キャンプチェアに悠々と身をまかせた。煙で輪っかを作り、そこに指を入れる。

「新聞が大騒ぎするだろうな」のんびりと言う。

「どこの新聞がどんなふうに騒ぐっていうんだ?」ビフが言った。

コーニーはライを喉に流し込み、返事をしなかった。

返事は必要ない。わたしはその答えを知っていた。

コーニーとビフは同時期にバーレスク界にデビューした。コーニーはあっという間にトップスターの階段を駆け上った。コーニーは一流のコメディアンで、ビフは二流。コーニーはプログラムの上位に名を連ね、ビフの名前はどこにもない。コーニーは大金を稼ぎ、ビフのギャラは雀の涙。ところが、あるとき突然、ビフの人気が沸騰した。活躍の場はバーレスクにとどまらず、ブロードウェイのショーで彼のための役柄が用意されるまでになった。コーニーがビフの成功を快く思っていないことをわたしは知っている。ビフが二流のコメディアンとしてバーレスクに戻ってくるまで、決して満足しないことも。

ビフはわたしの腕を強く引いた。「なあ、ジップ。もう一度町に行こう」

せめて半分でも化粧をしたかった。しかし結局はすっぴんのまま、髪をひもで結び、汚れたスラックスをはきかえる間もなく、イスレタの町へ連れていかれた。

キャンプ場の敷地の外に出るまで、ビフはつかんだ手を緩めようとしなかった。最後のトレーラーを通りすぎたとき、わたしはコンパクトを出して、自分の顔をどうにかしようとした。手の施しようがなかった。

「ねえ、ダーリン」コンパクトをポケットに戻しながら言った。「このへんの住人に寝起きの姿を見られたってかまわないけど、そんなに急ぐ理由を知りたいわ。何を聞かされても騒がないから。おまえは大騒ぎしすぎだって、ママにはよく言われるけど」

ビフは振り返りすらしなかった。そして前方を見つめたまま言葉を選ぶように言った。「キャリアに傷がつこうとつくまいと、義理の母親であろうとなかろうと、殺人は殺人だ。お義母さんのことは大切に思っている。でも、だからといって……」

「前置きはいいから、早く本題に入って」

「わかったよ」ビフはちょっとむっとした。「ときおりエヴァンジーが手に負えなくなるのは、きみも認めるだろう。もしコーニーが何かを知っているとしたら……」

「も、も、もし？」

「いや、おそらくあいつは見たんだ。エヴァンジーがスコップを持って森に入っていくところを。だけど、彼女が何をしていたか確信があるなら、はっきり言うと思うんだ」

しばらくわたしたちは黙って歩いた。やがてビフがにやりとした。

「それにしても抜け目がないというかなんというか。たった一人で腐りかけた死体を森のなかに運んで、埋めてしまうとは。いまどきの女にできることじゃないよ」

そのまま聞き流すべきだった。ああ、それなのに、いつだってわたしは余計なことをしゃべりすぎる。わたしはひいひいお婆ちゃんのことをビフに話さずにはいられなかった。

「彼女はね、ドナー隊の一員だったのよ（一八四六年、ジョージ・ドナー率いる西部開拓者八十九人が山中で遭難、四十五人が死亡した）」

ビフに疑いの目で見られ、わたしは急いで先を続けた。

「本当よ。一行はカリフォルニアに向かう途中、冬山で身動きが取れなくなった。雪と狼に取り囲まれ、食料は残り少ない。想像しただけで背筋が寒くなるわ。ひいひいお婆ちゃんは数少ない生き残りの一人だった。捜索隊に発見されたときの様子をお爺ちゃんからよく聞かされたものよ。もちろん意識は朦朧《もうろう》としていて、耳は凍傷にかかっていた。だけど、体には脂肪がついていて、健康状態も良好だった。捜索隊は思わず首を傾げたらしいわ。あんな状態で一カ月も過ごしたら、餓死寸前のはずなのに。だけど、わたしのひいひいお婆ちゃんはそうじゃなかった。彼女を家に連れかえって服を脱がせたら、何が出てきたと思う？」

「さあね」ビフはつれない返事をした。

「体じゅうにステーキを縛りつけていたんですって。人肉のステーキをね」
歩きながら目の端でビフの様子をうかがった。相変わらず真っすぐ前を向いている。そこでわたしはとどめをさした。「そのステーキの一つはなんと、ひいひいお婆ちゃんの弟、ルイの肉だったの。お尻の刺青《いれずみ》でわかったのよ。キリストが描かれていたらしいわ。わたしの名前は彼からもらったの。ルイとルイーズってわけ」

その話には続きがある。だが、ビフは茂みのなかに駆け込んでしまった。わたしは戻ってくるのを待った。妻ならそうすべきだと思って。茂みから出てきたビフは、目のまわりが青ざめていた。だから、ひいひいお爺ちゃんの話をするのはやめにした。どうやら、先祖の紹介は一人ずつにしたほうがよさそうだ。

無言のまま半マイルほど歩いた。そのころにはビフの顔色も少しよくなっていた。「本物の開拓民だな。なるほど、そういうわけか」

第6章

保安官は事務所にいた。かかとの高いブーツを履いた足をロールトップ・デスクに載せ、くつろいだ様子で回転椅子に座っていた。ビフとわたしが入っていくと、『ヴァラエティ』（米国の老舗エンターテイメント情報紙）を机に置き、立ち上がって挨拶をした。

「おやおや、こんなに早く来るとは思わなかったな」保安官は嬉しそうに言った。そしてわたしたちのために椅子を用意し、机の引き出しからボトルを取り出した。紙コップ三つに酒をそそぎ、それぞれの前に置いた。

「まずはお近づきの一杯」保安官は言った。

ビフはぐいとあおり、わたしは少しだけ口をつけた。

「ほらほら、一気に空《あ》けて」と保安官。「二人とも打ちのめされたコヨーテみたいじゃないか。そんな浮かない顔をするほど深刻なことなどないのに」

「あるんですよ、それが」ビフが言った。

「火事のことなら、いくつか訊きたいことがあるんだ。実を言うと、今朝も事情を訊くつもりで出かけたはずが、たくさんの役者を見たら、どうでもよくなってしまってね」

ビフは椅子に浅く腰かけている。H・I・モスにギャラの減額を提案されたときと同じ表情で。結局は相手の要求を呑むことになると知っていても、説得されるのが好きなのだ。ビフは何もかも話すつもりでいる。ただ、時機を見計らっているのだ。

その機会はじきにやってきた。保安官も同じ演劇学校に通っていたにちがいない。彼のタイミングは絶妙だった。

「そうとも」保安官は続ける。「きみたちが役者だと知って、あんなことに関わるわけがないとわかったんだ」

「あんなこと？」ビフはさりげなく尋ねた。

「もちろん、火事のさなかに森で発見された例の死体のことだよ」まるで周知の事実であるかのように保安官は言った。「頭を撃ち抜かれて。まったくひどい状態だったよ。まあ、死んでいることに間違いはないが」

わたしは酒を飲んだ。

「誰かが上からガソリンをかけて、マッチで火をつけたらしい。身元を確認することはできると思うが……」

「ママはそんなことしないわ！」わたしは思わず叫んでいた。

二人はまじまじとわたしを見た。保安官は驚き、ビフは腹を立てている。

「僕に説明させてくれないか、パンキン？」とビフ。「きみは頭が混乱しているみたいだ。それに、すぐ気を失ってしまうからね」

「実はこういうわけなんです」ビフは保安官に向き直って言った。「僕らは先週結婚して、新婚旅行のためにトレーラーハウスを買いました。いっしょに旅をしようと思って、真っ先に彼女の母親であるエヴァンジーを呼びよせた。そうこうするうちに次々に友達と出くわして、みんな東に向かうつもりだと言う。行き先は同じだし、部屋はたくさんある。それで僕たちは彼らを誘うことに……」

「あなたが誘ったのよ」保安官が誤解しないように、わたしは訂正した。

「わかったよ。僕が誘ったのさ。とにかく、そんなわけでいまのような大所帯になった。犬、猿、テンジクネズミ、友人、義母《はは》……」

「あら」わたしはまたしても口を挟んだ。「ママを最初に挙げてくれてもいいのに」

「ビルには――僕らの犬のことですけど――手に負えない習性があって。あるときは魚の頭で、その次の日は骨。なんとも名状しがたいものもある。なんにしろ、ひどい悪臭を放つものばかり。トレーラーにプレゼントを運んでくるんです」ビフはわたしを完全に無視した。「エヴァンジーの喘息薬もこれまた強烈な臭いなんです。それが混ざり合ったなかで暮らしていたせいで、その臭いに気づいたのは、昨日、イスレタに到着したあとだった。それから三人で臭いのもとを探しました。ビルが新たな獲物をどこかに隠したにちがいないと思って。ところが見つかったのは、予想外のものだった。

奥の部屋のベッドを調べようとして、エヴァンジーが見つけたんです。ベッドの下にバスタブがあるんですが、使ったことはなかった。いつもキャンプ場に寄ってシャワーを浴びていたので。

そのバスタブを使うには大量の水を運ばなきゃならないし、重さでトレーラーのバランスが悪くなる。だからサンディエゴを出発したあと、一度もベッドの下を見ていなかった。とにかく、エヴァンジーはベッドをもとに戻し、ドアに鍵をかけてから、バスタブで何を見つけたか僕らに伝えた。ちらっと見るだけで充分だった」

「そのとおりよ」わたしは言った。

「命のかけらも感じさせない、正真正銘の死体だった」

保安官は大きな手で顎をつまみ、もじゃもじゃの眉毛越しにビフを見た。「死体は一つ、なんだね?」

「そうです」ビフは言った。「運び出そうとしたら、顔の肉がはがれ落ちてしまって」

わたしはコップを落としそうになった。そのことは二度と口にしないとビフは約束したのに。わたしがいやがるのを承知のうえで、おぞましい細部にわたって説明しようとしている。わたしはビフに食ってかかった。そのかたわらで保安官がひとりごちた。

「なるほど、そういうことか」

ビフはわたしのひいひいお婆ちゃんの件を持ち出して応戦してきた。そのせいで保安官の質問を聞きそびれてしまった。

「あの死体の身元を知っているのかね?」保安官は質問を繰り返した。

「ええ、もちろん」ビフが答えた。「結婚式で介添人をやってもらいましたから」

保安官はその答えを聞いて、わたしたちが昔からの知り合いだと思い込んだらしい。誤解を解くために、水上タクシーで結婚するまでの一部始終を説明することになった。どんなふうに酒場で介添人を探し出し、べつの酒場で船長を捕まえ、どこで船を借りたか等々。

「前に会ったことは一度もないと？」

「ありません」ビフは言った。「それに式のあとも会っていない。つまり、ベッドを持ち上げて、バスタブをのぞき込むまでは」

「でも、サンディエゴで見かけたわ」わたしは反論した。

ビフはかぶりを振った。「ジップはサンディエゴで見かけたって言いはるんですよ。だけど、あの男は僕らに声さえかけてこなかった。あれがジョージだとしたら、気軽に話しかけてきたはずだ。すごく陽気な男だったからね」

「その男の苗字は？」保安官が尋ねた。

わたしたちは顔を見合わせた。そのとき初めて気がついた。介添人に苗字があることを。

「訊きませんでした」とビフ。「いま考えると妙な話ですが。普通は名乗ると思いますよね」

「ああ。そうでなきゃ、きみたちから尋ねるはずだ。それじゃあ、いっしょに旅をしているお仲間は？　死体に見覚えのある人はいないのかね？」

「実は、話していないんですよ。僕らが後ろに何を積んでいたか」ビフは早口で言った。「女性たちは取り乱すだろうし。何より、警察に通報するのが先だと思ったもので」

「それなのにきみたちは通報を一日遅らせた」と保安官。「そのあいだに何者かが死体を盗み出し、森のなかに運び込んで、ガソリンをかけて火をつけた……」

ビフの心の動きは手に取るようにわかった。わたしも同じことを考えていた。願ってもない結論だった。おまけに、それを導き出したのはわたしたちではなく、保安官だ。みずから進んで事件を再現してみせたのだから、わたしたちが口を挟む理由はない。

「違います」ビフが遅れて言った。「ジップの母親のエヴァンジーが……」

「母が森に火をつけたんです」わたしは気が変わらないうちに急いで言った。「母がやりました。あの死体を埋めるために。でも、ガソリンをかけたのは母じゃない。母はそんなことしません」

保安官は眉をつり上げ、顎をさすった。

「役者から聞かされたんじゃなければ、信じないだろうな、そんな話。いまでさえ大いに理解に苦しんでいるのに。たとえば、なぜきみのお母さんはそんな苦労をしてまで、見ず知らずの男の死体を埋めようとしたのか。なぜすぐに警察に通報しなかったのか。疑問はほかにもある。ベッドの下に腐りかけた死体があったのに、その臭いに気づかないとはどういうわけだ。四人の友人に秘密にしていたわけは？　今朝、わたしが訪れたとき言わなかったのはなぜか。女一人でどうやってあんな死体を運んだのか。いったいどんな女が、あいつを抱えて五百フィートも運べるというんだね」

「乳母車に載せたんです。まさか、肩にかついで運んだと思っていないでしょうね」口にしたあとで気がついた。それは母がわたしに言ったのとまったく同じ言葉だった。「隣の乳母車を借りたんです」言い訳がましくつけ加えた。

「義母《はは》が警察に通報したがらなかったのは、娘のジップに悪い評判が立つのを恐れたからです」

ビフがあとを引きとった。「エヴァンジーの善悪の基準はとても変わっていて、自分たちが殺したわけでもないのに、厄介ごとに首を突っ込むのはおかしい、容疑者扱いされかねないのに、と思っているんです。だいたい、あの男はとっくに死んでいたんですよ。僕らにできることは何もない。それに、どうしていっしょに旅をしている連中に話さなきゃならないんです？　そんなの、全国放送で暴露するようなものだ。臭いに気がつかなかった理由を訊かれても困りますけどね。バスタブと冷蔵庫が隣り合わせていたからかもしれません。排水管は一本だけだから、死体が冷やされていたとか」

「要するに」保安官は言った。「義理のお母さんの行為は正当だと言いたいんだね？」

「正当だとは思いません」ビフは答える。「でも、義理とはいえ母親ですから、味方をするのは当然でしょう？　僕らのためにと思ってしたことですし」

保安官はゆるゆると立ち上がった。手を伸ばし、壁に取りつけられた鹿の枝角から帽子を取った。「埋めた場所に案内できるかね？」

「だいたいの方角はわかります」わたしは言った。

保安官はビフとわたしをちらっと見て、勢いよくドアを開けた。まぶしい陽射しに目がくらむ。玄関先にフォードのモデルTが停まっていた。

保安官は運転席に乗り込んだ。「さあ、乗って。お母さんが死体を埋めたという場所を見にいこうじゃないか」

ビフは助手席に乗り、わたしは後ろに座った。保安官は納税者の金を浪費するタイプではないらしい。おんぼろ車に慣れているわたしでさえ、こんなに乗り心地の悪い車は初めてだ。それでも、ときと場合を考えて、文句は胸にしまっておくことにした。

保安官はキャンプ場を横ぎらず、遠まわりのルートを選んだ。スミス夫人の焼けたトレーラーの近くで車を停め、そこから歩いて現場に向かった。

足元の乾いた芝生は、灰が積もり熱かった。サンダルの薄い底が溶けてしまいそうだ。空気には先ほどと同じ化学製品とガソリンの臭いが充満している。トレーラーは見るも無残な有様だった。ねじ曲がった金属の支柱、それにからみつくパーマ機の残骸。土台だけが焼け残った据え置き式のヘアドライヤー。それ以外は何も残っていなかった。

「持ち出せそうなものはないわね」わたしは言った。ビフに話しかけたつもりが、振り返るとどこかへ消えていた。名前を呼ぶと、焼け跡から返事が聞こえた。

「見学させてもらった」そう言ってわたしに追いついた。「ああいう珍妙な装置を見てよくわかったよ。世の女性たちが愛する男のためにどれだけ努力しているのか。見た目をよくするために、男があんなもの使うなんて考えられないだろう?」

「もう少しどうにかしてほしい人もいるけどね」

保安官が先を歩き、わたしたちはあとに続いた。地面が熱い。陽射しではなく、火事のせいだ。芝生は焼け焦げ、煙がくすぶっている場所もある。消防士が引き抜いたのだろう、低木が何本も倒され、針金のような根が黒土の上をのたくっている。

前方に掘り返された墓穴が見えた。浅い穴のなかは空っぽだった。

「いかにも女性が掘りそうな穴だな」保安官は枯葉を足で脇によけた。

ビフはかたわらに立って穴をのぞき込んだ。そして二人同時に、白い麻の布きれに手を伸ばした。保安官のほうが速かった。両手でそのハンカチを広げた。なんの変哲もない白いハンカチ。ドラッグストアで十セント出せば買えるような。保安官はそれをポケットにしまってしまった。わたしが大きさやランドリー・マーク（クリーニング店が洗濯物を識別するためにつけるしるし）を確かめる前に。マークをいちいち見分けられるわけではない。でも、その墓穴に落ちていたハンカチが気になってしかたなかった。きれいなハンカチだった。ということは火事のあとに落としたのではないか。母のハンカチは派手な柄物で、サイズはもっと小さいはずだ。

少し離れた森のなかを見ていたビフが、ふと目をすがめた。

「あれはなんだ」

保安官とわたしはそっちを見た。幅六フィート高さ二フィートほどの小山はいやでも目についた。盛り上げた土は見るからに新しい。数フィート先からでも湿っているのがわかる。

ビフと保安官が駆け出し、わたしもあとに続いた。彼らが足で土を掘り返しはじめると、わたしはぎゅっと目をつぶった。何が出てくるかはわかっている。これ以上死体を見るのはごめんだ。

二人は黙々と掘りつづけ、やがて保安官の声が聞こえた。「気をつけて。これがそうじゃないか」

ビフがうなり声で同意した。

あまりにもきつく閉じていたせいで、目の前に緑色の光が現れ、やがて赤い光が踊りはじめた。わたしは両手で目を覆い、親指で鼻を押さえた。

ビフが言った。「おい、いったいどうなってるんだ！」一瞬、間があった。「こいつは僕らの死体じゃないぞ」

「当然だよ」保安官が平然と言った。「きみたちの死体は死体安置所《モルグ》にある」

わたしが目を開いたとき、ビフが死体のコートをつかんでいた。のぞき込むと、死体の胴体が見えた。発育不良の木々のこずえから陽光が射し込み、何かがきらりと光ったような気がした。よく見ると肉切り包丁の柄だった。死体の背中に突き刺さっている。どこにでもありそうな包丁が、血に染まったコートにめり込んでいた。

ビフは死体をひっくり返した。男の顔がわたしを見上げた。顔の残骸、と言ったほうが正しいかもしれない。

「ずいぶんひどく殴ったものだな」ビフがかすれた声で言った。

「そんなに結論を急いじゃいかん」保安官は膝をつき、死体の着衣を調べた。コートの裏地は破れ、ポケットは裏返しになっている。

「きれいに持ち去ってるな」保安官が言った。

わたしは顔を上げた。保安官がストリップ・クリーン《ストリップト・クリーン》なんて言葉を使うと妙な感じだ。そのあと、保安官の言葉の意味に気がついた。

「死体の身元を隠すためにやったってこと？」

保安官はわたしの問いに答えなかった。「ゴンザレス先生に電話してくれ。番号は今朝きみに渡しただろう。いますぐにここへ来てほしいと言うんだ。若いのを二、三人連れてこさせたほうがいいな。ビフとわたしはここに残る」

そのあとの記憶はあいまいだ。わたしは森を駆け抜け、キャンプ場の管理事務所に向かった。スラックスのポケットを探ると、メモがあった。手はじっとりと汗ばんでいた。メモがふやけてしまうくらい。そして気がつくと、事務所にたどりついていた。受話器から医者の声が聞こえてきた。

「すぐ来てください！」一刻の猶予も許されないかのようにわたしは言った。「殺人事件なんです。ええ、キャンプ場の裏で……」受話器を置くと、ぐったりと壁にもたれた。

そのときジー・ジーの姿が目に入った。顔は青ざめ、こわばっている。

「見つかったの？」

「ビフと保安官が……」わたしは口ごもった。「わたしたち、森のなかで……」

「あれをバスタブから運び出したの？」ジー・ジーがさえぎった。おでこに小さな汗の玉が噴き出している。首筋や肩に赤毛が張りつき、唇が小刻みに震えている。

わたしは彼女の腕をつかみ、揺さぶった。「待って。ちょっと待ってよ」

ジー・ジーは肩の力をふっと抜いた。

「どうして知ってるの、そんなこと？」わたしは詰めよった。

「あたし――見ちゃったのよ、ジップ。昨日、バスタブにあれが入っているのを。ねえ、ジッピー、あたしどうしたらいいの？」彼女は蚊の鳴くような声をもらし、再び唇が震えはじめた。

「どうしたらいいの？」

第7章

「バスタブじゃなくて、森にあったのよ」わたしは言った。「それにね、死体はすでに二つあるの。まだ増えそうな気がするわ。二つ目の死体は見られたものじゃなかった。顔を叩きつぶすだけじゃなく、コートから仕立屋のラベルまではぎとるとは、かなり抜け目がないわね。ポケットの中身も全部持ち去っているし」

「ガスはどうなったの？」ジー・ジーは目を大きく見開き、すっかりおびえている。しかし、唇の震えは止まっていた。

「ガス？　下の名前は？」

「ガスとしか知らないわ。それに知りたいとも思わない。昨日、バスタブのなかであいつを見つけた。死んでいたわ。犬たちがベッドのまわりを引っかいていたの。どうしてマットレスを持ち上げてみる気になったのか、自分でもよくわからない。でも、持ち上げてしまった。そしたら、恐ろしい顔があたしを見上げていて……」

ジー・ジーは両手に顔をうずめ、嗚咽をもらしはじめた。「誰かに言いたかった。でも、勇気を奮い起こすたびに何かが起きるから、そのうちまた怖くなっちゃって。あ――あたし、あの男を知っているのよ、ジップ」

「そうとは限らないでしょ」

「ううん、間違いないわ」ジー・ジーは言いはった。「〈バーバンク劇場〉で働いているとき、楽屋でよく見かけたの。あの男は香水やなんかを売っていたのよ。やばい品物だってことはわかってた。すごく安かったから。知ってると思うけど、あたしは盗品を持ってる。いまさら隠すつもりはないわ。でもね、ほかのみんなもよく彼から買っていたのよ。あたしメイベルからゲラン（パリの高級香水メーカー）のジッキーを買ったことがあるの。彼女、どこで手に入れたのか教えてくれなかった。ただ売りたくなっただけだって。当然、どこかの男からもらったものだろうと思って、あたし彼女に三ドル払ったの。ところが、家に帰ってふたを開けたら偽物だった。ボトルは立派だけど、きついアルコールみたいな臭いがした。

　メイベルに突っ返してやったわ。そしたら、文句があるならガスに言え、彼から買ったんだからって言うの。でも、ガスはしばらく現れなかった。あたし、頭にきたからみんなに言い触らしてやったわ。あの男はとんでもないいかさま師だって。それでも腹の虫がおさまらなくて、マックスにも言いつけてやった。あの劇場を担当していた警官よ。それから一週間くらいあと、その日二度目の出番を終えたときドアマンに言われたの。あたしと話したいっていう男が路地で待ってるって。

　あたしは衣装のスカートを体に巻きつけて、その男に会いにいった。だけど姿がない。非常階段の陰に隠れていたのよ。突然誰かに腕をつかまれて、もちろんあたしは叫ぼうとした。男は薄汚れた手であたしの口をふさぎ、『騒ぐんじゃねえ。この近辺でずいぶん俺の悪口を言い触らしたらしいな』って言った。

それで男の正体がわかった。ガスが、盗品を売りさばいていることを警察にちくられて、怒っているんだってね。もちろん、地獄に堕ちろって言ってやるつもりだった。だけど、あいつの顔をまともに見てしまった。ねえ、ジップ、しゃべっているあいつの形相ときたら、そりゃあもう恐ろしかったのよ。あたしすっかり腰が抜けちゃって。豚みたいに小さな目が、真っ赤に血走っていた。殺されると思ったわ。それでガスはこう言ったのよ。楽屋に戻ったら、香水のことは冗談だと仲間たちに伝えろって。『こんな手荒なまねをされて、あんたの片棒をかつぐほどお人よしじゃないわよ！』って言ってやりたかったけど、そんなの無理。とにかく解放されたくて、だからあたし言ったのよ。『わかった、なんでも言われたとおりにする』って。そしたらあいつ『いい子だ』って、あたしの手に何かを握らせて路地を走り去った。

姿が見えなくなるのを確かめてから、あたしは小道具部屋に駆け込んだ。明かりがついていたから、手渡されたものを確かめることができた。それは小さな本っていうか、薄っぺらいパンフレットっていうか。なかを開くと、いままで見たことがないほど卑猥《ひわい》な写真を集めたものだった。いろんなパンフレットを見てきたけど、あんなのは初めて。ページのあいだに何かが挟まっていた。煙草に似てるけど、もっと長くて細い。あたしそのガラクタを眺めながら、ものすごい剣幕で悪態をついていたわ。すると誰かが部屋に入ってきた。トランペット奏者のベニーよ。覚えてる、ベニーのこと？」

わたしはうなずいた。のっぽで神経質なミュージシャン。トランペットの腕は最高なのだが。

「それでね」ジー・ジーが続ける。「あたしが持っている煙草を見たとたん、ベニーは大声で叫んだのよ。『なんだ、きみもやってるのか!』って。あたしなんのことだかさっぱりわからなくて。もともといけ好かないやつだと思ってたから、思いっきり冷たい目でにらんでやったわ。そしたらあたしを上から下まで眺めて、『吸ってんだろ?』って言ったの。で、踵《きびす》を返して部屋から出ていった。ショックだったわ。頭をがつんと殴られたみたいに。ガスのやつマリファナをくれたのよ。このあたしに! あとで聞いたんだけど、以前から町じゅうで売りさばいていたらしいわ。子供にまでね。それ以外の麻薬も扱っていて、警察にも目をつけられていた。その男があたしにマリファナをくれたのよ」

ジー・ジーは煙草を取り出し、二本に火をつけて、そのうち一本をわたしにくれた。わたしたちはしばし黙って煙草を吸った。

「いま思えば馬鹿なことをしたわ。警察に通報するなんて」彼女はようやく話を再開した。「でも、怖かったのよ。真っ先にマックスのところへ行って洗いざらい話したわ。そしたら町に連れていかれて、私服の連中に会った。麻薬取締班よ。長々と質問されて、あたしは可能なかぎりそれに答えたの。ガスの人相とか、劇場に出入りするようになった時期とか。もし知っていたら、あいつの朝食のメニューだって答えていたと思う。どうかしてたのよ、あたし。言うまでもなく、それはとんでもない間違いだった。だけど、知らなかったんだもの。あとで後悔したわ。あの商売に関わっているのはガス一人じゃないと気づかなかったこと。まさかそんなに大勢の連中がからんでいるとは。最初は電話がかかってきた。それから知らない男に肩を叩かれ、ドアの下に手紙が挟まっていることもあった。言うことはみんな同じ――黙っていろ、さもなきゃ永遠に口がきけなくなるぞ。だからあたし、あの町を離れたかったの」

「ビフとわたしに話してくれたらよかったのに」

「確かに、そうね。あたしもいっしょに来いって、二人で熱心に誘ってくれたでしょうね。新婚旅行を完璧にするには子役が必要だもの」

「ディンプルズには話したの?」わたしは尋ねた。反論するだけ無駄だ。

「とんでもない。もちろん香水の件は知ってるけど。事件があったとき彼女も〈バーバンク〉で働いていたから。でも、マリファナのことは誰にも言っていないわ。ああ、ジップ、大変なことになっちゃった。あたしどうしたらいいの?」

再びべそをかきはじめた。わたしは彼女を抱きよせて肩を優しく叩いた。ひっぱたいてやりたい気もしたが、なんだかんだいっても友達だし、彼女はいま窮地に陥っている。わたしをトラブルに巻き込んだからといって、彼女に腹を立てる気にはなれない。

「ねえ、ハニー。いまわたしに話したように、警察に何もかも話しなさい。あの男が誰で、何をしたのかを教えてやれば、たぶん人殺しっていう勲章をもらえるわよ」

ジー・ジーはわたしから体を引き離した。「あたしじゃない!」声がかすれている。「だから誰にも言えなかったのよ。トレーラーにあいつの死体があるって。警察はあたしを疑うに決まってる。ねえ助けて。路地で脅されたあの夜以来、あいつには会っていないのよ」

わたしは彼女を信じることにした。

二人でしばらく煙草を吸った。ジー・ジーが電話のそばの消火バケツに吸殻を投げ入れ、ジュっという小さな音が聞こえた。そしてべつの物音も。誰かが立ち去る足音だった。わたしは慌てて立ち上がり、出口へ急いだ。ドアは少しだけ開いていた。わたしはそれを勢いよく開き、あたりを見まわした。誰もいない。

「どうしたの?」ジー・ジーがだるそうに言った。

「なんでもない。誰かに聞かれたような気がして。でも、風だったみたい」

ジー・ジーはそれ以上訊かなかった。この一週間、風はぴたりとやんでいる。しかし、彼女の頭はほかのことでいっぱいだった。

「警察はあたしの話を信じてくれると思う?」ジー・ジーが尋ねた。

わたしは考え込んだ。ビフとわたしの話を聞いているとき、保安官がどんな顔をしていたか思い出そうとした。頭に浮かんだのは、当てになりそうな顔ではなかった。最初の死体は、水夫ではなく麻薬の売人だとジー・ジーが証言したら、保安官はなんと言うだろう。わたしは心を決めた。

「よく聞いて」わたしはジー・ジーに言った。「保安官はね、わたしたちが彼のことを知っていると思っているのよ。あなたがガスって呼ぶあの男。わたしたちが知っている名前はジョージで、結婚式の介添人をしてもらったの。いまになってあなたが、あれはジョージじゃなくてガスだと言い出したら、保安官に勘ぐられるかもしれない。あの様子だと、二つ目の死体の身元が判明するとは思えない。だからそっちの心配をする必要はないわ。保安官がガスのことを知ってるわけないし。あなたが殺したんじゃないなら、自分から面倒に首を突っ込むことないわよ」

ジー・ジーは熱心に聞き入っていた。首振り人形のようにせわしなくうなずき、口の端がひくひく引きつっている。

「口をつぐんでいる自信はある？」

「そんな、ジップ、わからない……わからないわ……」

「一つだけ約束して」わたしは彼女に歩みよると顎を持ち上げて、目をのぞき込んだ。「我慢できなくなったら、真っ先にビフかわたしに知らせること。わかった？」

ジー・ジーはわたしの手を握った。「約束する」

「さあ、戻って一杯やりましょう。わたしのおごりよ」

ジー・ジーは立ち上がり、わたしの腕にすがりつくようにしてトレーラーを目ざした。

トレーラー・キャンプ場の住人たちは、それぞれテントのひさしの下に集まって夕飯を食べていた。わたしたちが通りかかると、手を振って声をかけてくる。

「大騒ぎだったな」そのうちの一人が満面の笑みで叫んだ。

「ええ、本当ね」わたしは叫び返した。その男は騒ぎの真相を知らない。山火事ごときで大騒ぎするなら、二つの死体を前にしてなんと言うのだろう。

夕暮れどきの散歩を楽しむ、スラックスや短パン姿の女たち。夕食後に一暴れしようと動き出す子供たち。たらいで洗いものをする人々。こんな小さな空間で暮らしていながら、二人の命が奪われたことに誰も気づかないなんて。

わたしたちのトレーラーは周囲の喧騒から離れた場所に停まっていた。母が寝室のドアを閉めてステップを下りてきた。布か何かで無造作にくるんだ小さな包みを手に持っている。わたしが声をかけると、母はそれをエプロンのポケットに滑り込ませた。

「あら、お帰り」母は明るく言った。「どこに行っていたの？」

ジー・ジーはキャンプチェアに腰を下ろし、両手に顔をうずめた。

母は彼女を一瞥し、それからわたしを見た。

「何かあったの？ ずいぶんひどい顔をしてるわね。髪もどうにかしたら？ キャンプ中だからって、そんな格好をしていい理由にはならないのよ。なんだか太ったみたいだし。こんなことになるだろうと思っていたのよ、今回の旅は。日焼けはするし、太るし、おまけに……」

「ビフと保安官に会ってきたのよ。死体を埋めた現場にも行ってみたわ。そしたら……」

母はわたしを凝視した。「そしたら？」

「死体を見つけたわ。うちのじゃなくて、べつの死体を」

「お願いだからやめて。うちの死体って呼ぶのは」母は不機嫌に言う。「それじゃあまるで――まるで持ちものみたいだわ。それはそうと、どうしてうちのじゃないってわかったの？」

「最初の死体は、ゆうべのうちに警察が掘り返したんですって。今度のは背中にナイフが刺さっていたわ」

母はジー・ジーの隣に座った。素足がのぞくスカートの裾を丁寧に直し、両手をテーブルに置いた。もともと母には多くを期待していないが、もう少しわたしの話に耳を傾ける姿勢を示してほしいものだ。

「そのうえ」わたしは続けた。「こっちの死体には顔がなかったのよ」

母はわたしを見上げて微笑んだ。「冗談はやめて、ルイーズ。顔のない死体なんて聞いたことないわ」

わたしはたらいに水を張り、顔をひたした。冷たくて気持ちがいい。母はタオルをさし出し、わたしが顔と手をぬぐうのを待った。

「いいわ、それなら」母は言った。「見にいきましょう」

ジー・ジーが身震いした。

母は改まった口調で言った。「つまり、警察隊に協力できることがないか、行って確かめるのよ」

「警察隊は来てないわ、ママ。保安官が一人だけよ」

「なら、保安官に協力しましょう」

母はジー・ジーとわたしの先に立って歩きはじめた。青いギンガムチェックのドレスで森へ急ぐ母。歌声がかすかに聞こえてきた。「わたしは知っている。決して日の当たらない場所を……」

「本当に行きたいの?」わたしはジー・ジーに尋ねた。「さっきも言ったとおり、ひどい状態なのよ」

「誰だか見分けがつかないなら、どんな状態だろうと気にしないわ」

しかし、わたしは急に不安になった。あれをもう一度見るには、景気づけが必要だ。わたしはジー・ジーの腕をつかみ、トレーラーの陰に引きずり込んだ。

「約束どおり一杯飲みましょう」

ジー・ジーがグラスを用意した。わたしはボトルのふたを開け、ライを二杯ずつストレートで一息に飲み干した。トレーラーには誰もいない。みんなどこへ行ったのだろう。わたしはぼんやりと思った。それから誰もいないことにほっとした。軽口を叩き合うような気分じゃない。

ジー・ジーとわたしは森を目ざして再出発した。

現場に着くと、母が墓穴をのぞき込んでいた。保安官は帽子を手に持ち、かたわらに立っている。

「なんとも言えませんわ。知り合いなのかどうか」母が言う。「面影さえ残っていないんですもの。死体に顔がないってルイーズから聞いたときは、まさかと思ったのに」

「ルイーズ？」保安官が尋ねた。

「娘ですわ。ルイーズっていうのは本名なんです。ジプシーは芸名で。バーレスクの舞台に立つときの」

バーレスクと言うときの母の口調の変化に気づき、保安官は共感を込めてうなずいた。

「何日も泣き暮らしたんです。娘があのいかがわしい劇場に入ったと聞いて……」母は当時を思い出してめそめそ泣き出した。保安官の胸に頭を預け、ひとめをはばかることもない。

ビフはわたしを見てウィンクした。「彼女は泣きながら食べるからね。あれは落ちぶれたヴォードヴィルの喜劇よりも、よっぽど見ごたえがある」

保安官は髪の乱れた母の頭を優しく叩いた。そしてはっとわれに返った。素早く周囲を見まわし、慌てて手を離した。

「きゃしゃな体に似合わず勇敢な女性ですね、あなたは」保安官は母に言った。「一人であの死体を埋めるなんて。よほどの勇気がなきゃできることじゃない」

母はすすり泣くのをやめ、大粒の涙をぬぐった。「それが母親というものでしょう」そう言ってよろめき、保安官はまたもや母の体に腕をまわした。母はごく自然に身をまかせた。

保安官はひどく心配そうな表情で母をのぞき込んだ。

「なんだか気を失ってしまいそう」母がささやく。

ビフはジー・ジーとわたしをちらりと見た。三人ともよくわかっている。この程度で気絶する母ではない。

「トレーラーに戻ったほうがよさそうですね」保安官が言う。

「いいえ」母は絞り出すように言った。「ここにいるのはわたしの義務ですから。わが子といっしょに」自分の体を抱きかかえ、気丈に顔を上げてみせる。そして素早い、小鳥を思わせるしぐさで、保安官の手から白い麻のハンカチを奪いとろうとした。

保安官は小鳥には似ても似つかないが、速さでは負けなかった。母に奪われる前に、さっとハンカチを帽子にしまった。

「すみません」保安官は詫びた。「これは墓穴で見つけたもので、事件の手がかりなんです。ランドリー・マークか何かがついているかもしれない」

そして自分のハンカチをさし出した。母はそれで乾いた目元をぬぐい、無垢な顔で保安官を見上げた。

「つまり、ランドリー・マークから犯人がわかるってこと?」母の瞳は大きく見開かれ、無邪気そのものだった。

わたしは大金を積んででもそのハンカチを近くで見たいという衝動に駆られた。ああして目を大きく見開き、無邪気そうな顔をしているとき、母は決まって何かを企んでいる。そして、母が何かを企んでいるときは警戒が必要なのだ。

保安官は、どんな些細なこともないがしろにできないのだと母に説明した。「とくに殺人事件の場合は」そしてもったいぶった口調でつけ加えた。「あなたの立場は重々理解しています。どうか信じてください。あなたにこんな質問をしなければならないなんて、自分の右腕を切り落とすよりもつらい。しかし、わたしは保安官であり、職務を果たさねばならないのです。これは普通の殺人事件ではない。誰が、いつ、なぜ、どのように殺したか、たいていは始めからわかっているものだ。事件が起こる前に情報が入ることもある。だが今回は違う。殺された二人は余所者《よそもの》だし、あなたがたもそうだ。だからこそ何もかも話していただきたい」

「まあ、当然ですわ」母が言う。「何から話したらいいのかしら?」

「わたしはこの死体が誰なのか知りたいのです」

いっせいに足元の死体を見下ろした。最初に目をそらしたのはジー・ジーだった。喉の奥から胃液が込み上げるような音がした。

「この男をご存じですか?」保安官はすかさず尋ねた。

ジー・ジーは頭を乱暴に振った。歯ががちがち鳴っている。「し、知りません」

母は優しく彼女に寄り添った。「あなた、飲みすぎなのよ」母親のような口ぶりで言う。「だからこんなに震えているんでしょう」ポケットからハンカチを出し、ジー・ジーに手渡した。

わたしの目はそのポケットに吸いよせられていた。ポケットは空っぽだった。トレーラーを出るとき、小さな包みを滑り込ませたはずなのに。その包みは消えていた。

母はジー・ジーに微笑んだ。それからその微笑みをわたしに向けた。澄みきった青い瞳。そこには不安のかけらもない。保安官の背中をちらりと見て、わたしにウィンクした。

母は声を出さずに唇を動かした。「ママにまかせなさい」と。

わたしは笑い返そうとしたが、無理だった。せめて何を企んでいるのか見当がつけば、気持ちも落ちつくのだが。実際のところ、いざボールを転がしてみるまで、何が起こるか母自身もわかっていない。そして気づいたときには、いつも手遅れなのだ。

第8章

トラックの音に最初に気づいたのは母だった。

「しっ！」母は言った。

わたしたちは耳を澄ませた。甲高いノッキング音が聞こえた。軸受け《ベアリング》がすり減っていることは見なくてもわかる。そして一瞥しただけで、その幌なしトラックにはもっと具合の悪い箇所があるのは明らかだった。イスレタでは博物館レベルの車のぼろさを競い合っているにちがいない。まずは保安官の車で、次がこれだ！　もとの色は緑——それもどぎつい緑で、車体の横には〈石炭、材木、氷〉の文字。運転席のドアは勝手に開かないようにロープでくくってある。ガラスに走る十文字のひび割れ。その上にべたべたと貼った粘着テープ。運転手の膝に落ちてこないようにしてあるのだ。四つあるはずの泥よけは一つのみ。バタバタとやかましい音を立てて、かろうじてワイヤーでつながっている。コレクター垂涎《すいぜん》のその骨董品は、ほこりを舞い上げてわたしたちの数フィート手前で停まり、前の席から三人の男が飛び降りた。

遠くからでも、そのうちの一人が誰なのかわかった。会うのは初めてだが、手に提げた黒い鞄を見れば医者だとわかる。ゴンザレス医師は保安官に挨拶をした。そして墓穴に歩みより、死体を見下ろした。

「今年の第一号だな、ハンク」医者は保安官に言った。

膝をついて死体のコートを開く。そして裏地が破られていることに気がついた。

「知らない顔だな」独り言のようにつぶやいた。

「死後どのくらい経過していると思う？」保安官が尋ねた。

「この天気では予測するのが難しいが、二十四時間ってところだろう。解剖してみれば、もっと正確な時間がわかるはずだ」

ジー・ジーが生唾を飲み込む音を聞いて、医者は振り返った。

「あなたが第一発見者ですか？」

「いいえ」母が穏やかに答えた。「わたしが見つけたんです。うちのバスタブで」

「こっちは違うでしょ、ママ。バスタブに入っていたのはもう一つのほうよ。忘れたの？」

医者は黒い眉毛の片方をつり上げた。もの問いたげな視線を保安官に向ける。

「みんな役者なんだ」それですべて説明がつくかのように保安官は言った。「いまは〈憩《いこ》いの森〉のトレーラーで暮らしていて、火事の最中に見つかった死体のことを知っている。実を言うと、この小柄な女性がここに埋めたんだよ」

母はにっこり微笑んだ。〈メトロポリタン・オペラ劇場〉で観客の拍手に応えるかのように。

医者はなんの関心も示さなかった。

医者がうなずいてみせると、同行した二人は大きなキャンバス地を運んできて、死体を包んだ。

それをトラックの荷台に放り込み、かたわらに乗り込む。保安官と医者は前部席に座った。

「あのカーブで降ろしてくれ」保安官は医者に言った。「自分の車を拾っていくから。それでは、のちほど」ビフとわたしにそう挨拶をして、母にはべつに声をかけた。「少し休んだほうがいいですよ、リーさん。気分がよくなったら、またお話ししましょう」

トラックが見えなくなるまで、母は悲しそうに手を振っていた。そしてくるりとわたしを振り返った。

「さあ、これで片づいた」さばさばした口調で言う。「だから言ったでしょう、わたしにまかせなさいって」

信じられないことに、これで一件落着だと母は本気で思っている。死体はわたしたちの手を離れた。母の頭にはそのことしかないのだ。

トレーラーに戻る道すがら、例の包みのことを母に尋ねた。

「包みってなんのこと、ルイーズ?」

ビフとジー・ジーは先を歩いている。わたしは声を落とした。あの小ささからして新たな死体である可能性はない。にしても、質問をはぐらかす母の態度が気に食わなかった。

「エプロンのポケットに入れた包みのことよ。いまどこにあるの?」

母は立ち止まって、しげしげとわたしを見た。「大丈夫かい、ルイーズ? ときどき思うんだけど、おまえはね、自分で思っているほど賢くないのよ。小包ですって? そんなもの持ってやしないわよ」

墓穴に向かうとき、ポケットには何も入っていなかった。母はそう思い込むことに決めたのだ。こうなっては手の打ちようがない。それが真実であることを祈るのみだ。

祈るわたしのかたわらで、母はのんきに鼻歌をうたっていた。

トレーラーにたどりつくまでに、母は四葉のクローバーを七本も見つけた。おかげで機嫌はよくなる一方だった。鼻歌はどんどん大きくなり、どうにも口を挟みにくい。

ハンカチのことを尋ねてみたかった。なぜあれを手に入れようとしたのか。保安官は不審に思っていないだろうか。自分のハンカチを持っていたのに、母が彼の手から奪いとろうとしたことを。母の記憶から消し去られた包みには、何が入っていたのか。酒はまだ残っているだろうか——それが一番の気がかりだ。一杯か二杯、いや、三、四杯は飲みたい気分だった。それもいますぐに。

トレーラーに到着したとき、マミーはテーブルの準備を終え、コンロの上でやかんが軽やかにうたっていた。ジー・ジーはドアの前でわたしたちと別れた。少し休みたいという。いつものようにコーニーが寝室を占領していたが、マミーが手際よく問題を解決してくれた。

「さっさと起きなさいよ、この怠け者のごくつぶしが」

わたしは耳を疑った。そしてビフも。コーニーは起き上がっただけでなく、トレーラーから出ていった。毛布を小脇に抱え、シャワー小屋の近くのハンモックのほうへ足音高く歩いていく。

テントのひさしの下に戻ったあとも、マミーはぶつぶつ言いつづけていた。「口ごたえなんかさせるもんか、絶対に」しかし、母を見ると、顔つきががらりと変わった。「お気の毒に」マミーはいたわるように言った。「さあさあ、おいしい紅茶を淹れますからね。きっと気分もよくなるわ」

母はキャンプチェアに腰を下ろし、ミルクと砂糖を探しているマミーに弱々しく微笑んだ。

「電話でルイーズが話しているのを聞いてしまったのよ」マミーが言った。「大変なショックだったでしょうね。自分のトレーラーで死体を発見するなんて。あたしよく言うのよ、一寸先は闇だって。いまの世のなかじゃ……」

マンディが競馬新聞から顔を上げた。「だけど、一つだけ確かなことがある。ルーズベルト（この作品が発表された当時の米国大統領）に責任を問うことはできない」

「責任ってなんの?」ビフがすぐさま尋ねた。

「アラバスターがビリになったときの責任さ。あんたはどう思う?」

ビフが大きなため息をつき、わたしもついた。遅かれ早かれ死体のことはみんなに伝わるだろう。それでもできるだけ先延ばしにしたかった。いずれにしろ説明するのは保安官の仕事だとわたしは自分に言い訳をした。

マンディが立ち上がって出かけようとすると、ビフは六ドルを手渡した。

「ブラック・ナイトの複合馬券を。ロッキンガムの第六レースだ」

べつのトレーラー住人もその賭けに加わった。マンディならサハラ砂漠でもノミ屋を見つけ出せるだろう。彼はマミーに手を振った。「ツキがまわってくるように祈っててくれよ、ハニー」

マミーは母のギンガムチェックのドレスを着ていた。動くたびに、貧弱な尻のまわりのスカートがばさばさと音を立てる。グラマーな胸元が自慢の母は、襟ぐりが大きく開いた服を好んで着る。それに引きかえマミーの首は、覆いかくしたくなるような代物だ。母の胸元を上品に飾る白いオーガンジーのひだ飾りも、気の毒なスミス夫人が着ると不気味に見える。

ビフも同じことを考えていたにちがいない。

「マミー、町に買いものに行くとき、僕らといっしょに来るといい。洋服を買わなくちゃな。うぶな娘役専門の女優さんにお下がりを着せておくわけにはいかないからね」

マミーはわたしたちに背を向けた。泣いているのだ。

「みなさん本当に優しいのね」涙声で言う。マミーはトレーラーに駆け込み、ビフは黙って紅茶を飲んだ。そして湯気が立ち昇るカップから顔を上げた。

「まいったな。泣かせるつもりじゃなかったのに。僕はただ……」

「わかってるわ、ハニー」

マミーがスクリーンドアを開け、母を呼んだ。うきうきした声だった。「ねえ、エヴァンジー、そのテーブルの上を空けてちょうだい。びっくりするものがあるのよ」

母は億劫そうに紅茶の道具を片づけはじめた。どことなくうわの空で、何か気がかりなことがあるらしい。マミーが耐熱皿をテーブルに運んできたときも、相変わらず浮かぬ顔をしていた。皿の上にはこがね色に焼けたビスケットが山のように載っていた。

ビフは三ついっぺんに口に放り込んだ。

「紅茶に合うと思って」マミーは言う。「オーブンにつきっきりだったのよ。焦がさないように見張っていたから」クッキーを手のひらに載せ、両手で交互に重さを測った。「重くないほうがいいのよね」

　トレーラーにオーブンが備わっていることに、わたしは初めて気がついた。いつもいい加減な食事しか作っていなかった。豆、ハンバーガー、ホットドッグ、そして豆。わたしたちは食べることには無頓着なのだ。

　わたしはビフの表情を見て、「男心をつかむには胃袋から」ということわざには一理あると納得した。ビフがビスケットでそんなふうに目を輝かせるなんて。わたしが作りさえすれば、喜んで食べるのだろう。

　ビフが六個目にバターを塗りはじめたとき、洗濯物が目にとまった。一本のロープがテントと木のあいだに渡してあり、薄手のネグリジェが四枚、誘うように風に揺れていた。レースのパンティ、男ものの靴下、わたしのおろしたてのパンスト、男もののパンツ、ラベンダー色のパンティ。

　わたしの視線に気づいたマミーが早口で言った。「こまかいものを先にすませたの。明日はシャツとか大きなものを洗うつもりよ」

　最初に感じたのは憤りだった。あかの他人に洗濯をしてもらうなんて。それから恥ずかしさと感謝の気持ちが込み上げてきた。わたしは洗濯が大嫌いなのだ。

　ディンプルズのとがった声がトレーラーから聞こえてきた。眉毛を抜く毛抜きが見当たらないという。「コンロのここに置いてあったのに」

「それ以上抜いたら」ジー・ジーが口を挟んだ。「コウモリみたいな顔になるわよ」

　マミーは慌ててトレーラーに駆け込み、スクリーンドアをそっと閉めた。

「化粧道具は全部この引き出しにしまったのよ。来たばかりだからどれが誰のものかわからなくて。でも……」

マミーの声が途切れ、わたしはビフの視線を感じた。

「さっき彼女のことをうぶな娘役って言ったっけ?」ビフは小声で言った。「主演女優の間違いだったな」

ビフの言うとおりだ。彼女が加わることでトレーラーがさらに狭くなるどころか、ずいぶん生活が快適になるだろうとわたしは思いはじめていた。

ビフは最後のビスケットにかじりついた。

「これぞ贅沢な暮らしって感じだな」二口でそれを飲み込んでしまった。

母は紅茶を飲んだ。クベバ（ジャワ島原産コショウ科の蔓性植物。咳を抑える薬等に使用される）に火をつけ、小さくあえぎながら煙を吐き出した。

「ねえ、ちょっと考えたんだけど」母はゆっくりと言って、咳止め用の煙草をもう一口吸った。とたんにわたしは不安になった。母が何か考えると、たいてい面倒なことになるのだ。

「保安官には言いたくなかったのよ。おまえたちに話すまでは。それすら迷っているんだけどね」最後の言葉はビフに向けられたものだった。「あなたが事態の収拾に乗り出すと、余計にややこしくなるんだもの。言わないほうがいい気もするけど、でも、信じることにするわ」

母が何を考えているにせよ、よくないことにちがいない。わたしは覚悟を決めた。それでもやはり、母の次の言葉に仰天した。

「保安官が帽子にしまったあのハンカチ、コーニーのものだと思うの」

ビフがむせた。

「ランドリー・マークが見えたのよ」母はかまわず続けた。「サンディエゴでまとめてクリーニングに出したとき、見た覚えがあるもの。わたしが間違って伝票にリーと書いちゃったことがあったでしょう？」

間違いとはよく言ったものだ。いつだって母は躍起になってわたしの地位を守ろうとする。たとえクリーニング屋の伝票であろうと、娘の名前を一番上に書かなければ気がすまないのだ。戻ってきた洗濯物すべてに〈Mr. G. R. Lee〉とプリントされているのを見たとき、わたしたちは腹を抱えて笑ったものだ。近所の人たちがビフのことをミスター・リーと呼ぶようになってから、笑いごとではなくなったが。

「ほかにも考えていることがあるの」母は言う。

ビフは椅子の背にもたれて、大きくため息をついた。わたしも気持ちを奮い立たせようとしたが、いやな予感が胸を締めつけた。

「だけど」母は意味ありげにつけ加えた。「おまえたちは口が軽いから、それが何かは教えられないわ」ティー・カップをのぞき込み、底に残った茶葉をじっと見た。

「ジプシー」

次に何を言うかはわかっていた。母がわたしをジプシーと呼ぶのは、カードを並べたり、茶葉を見たりして運勢を占ってほしいときだけだ。いまはとてもそんな気分ではない。わたしは口をきつく引き結び、きっぱりと断るつもりでいた。

母はカップのなかを小指でさした。「なんだかおもしろい形が現れたわよ」

わたしは腕を組み、椅子の背に体をあずけた。

「もちろん、どういう意味かはわからないけど。でも、これは間違いなく銃の形だわ」

意志とは裏腹に、そのカップをのぞき込みたいという衝動に駆られた。〈オールド・オペラ劇場〉でロリタ・ラ・ヴェルヌの死を予測してからというもの（前作『Gストリング殺人事件』の一幕）自分は神の意思を託宣する巫女《みこ》にちがいないとわたしは思い込んでいた。

「ねえ、こんなことってあるのかしら！」母は舌を鳴らした。「こっちはどう見ても保安官の帽子よ。端の持ち上がり方とか、てっぺんが細くなっているところとか、何もかもそっくり。不気味よね、こんな形になるなんて。尋常じゃないわ」

「トイレが一つもないホテル並みにね」ビフがつぶやいた。

わたしがにらみつけると、彼は紅茶に視線を戻した。

母は皿の上にカップをひっくり返した。そしてカップを右に三回、左に三回まわした。

「願でもかけてるの?」わたしは尋ねた。

母はうなずき、真剣な面持ちでカップをさし出した。

保安官の帽子は見当たらないが、銃と解釈できそうなものはあった。銃からグリップを取ればそういう形になるだろう。わたしがよく知っているのは、見世物の早撃ちで使用するたぐいの銃だ。カップのなかの銃はそれとは別物だった。

「旅が見えるわね」わたしが占いをするときは、たいてい最初に旅が見える。ショービジネス界では、旅は重要なキーワードなのだ。

「手紙、もしくは法的な文書ね、背の高い男、そして、け——結婚？」

わたしはカップの中身を見直した。紅茶の葉のなかに結婚が見えたのは初めてだった。並んで走る二本の線。わたしはカップをまわして、もう一度眺めた。どこから見ても、母のカップには結婚の相が表れている。

「結婚ですって？」母はいつになく真剣な顔をしている。「イニシャルとかは見えないの？」

カップの縁に文字が一つ見えた。大文字のD。結婚とは関係なさそうだ。二本の線とは離れすぎている。わたしは落ちつかない気分になった。Dは危険《デンジャー》を意味している。カップを母に返し、トレーラーに足を向けた。

夕暮れの陽射しの下から薄暗い室内へ入ったせいで、目が慣れるのに少し時間がかかった。居間には誰もいなかった。マミーとディンプルズは寝室でジー・ジーと話している。ジー・ジーはベッドの足元に座り、肩にタオルをかけていた。櫛《くし》ですいた赤毛が頭にぴったり張りついている。

「彼女を説得していたところなのよ。絶対にブロンドのほうが似合うって」マミーは手に歯ブラシを持ち、ホワイト・ヘナを塗る準備をしているところだった。漂白剤のつなぎに用いるそのペーストは、サイド・テーブルの上の片手鍋に入っている。

「これまでに何度もやってきたけど」マミーは言う。「みんな喜んでくれたわよ」

ジー・ジーは躊躇した。「問題は、キャッチフレーズが使えなくなるってことなのよ」考え込むように言う。「そりゃあ、〈レッドヘア・ダイナマイト〉から〈ブロンド・ダイナマイト〉に変えればすむ話だけど。それとも〈セクシー・ブロンド〉ってのはどう?」

ディンプルズはベッドの背にもたれて煙草を吸い、床に灰をまき散らしている。「死ぬほど退屈ね」

マミーは楽しそうに話を聞いている。ホワイト・ヘナをかき混ぜ、削った石鹸を加えていく。やがて雪の吹きだまりのような小山ができた。

「ああ、あなたたちが舞台に立つところを見てみたいわ。ここにいる全員が女優や男優だと思うと、あたし、興奮して何をしていたかわからなくなるの。このあたしが、マミー・スミスが、俳優といっしょに旅をしているなんて! ワトヴァじゃ誰も信じないわ」

「ワトヴァ?」ディンプルズが顔を上げた。「それっていったいどこなの? ヨーロッパ?」

「ワトヴァはあたしの生まれ故郷よ」マミーは誇らしげに答えた。「あたしの愛する夫であるスミスは、そこに六百エーカーの広大な畑を持っていた。オオロガ(オクラホマ州の小さな町)から八マイル南下したところにあるのよ」

ディンプルズは肩の力を抜いた。「ふうん、そうなんだ」

「あたしがショービジネス界の俳優といっしょに旅をしているって言っても、ワトヴァじゃ誰も信じやしないわ」

「それってさっきも言ったわよ」ワトヴァに興味を失ったディンプルズは、声を立ててあくびをした。

マミーはにっこり笑った。あくびをしようとしまいとディンプルズは女優であり、それだけで充分なのだ。

「ステージではさぞかし人気があるんでしょうね。着飾ったらきれいに決まってるもの」

ディンプルズは目をすがめた。「からかってるの?」

マミーはあっけらかんとして続ける。「恥ずかしいと思ったことはないの? だって大勢の男たちが見ている前で服を脱ぐんでしょう」

「ちょっと」ディンプルズは肉づきのいい腰に両手を置いた。「その恥ずかしい仕事ってのは、いったいなんのこと? どうして恥ずかしがらなきゃならないのよ。あたしはやましいことをしてるってわけ?」

クイヴァー・クイーンの触れてはいけない場所に触れてしまったことに気づき、マミーは慌てて言いつくろった。「つまり、ちょっと疑問に思っただけなの。何を考えているんだろうって。あそこで――服を脱ぐときとかに」

「何も考えちゃいないわ。仕事中なんだから。スケべな男どもにあれこれ想像させるのがあたしの商売なのよ。客はそれが目的で金を払っているんだから。舞台の上で気取ったポーズをしながら考えごと?」ディンプルズは短く笑った。「ああおかしい! このあたしが、おへそにラインストーンをつけて、考えごとだなんて」

ジー・ジーはディンプルズの語るディンプルズの話に飽き飽きしていた。

「ちょっと、あたしの話をしているところなのよ。髪を染めるか染めないか」

死体やハンカチや包みのことはすっかり忘れていた。そのときのわたしには、ジー・ジーの選択のほうが重大に思えた。彼女は〈レッドヘア・ダイナマイト〉として人気も定着している。いまさらそれを変えるなんて、よほど慎重に考えねばならない。

ディンプルズはマミーの手から歯ブラシを奪いとると、素早くホワイト・ヘナにひたし、ジー・ジーの頭に塗りつけた。

「迷ったときはやってみる」ディンプルズは言った。それが彼女の信条だ。

マミーはジー・ジーの髪にホワイト・ヘナをまんべんなく塗り、しばらく放置した。そしてジー・ジーはプラチナ・ブロンドに生まれ変わった。変化をつけるために、淡いピンク色がところどころに配されている。

マミーはそのできばえに大喜びしていたが、わたしは当分ジー・ジーに仕事の予定が入っていないことを喜んだ。新しいキャッチフレーズ〈プラチナ・パニック〉をつけたとしても、客に認めてもらうまで相当苦労するだろう。それでも、赤毛に染め直すように促す勇気はなかった。とりあえず二、三日様子を見ることにしよう。そして、とりあえず一杯やろうとみんなを誘った。

男たちは大喜びで仲間に加わった。コーニーがグラスを運んできた。コーニーが進んでやる唯一の仕事だ。誰かが酒を買ってくると、コーニーは決まってグラスを運んでくる。マンディは水の用意をした。なんとなく元気がない。そしてビフも。二人の顔には〈またもや競馬で大負け〉と書いてある。

ビフはジー・ジーの髪をお気に召したらしい。「なんだか惚れちまいそうだよ」

「おあいにくさま」ジー・ジーが言った。「バーレスクでジップと義理の姉妹じゃないのはあたしだけなんだから。きれいな関係のままでいましょう」

ビフは話題を変えて、マミーに酒を勧めた。意外にも、彼女は喜んでグラスを受けとり、古参の旅芸人のごとくきれいに飲み干してしまった。

「ああ、おいしい」そう言って手の甲で口元をぬぐう。「あたしが作ったルバーブ・ワインほどまろやかじゃないけど、でもおいしいわ」

ビフはもう一杯勧めた。強く勧める必要はなかった。ワトヴァには筋金入りの大酒飲みが揃っているにちがいない。

マンディは得意の芸——野鳥や野生動物のものまね——を披露した。マンディが孤独な牛を演じはじめると、三杯目を飲んでいたマミーは笑いすぎて息ができなくなった。乳牛は野生動物ではないと指摘する者はいなかった。

ジー・ジーがギターを弾きはじめるころには、かなりの人だかりできていた。トレーラーハウスの隣人たちは距離を保ちつつ、遠巻きに眺めている。ビフとコーニーは『フリューガル・ストリート』（バーレスク古典喜劇のワンシーン）で、そのショーを締めくくろうとした。ところが制止する間もなく、ディンプルズが服を脱ぎはじめた。隣人たちは、喝采を送るべきか、警察に通報すべきか決めかねている。誰かが「脱いじまえ！」と叫んだ。

ディンプルズにはそのひとことで充分だ。ビフは彼女を引き止める勇気を持っていた。コーニーから毛布を奪いとり、ショーの幕を閉じた。

愉快なパーティだった。夕食をとることさえ忘れていた。いつだってそれは絶好の口実になる。

わたしたちはジョニーの父親から車を借りて、意気揚々と町へ繰り出した。

「忘れられない夜になりそうだな」ビフはそう言って、後部座席に乗り込む母に手を貸した。

確かに彼の言うとおり、一生忘れられない夜になった。

第9章

真っ先に立ちよったのは〈ハッピー・アワー〉だった。車を運転していたのはビフだから当然かもしれない。彼が駐車場に車を入れているあいだに、母とわたしは近くを見て歩いた。

通りは賑やかで活気に満ちていた。ネオンや点滅するライトを見て、マルベリー・ストリート・フェスティバル（聖ジェローナ祭。ニューヨーク最大にして最古のお祭り）を思い出した。フランシスコ・カルシオの店よりしゃれた外観の酒場はたくさんある。しかし、入り口の混み具合からして、カルシオの〈ハッピー・アワー〉が一番繁盛していることは明らかだ。中途半端に巻き上げられた、色褪せたひさし。そこから〈NOGALES〉のペナントだの、〈MY SWEETHEART〉に捧げる愛の詩《うた》をプリントした枕カバーだのがぶら下がっている。

わたしはそのサルーンでワインを飲むグループの多さに驚いた。外見とは裏腹に〈ハッピー・アワー〉にはビールを飲んで騒ぐ連中はいない。大半の男たちはワイシャツを着て、みやげものの帽子をかぶっている。つばに小さな玉飾りのついたメキシコのソブレロだ。女はみなイブニングドレスを着ている。

ジョイス・ジャニスは四人の男といっしょに、入り口近くのテーブル席に座っていた。昼間と同じ汗じみのついた青いサテンのドレスを着ている。そこから五フィートほど離れた場所にカルシオが立っていた。わたしたちが入っていくと、火のついていない煙草をくわえたまま会釈をした。意外そうな顔だった。

ボーイ長の目には、わたしたちがお上品にワインを飲む客に見えたのだろう。迷わずテーブルの上を片づけはじめた。ジョイス・ジャニスの席に近すぎてわたしは嬉しくなかったが、ステージを間近に見られ、母はすっかり気をよくした。何一つ見逃したくないのだ。

「あらやだー！」ディンプルズが金切り声を上げた。ジョイスの体に腕をまわし、キスの雨を降らせる。「まるで昔の週末のホームパーティみたい。さっきカウンターでミリーとクラリッシマを見かけたばかりなのよ。ボブ・リードもいるし。こんな偶然ってあるのね！」

その大げさな喜び方ときたら、生き別れになった姉妹のようだ。サルーンでワインを飲む四人連れの男の威力とはすごいものだ。ワインをおごってもらうためなら、ディンプルズはアメリカドクトカゲにだって抱きついただろう。

それに比べてジー・ジーの態度は控えめで、どことなく不安そうだった。二人はちょっと誘われただけで、ジョイスと金まわりのいい客たちの集まりに加わった。ジョイスの紹介を信じれば、男たちの名前は四人ともジョー。全員セントルイスに住んでいて、ここへは遊びにきているという。

「じゃあ、あたしたちといっしょね」ディンプルズがつぶやいた。

ジョーの一人が彼女の首にナプキンを巻き、目の前にボトルを置いた。

「赤ん坊じゃないのよ、あたし」ディンプルズはそう言いながらも、甘えるような目つきをした。

わたしは母やマミーと同じテーブルについた。コーニーやマンディとはカウンター付近ではぐれた。彼らもまたミリーとクラリッシマを知っている。ボブ・リードはその昔、子役のテノール歌手として、ニューヨークの〈リパブリック劇場〉でデビューした男だ。ミリーたちとは〈ゲイエティ〉で共演したことがある。彼らはカウンターに片肘をつき、思い出話に花を咲かせている。役所に興行を禁じられてバーレスクの行く末に疑問を感じたときは、〈ハッピー・アワー〉を見ればいい。コメディアンのコンビがいて、ストリッパーが歩く花道さえあれば、もはやこの場はバーレスクだ。オーケストラが『ジプシー・スイートハート』を演奏しなくてよかったとわたしは思った。その曲を聴いたら、勝手に体が動いて踊り出してしまっただろう。

ここは懐かしい空気で満ちている。にもかかわらずこの店には、どこか不健康なところがある。わたしはそれが好きになれなかった。

「で、ご注文は?」薄汚れた白いうわっぱりを着た、あばた面のウェイターが背後に立っていた。その声に驚いたわたしは、発作的にライのダブルを注文した。

驚かさなくたって注文するわよ。そう言ってやろうと思ったが、ビフの手に負えないほどの大男だったので思いとどまった。

「わたしはホット・トディ(ウィスキーやラムなどに湯と砂糖を加えた飲みもの)にするわ」母が言った。「喘息に効くのよ」

マミーが決められずにいるので、わたしが代わりに注文した。

「ダブルのライを二つにして」わたしはウェイターの背中に言った。すでにカウンターへ帰りかけていたウェイターの何かがその場に残っていた。おそらく店全体にしみついた臭いだろう。

いずれにしろ気に食わない臭いだった。ついでに、ジョイスの肩にもたれているビフの態度も気に食わなかった。

「いったいビフはなんの話をしているの？　あの安っぽいブロンドの女と」母が言った。

「ただの世間話でしょう」

「なんと呼ぼうとあんたの自由だけど」母は鼻を鳴らした。「わたしの時代にはべつの呼び方をしたわよ」

五人編成のオーケストラが長く尾を引く音を鳴らし、ボブ・リードがマイクのコードを引きずりながらステージに上がった。

「こんばんは、みなさん」鼻にかかった声で言う。「ようこそいらっしゃいました」

照明が暗くなり、揺れ動くスポットライトがスモークのなかに立つ彼をとらえた。もともとボブはスコッツ・エマルジョン（十九世紀後半にニューヨークで創設されたタラの肝油を主要製品とする会社の商標）の広告に採用されるほどの美男子ではないが、いまでは身なりにすら気を使わなくなっていた。タキシードはてかてかのよれよれ。腕のまわりがとくに光っているのは、つねにカウンターにもたれているせいだろう。化粧をしていない顔は青白く、吹き出ものだらけだ。エナメルの靴はひび割れて汚れている。わたしはそれを亜熱帯性の気候のせいにしておいた。

「嬉しいことに、今宵はたくさんの幸せそうな顔と、たくさんの懐かしい顔が見えます」ボブは言った。「こちらにいるのはナット・ミラー。ほら、立っておじぎをして、ナット。みなさんご存じのとおり、ナットはとても恥かしがり屋でして。酒の販売業をしています。さあ、ナット、こっちへ来て一番のお得意様たちと握手するんだ」

ナットはその司会者に向かって葉巻を放った。みんなとても仲がいいらしい。

「あそこでは結婚記念パーティをやっています」サルーンの奥の隅に座っているグループをボブは杖でさした。正装した女を見てわたしはほっとした。オーケストラが『メニー・ハッピー・リターンズ・オブ・ザ・デイ』を演奏すると、彼女は立ち上がって頭を下げた。

「はい、そして、ノーラング夫妻」ボブは紹介を続ける。「結婚して二十七年。ノーラング夫妻には肺がない《ノー・ラング》そうです」

妻は声を上げて笑った。ボブに促されると、喜んで立ち上がっただけでなく、その場で踊りはじめた。マミーはすっかり魅せられていた。その老女のブルマーが見えるまでは。

「それでは、紳士淑女の皆様、ごく短い幕間《まくあい》を挟みまして盛大なフロアショー第一部の始まりです。当店店主、フランシスコ・カルシオが、皆様を驚かせるため、つまりは楽しませるために、当代きってのスターを取りそろえました。まずは、かの有名な美女軍団、十六人のきれいどころ、ハッピー・アワレッツ。そして、ミズーリ州セデーリアのココナッツ園からやってきた、ダンシング・デ・ヘイブンズ。フランス人姉妹、イエス・インディーディ。ジョイス・ジャニス——彼女の白鳥のダンスは万人《ばんにん》を興奮の渦に巻き込みました。トルコが誇る二人組、トルキッシュ・デライト。皆様の従順なる僕《しもべ》、わたくし、ボブ・リード。そしてもう一つとっておきのステージをご用意しました。この世に二人と存在しない、ショービジネス界の女王にして、世紀のタッセル・トワラー（乳房に房飾りをつけてぐるぐるまわすダンサー）、テッシー！　さあ、まもなくショーの始まりだよ！」

照明が明るくなり、サルーン全体がざわざわとあわただしく動きはじめた。あちこちのテーブルでイブニングドレス姿の女たちが、グラスの酒を一気に飲み干して立ち上がった。みな口々に同じことを言っているようだ――「ショーが終わったらすぐ戻ってくるわ」

オーケストラがガタガタと音を立てて持ち場に戻る。くたびれた顔の指揮者の合図で、『美しい娘はメロディのよう』の最後の八小節を演奏しはじめた。

マイクを呑み込まんばかりの勢いで、ボブ・リードがその曲の一節とコーラスをうたった。そのあとダンサーを一人ずつ紹介した。

リオ・リタ――背が高くやせっぽっちで、骨ばった脚の娘だ。スペイン風のショールを腰に巻き悠然とフロアを歩く。最後にショールの片端を滑らせて太ももを見せた。青あざがあった。イスレタでは青あざが流行っているにちがいない。

二人目のミス・ウーピーは、カウボーイ・チャプス（カウボーイが乗馬の際にズボンの上から着用する革製の脚カバー）をつけている。普通のチャプスと同様に脚のつけ根から上はないのに、はいているのはビーズでできた小さなパンティだけ。ガムを噛むのに忙しくて観客に微笑むひまはないが、べつに問題ないのだろう。いずれにしろ誰も彼女の顔など見てやしないのだ。

顔見知りのコーラスガール、ミリーは、くすんだ銀色の布で作った巨大な肩当てを身につけ、そこから洋蘭の造花をぶらさげている。バランスを保つのに苦労していることが傍目にもわかった。笑顔がこわばっている。ミリーはミス・キッド・ブーツ（ジーグフェルド作『キッド・ブーツ』はブロードウェイのミュージカル・コメディで、のちに映画にもなった。邦題は『猿飛カンター』。キッド・ブーツはその主人公）なのだ。ダンスシューズの上からかぶせた油布の脚絆《きゃはん》を見て、わたしはようやくそのことに気がついた。

ジョイスは最後に登場した。扮装のテーマはミス・アメリカなのか、国旗を思わせる赤と白と青の肩当てをつけている。Gストリングは金箔の星。小さな二つの星がブラの代わりだ。彼女はミス・アメリカではなかった。ミス・ジーグフェルド・フォーリーズ（『ジーグフェルド・フォーリーズ』はフローレンツ・ジーグフェルドが製作した豪華なレビューショー）だ。

女たちが『ラブリー・レディ』に合わせて練り歩きはじめると、もう一度全体を眺めることができた。ライトが消える間際、彼女たちはいっせいにブラを取った。なんとも冴えないオープニングだ。

再びライトがつくと、母がマミーの背中を叩いていた。むき出しのおっぱいは、スミス夫人には刺激が強すぎたらしい。彼女の顔は赤紫色になっていた。

「み――見た？　いまのあれ」夫人は息をあえがせている。

ビフがわたしたちのテーブルにやってくると、母はじろりとにらみつけた。まるで彼がその舞台を演出したかのように。

「ねえ、ビフ、本当に素晴らしいお店ね。わたしたちをここへ連れてきたがるはずだわ」

肩当てを外した二人の女がフロアに戻ってきて、タップダンスを威勢よく踊りはじめた。ボブは二人をフレンチ・シスターズと紹介した。ヌードで締めくくったオープニング以上に、わたしはその踊りに面食らった。しかし、母とマミーは猛烈な拍手喝采を送っている。

トルコ人のペアはローラースケート乗りだった。ローラースケートにはこれっぽっちも興味がないので、わたしはサルーンのなかを眺めて時間をつぶした。

カルシオは熱心にショーを見ている。出しものが一つ終わるたびに、真っ先に誰よりも大声で笑う。ボブ・リードのジョークで笑ったのは彼一人だった。その合間に、ちらちらとマミーを盗み見ている。

彼女はわたしたちのグループのなかで一人だけ浮いていた。つばがほつれた黒い麦わら帽子、そこに無造作にさした、不釣り合いなピンクのバラ。やせて筋ばった体にまとった母のドレスは、ひとめで借りものだとわかる。深いしわが刻まれたなめし革のような顔すら、場違いのしるしに見える。

ボブ・リードが自分のネタを始めた。「今夜ここへ来る途中、とてもおもしろいことがありましてね」

わたしは聞いていなかった。カウンターの近くで覚えのある帽子と背中が見えた。振り向かなくても保安官だとわかった。マンディやコーニーと話をしている。わたしは肘でビフを突いた。

「ちょうどよかった。一杯おごってくるよ。僕がいれば余計な話をされずにすむし」

「二杯おごってあげて」わたしは言った。「急いでね」

ボブ・リードは『アイ・ウォント・トゥー・ビー・イン・テネシー』のかえ歌をうたいはじめた。女教師にむちで叩かれることになった少年が、ズボンのお尻に地図帳を忍ばせるという歌だ。

わたしは片目でビフを、もう片方でステージを見ていた。出だしを聞いただけでうんざりした。

先生はムチを振るい、おいらはひっそり笑う。

アラバマをピシャッ、懐かしきヴァージニアをビシッ、オレゴンをバシッ。


ビフは保安官の肩を叩いた。彼の声が聞こえてきそうだった。「やあハンク、今日はよく会いますね」ビフはコーニーと保安官のあいだに割り込んだ。そしてじわじわとコーニーをカウンターの中央へ押しやった。わたしは小さく安堵のため息をつき、舞台に視線を戻した。

コーラスガールがさらに三曲うたい、もう一つべつの演目が披露されたあと、タッセル・トワラー、テッシーの出番がやってきた。

彼女は待ってでも見る価値があった。房飾り《タッセル》を乳房につけてまわすその荒技は、これまでにも見たことがある。でも、テッシーを見るまで、わたしはその種の芸を軽んじていた。テッシーには才能がある。房飾りを単にぐるぐるまわすだけではない。彼女は高度なテクニックを使った。片方を左にまわし、もう片方を右にまわし、それから両方揃って右にまわす。と思いきや、二つをべつべつの方向に勢いよくまわしはじめた。そのあと、腹部を使っての技も披露した。

わたしはカルシオに劣らぬほどの喝采を送った。なんて素晴らしいのかしら、と言いかけたとき、マミーと母の顔が視界に入った。二人ともすっかり青ざめている。わたしは出かかった言葉を急いで呑み込んだ。

「まさか、あなたはやらないわよね?」マミーが言った。

テッシーの次はジョイスの出番だ。昼間のリハーサルで見たのと同じ、お決まりのダンス。女レスラーさながらの力まかせで投げやりな踊りだった。こわばった精彩のない顔は、苦虫を嚙みつぶしたようにさえ見える。

気持ちはわかる。テッシーのあとはやりにくいはずだ。〈オールド・オペラ劇場〉でバーレスクを興行していたH・I・モスが、鼻っ柱の強い役者たちをいかに手なずけたかを思い出した。彼もまた、ひときわ派手な演目のあとに、そういう連中に演じさせたものだ。考えれば考えるほど、わたしはそこに意図を感じた。

カルシオは片手をテーブルにつき、わたしの横に立っている。彼はほくそ笑んだ。

「あれで、自分はバーレスク界の大スターだと言いはるんだ」

「そのとおりよ」わたしは答えた。どうやらわたしの勘は当たっていたらしい。カルシオはショービジネス界のやり方を早々と身につけている。もともとそういう策略に長けた男なのだ。ジョイスにつらく当たる理由を訊きたいとは思わなかった。しかし、カルシオは勝手にしゃべりはじめた。

「このあたりの男には、あまり人気がないんだよ」軽い口調で言った。

Gストリングのラインストーンがチューバにぶつかり、甲高い音を立てた。マミーが息を吞み、わたしはジョイスの踊りが終わったことを知った。

マミーは弾かれたように立ち上がり、震える指で帽子をぐいと引き下げた。乱暴に扱ったせいで、つばに飾ったバラの花は見る影もない。襟元のたるんだオーガンジーのひだをぎゅっとつかみ、〈婦人用《レディス》〉と記されたドアへ向かった。

母はボストンバッグを持ってあとを追いかけた。

「どうかしたのかね？」カルシオが言った。「ショーがお気に召さなかったかな？」

「そんなことないわ」わたしはさらりと嘘をついた。「スミスさんは、サルーンに来るのが初めてだったもので」

「サルーン？」カルシオが即座に反論した。「わたしはこの店のことをシアター・レストランと呼んでいるんだよ」冷ややかな目でわたしを見据え、葉巻をぎりりと噛んだ。

それ以上口出しすべきではなかった。たとえカルシオがこの酒場を〈ストーク・クラブ〉（ニューヨークにある高級ナイトクラブ）と呼ぼうと知ったことではない。どのみちここはサルーンなのだ。しかし、わたしはどうにも居心地が悪かった。わたしにとっては、カルシオは腕が触れそうなほど近くに立っている。彼と二人きりになるのはいやだった。キャロン（フランスの老舗香水メーカー）の甘ったるいスイートピーの匂いや、むせかえるような葉巻の煙にもうんざりしていた。ベルトを締めた白のスーツは体に密着しすぎているし、黒いシャツはてかてか光りすぎている。

愛想よく笑ってみたものの、ちっとも心がこもらない。わたしは酒のせいで少しばかり大胆になっていた。

「サルーンとシアター・レストラン、わたしにはどっちも同じに思えるけど」取ってつけたように笑いながら言った。「きっと二階があればホテルって呼ぶんでしょうね。舞台裏にあるあの古ぼけたテーブル、卓球台にぴったりだと思うわ」

わたしはカウンターをちらりと見てビフを探した。姿はない。わたしは見捨てられたような心細さを感じた。さっきまで彼がいた場所には、女が三人座っている。うち一人は――タンカー・メアリーという名前だとあとで知った――編みものをしている。針先を見ずにせっせと指を動かし、視線はつねに入り口のドアから離さず、男性客が入ってくるたびににっこり笑う。小刻みに動く唇は、その形からして「二目表編み《ニット・ツー》、二目裏編み《パール・ツー》」とつぶやいているらしい。もう一人の女は、笑うと二本の金歯がきらりと光る。ビール臭《くさ》い息を吐きながら「坊や、あたしと楽しまない?」というのが決まり文句のようだ。三人目は太い脚に黒い綿の靴下を履き、紫の寝室用スリッパを突っかけ、ビールを飲んでいる。口のまわりに白い泡の髭をたくわえて。

「なんとも味のある三人を揃えたものね」わたしはカルシオに言った。「お客はさぞかし幸せな気分になるでしょうね」

「客の気持ちなど知るもんかね」カルシオは椅子を引き、ズボンの裾を几帳面に持ち上げて隣の席に座った。ボタンのついた黒白のコンビ靴と、鮮やかな黄色の靴下、褐色のすね、それに紫色の靴下止めが見えた。

とっさに彼の下着が頭に浮かんだ。わたしの想像では、素材はシルク、胸元に目立つ色で自分の名前を刺繍してある。

「まるで辺境のルーシャス・ビーブ（米国のコラムニスト。機知に富んだ辛辣な文章と、豪奢な生活スタイルで有名。美食家でしゃれ者としても知られる）ね」わたしは独りごちた。

ウェイターが酒をいっぱいに載せたトレーを手に、カルシオのそばで立ち止まった。

「何にしますか、ボス?」口の端でささやくように言い、わたしを盗み見た。

ワーナー・ブラザーズの映画に出すぎたかしら、とわたしは思った。

カルシオは手を振って追い払った。「欲しいときはこっちから声をかけると言っただろう?」

ウェイターは『暗黒街の顔役』（アル・カポネをモデルにしたギャング映画）のジョージ・ラフトを思わせるニヒルな笑みを浮かべた。「オーケー、わかりました。そんなに怒らないで。ちょっと訊いてみただけですから」

「なかなかハンサムね」ウェイターが慌てて立ち去ったあと、わたしは言った。「とても気がきく《サヴォアフェア》みたいだし」

「新入りさ」カルシオは冷たく言った。「もといたウェイターが来なくなったんだ」

「だけど、代わりに優秀な子が見つかったようね」

べつのウェイターがテーブルに勘定書を置いた。テーブルの上に椅子を積み上げられるまでもなく、それは明らかに帰ってくれという合図だった。ウェイターは心配そうにサルーンの入り口をうかがっている。

四人の客がうんざりした顔で待っていた。そのうちの一人がウェイターに五ドル札を握らせたのだろう。わたしたちのテーブルを空けさせるために。ウェイターが金になびくのはしかたないとしても、わたしたちがボスの知り合いだと思われるのはごめんだ。

「主人がまとめて払うわ」わたしは澄まして言った。そしてウェイターにうなずいてみせた。「あなたの立場はわかっているわ」という意味を込めて。

するとカルシオが勘定書をさっと取り、ペンを出した。重さが十ポンドはありそうな、てっぺんにオニキスのついた金のペンだ。彼は優雅な手つきでサインをした。

「わたしの客だ」ウェイターに言う。

わたしは勘定書を取り返した。そんなふうに気前よくおごってもらうほどの金額ではないし、そんなふうに膝を押しつけられる覚えはもっとない。

ビフの登場は実に鮮やかだった。有無を言わせぬ態度で、ウェイターに十ドル札を渡した。「ただで酒は飲まないことにしてるんだ。金は自分で払う。だからフロアショーが気に食わなければ、やじってやめさせることもできるってわけだ」

保安官はビフといっしょにいた。二人は〈ハッピー・アワー〉の主《あるじ》を無視して、勝手にテーブルに腰を落ちつけた。

「ずいぶん繁盛しているみたいだな」ビフは誰にともなく言った。「そうだ、いつかこういう店を持つのもいいな」

カルシオが身を乗り出した。フロアのダンサーを見ていると思ったら、どうやら母を目で追っているらしい。

母とマミーは化粧室から戻ってくるところだった。楽しそうに笑っている。きれいに化粧を直した母は美しかった。保安官もそう思ったのだろう。立ち上がった拍子に、わたしの椅子をひっくり返しそうになった。それを見て母は喜んだ。あからさまに男をもてあそぶ女など論外だが、母の場合、周囲をいやな気分にさせることはない。

「お友達のスミスさん」母はそう言って、気の毒なマミーを保安官の顎の下に押しやった。「あの恐ろしい火事で焼けたのは、彼女のトレーラーなの。保険が下りるまで、うちに身を寄せているのよ」

スミス夫人は筋ばった手をさし出し、ぎこちなく微笑んだ。その必要はなかった。保安官は母しか見ていなかった。

ビフは通りかかったウェイターに向かって指を鳴らした。例の新入りだった。

「全員にテキーラを頼む。それとチェイサーにビールを」ビフはテキーラと言うとき、わざわざLを二つ重ねる発音をした。

「わたしの分はライにして」わたしはウェイターに言った。それからビフに向かって「そんなに張りきらないで、ダーリン。わたしは自分で発音できるものを飲むことにするわ」

ビフは聞いていなかった。ちぎれんばかりに腕を振っている。

ジョイスがステージの昇り口で手を振り返していた。汗じみのついた青いサテンのドレスから、汗じみのついたサクランボ色のベルベットのドレスに衣装が変わっている。わたしは彼女へのアドバイスを心にとめた——サクランボ色は避けること。ブロンドヘアはその色がよく似合う。ただし、ジョイスを除いて。

まもなく彼女はわたしたちのテーブルにやってきて、ビフの隣の席に腰を下ろした。それでも遠すぎると思ったのか、体をくねらせ、膝の上に乗りそうな勢いでビフににじりよった。カルシオのことは、まるで念頭にないかのように無視している。

「化粧室にこれを忘れたでしょう」ジョイスは母に言った。

布でくるんだ小さな包みをさし出す。母がトレーラーから持ち出した包みだ。墓穴の脇に立っているあいだに消えたあの包みだ。

「まあ」母は手を伸ばした。「バッグから落っこちたのね」

ジョイスは身を乗り出して、にっこり笑った。

「そうかしら」遠慮がちに言う。「タオルを入れるかごの下で見つけたんだけど」

第10章

突拍子もない策を弄《ろう》する母も、ときには娘であることを誇らしく思えるような行動をとることがある。母が機先を制してその窮地を脱したとき、わたしは胸を張りたい気分になった。田舎の真面目な警察隊が、法に触れるとかなんとか言い出さないかぎりは。母は言い訳も躊躇もなく、ジョイスの手から包みをひったくった。

「あなたにお見せしたかったのよ」包みを開けながら保安官に言う。

母を見る彼の顔は、わたしと同じくらい嬉しそうだ。ジョイスはかわい子ぶっているがかなり抜け目のない女だ。保安官はそのことを知っている。

わたしは急にイスレタ警察に信頼感を覚えた。指紋採取法のような最新技術を持つロンドン警視庁《スコットランド・ヤード》とは違うし、顔を見ただけで犯人を見抜けるロンブローゾ（イタリアの精神科医。犯罪人類学の創始者）という名の男がいるわけでもない。それでもジョイスの本性を見抜いているのだ。一方、とても人には言えないが、母はイタリアの名女優、エレオノーラ・ドゥーゼになりきっている。それも娘時代のドゥーゼに。

「昨日、ノガレスで買いましたの」母は上品ぶった口調で言う。「実はわたし、一人で寝ているものですから、ときどき怖くなることがあって。子供たちには余計な心配をかけたくなかった。でも、わたし、尾けられていたんです。いえ、子供たちは信じてくれないでしょう。だけど本当なのよ。この町についてから、二人組の男につきまとわれているんです。それでわたし、ちょっと神経質になってしまって。もともと神経質なたちではないんですけど。だけど、あの男たちはとても――とても――すさんだ顔をしていて。本物の悪党だわ。だから偶然通りかかった店の窓越しにこれを見つけたとき、思わず飛び込んで買ってしまったんです」

母が包みを解くと小さな拳銃が現れた。小さすぎておもちゃのようだ。持ち手に真珠貝をあしらったパール・ハンドル。銃口は一インチにも満たない。

母は銃をさし出し、保安官はぎこちなく受けとった。気持ちはわかる。腰のホルスターにぶら下げている、シルバーのグリップに彫りものを施した二挺の銃は、戦艦に配備できそうなほど大きい。壊れものを扱うように、保安官は小さな銃をそっと折りまげた。

四発の小粒の弾丸が手のひらに転がり出た。保安官はまず弾丸を、それから銃を仔細に眺めた。

「二発撃ちましたね」保安官は冷静に言った。

「ええ、試してみたのよ」母の口調にはドゥーゼのごとき気品はもはやなく、四十二番街（ニューヨークの劇場街）に引き戻されていたが、魅力的なことに変わりはない。

「性格なの。新しいものはなんでも、すぐに試してみないと気がすまなくて」

カルシオはテーブルに身を乗り出して、銃を眺めた。

「ほう、二十二のショート弾か」銃を見たまま微笑んだ。そして保安官に歯を見せて笑った。

時間の無駄だった。保安官はといえば、二つのことにしか関心がない。まず第一に母のこと。それからかなり遅れをとって銃のことだ。

「二十二?」母が屈託なく言う。「確かにそう言ってたわ。わたしが銃を買ったあの店の男。人を殺せる銃はいらないってわたし言ったの。脅して追い払いたいだけなんだって。こんな小さな銃じゃ、実際は誰も殺せないでしょう?」

保安官は言いよどんだ。「まあそのう、実際に殺せるかどうかはべつとして、当たりどころによってはずいぶん血が出るだろうね」

ジョイスは高らかに笑い、「とんだお笑いぐさね!」と叫んだ。「あなたがそんなにおもしろいなんて知らなかったわ、ハンキー」

ビフは保安官に代わってその場を取りつくろった。「彼のファーストネームはハンクで」彼は母に言った。「みんなハンキーって呼んでいるんだ」

母がビフの言い訳を鵜呑みにしたとは思えない。

ジョイスは保安官の肩にしなだれかかり、自分のグラスを彼の唇に近づけた。「少し飲みなさいよ。いいじゃない知らない仲じゃあるまいし。二人の愛の杯《さかずき》にしましょう」

保安官は銃を包み直すのに忙しく、思わせぶりなジョイスの態度には目もくれない。サクランボ色のベルベットのドレスは、青いサテンのドレスよりも胸元が深く切れ込んでいる。だが、おしろいを厚塗りした顎と、青ざめた喉元の違いは歴然としていて、とても魅力的とはいえない。もっとも、それはわたしの偏見かもしれないが。わたしはすっかり愉快な気分になっていた。必死に気を引こうとするジョイスに、保安官は気づいてすらいない。ポケットに銃をしまい、それを確認するように軽く叩く。そのしぐさにわたしは好感を覚えた。しばらく預かってもいいかと母に尋ねるときの目つきもよかった。

「持ち歩くのは危険ですよ」保安官は言う。「銃をちらつかせるときは、相手がもっと性能のいいやつを持っていないことを先に確認しなくては。銃を抜くのはそれからだ」

「ただ不安で買っただけなのよ」母はしおらしく言った。「あなたが見守っていてくれるとわかれば、もう必要ないわ」

保安官の顔がジョイスのドレスのように赤くなった。色が映っただけかもしれないが。ジョイスはそれくらい身を寄せていた。

やがて、ジョイスの顔にゆっくりと満面の笑みが広がった。そして倦《う》んだ瞳で、赤く染まった母と保安官の顔を見比べた。

「あらあら、あたしはまた船に乗り遅れたみたいね」

保安官はまたもや赤面するほど純情だったが、母はいつもの調子を取り戻していた。

「このへんに船なんかないでしょ」無邪気に言う。「内陸だもの」

わたしは顔をそむけて笑いをこらえた。そのとき、店の奥にいる二人の男が目に入った。母の席の後方に立ち、こそこそ話し合っている。わたしの視線に気づいて母が振り返った。二人組は〈オフィス〉と記されたドアを開け、その部屋のなかへ姿を消した。

「連中よ」母は青ざめ、テーブルクロスの端をこわばった指でつかんだ。「あいつらがわたしを尾けまわしているの。あの部屋に入っていったわ」ドアを指さした。

腕を持ち上げるそのしぐさから、母のショックの大きさがうかがえる。

カルシオが驚いて立ち上がった。「あの部屋かね？　まさか！　あそこはわたし専用のオフィスなんだ」カルシオはサルーンの人ごみをかきわけて進み、ポケットから鍵を取り出した。ロックを外してなかに入ると、後ろ手にドアを閉めた。

「本当に同じ連中だったのですか？」保安官が尋ねる。

母が答える間もなく、カルシオはオフィスから出てテーブルに戻ってきた。浅黒い顔いっぱいに笑みを浮かべて。

「誰もいなかったよ」軽い口調で言う。「誰を見たにせよ、おそらくあっちの部屋に入ったんだろう」

カルシオのオフィスの近くにもう一つドアがある。でも、あの二人組がどっちに入ったかわたしは知っている。彼のオフィスだ。間違いない。それに、彼らは入るとき鍵を必要としなかったし、ノックもしなかった。

ビフは保安官に耳打ちした。母と母の妄想癖について話しているのだろう。マミーにも会話の一部が聞こえたらしい。ビフをひとにらみしたあと、いたわるような微笑みを母に向けた。彼らの誤解を解くのはわたしの役目だった。わたしには母のような妄想癖はないし、この目ではっきりと見たのだ。ところが口を開きかけたとき、ビフの膝がわたしを押した。

テレパシーのようなものを感じた。ビフはなんらかの理由があって、母の言うことは当てにならないという印象を周囲に与えたがっている。そのことを瞬時に悟り、わたしは沈黙を守った。

ビフはカルシオに言った。「なかなか見ごたえのあるショーでしたね。一糸乱れぬ踊りだったし。でも、コメディアンのコンビを入れたらどうです？」

カルシオは椅子に深くもたれ、ルーサイト（半透明のアクリル合成樹脂の商標）のサスペンダーに親指をさし入れた。彼は抜け目のない商売人だ。相手が何かを売りつけようとしていることは充分わかっている。

「自分を売り込んでいるのかね？」顔が半分だけ笑っている。

「どうしてわかったんです？　僕がコメディアンだって」ビフは驚き、それ以上に舞い上がっている。

「メトロ（インターメトロ社製ワイヤーシェルフの商標）の宣伝用に作ったショート・コントを見たわけじゃないことは確かね」わたしは茶々を入れた。

「実を言うと」ビフはかまわず続けた。「僕の友人を紹介したいと思いまして。本物のコメディアンですよ。チームワークも抜群。ニューヨークの〈レパブリック〉で三十四週、シカゴの〈リアルト〉で十六週、アトランティックシティの〈スティール・ピア〉では一シーズン、コンビを組んでいましたから。実績は嘘をつかない。それに、いま挙げた劇場で成功をおさめるのは、なまやさしいことじゃないんですよ」ビフはわたしを見た。「そうだろう、パンキン？」

「ええ、そのとおりよ」真っ赤な嘘だった。世界じゅうのだまされやすい観客のなかでも、いまビフが挙げた劇場の客は三本の指に入るだろう。役者が自分のパンツのなかに唾を吐くだけで、腹を抱えて転げまわるのだ。「本当に目の肥えた観客ばかりなんですよ」わたしは言った。

カルシオはすっかり乗り気になっていた。無関心を装うのをやめて、サスペンダーから指を離した。

「高いギャラを出す余裕はないぞ。今夜みたいな客の入りは、実際、珍しいことなんだ」

さっきとずいぶん話が違う。

「いずれにしても、彼らの舞台を見てみたいな」カルシオが言った。

「舞台を見たい?」ビフは仰天した。「クリフ・コーニー・コブと彼のパートナー、マンディ・ヒルにオーディションをやらせようと言うんですか?」

「いや、その……」

カルシオはオーディションという言葉の意味をわかっていない。それは明らかだった。誰の目にも明らかなのにビフだけが気づいていない。しかしビフは相手に考える間を与えなかった。

「彼らは一流のコメディアンなんですよ」ビフはたたみかけた。「あなたのショーを見た瞬間、僕は思った。この店に必要なのはコメディアンのコンビだ。それも一流のコメディアンでなきゃいけないって。もちろん、彼らはこの世界のトップスターだと僕は思っている。つまり、僕がバーレスクを去ったあとで、という意味です。まだ本人たちにはこのことを話していないんですよ。果たして彼らがどう思うか、サルーンで働く……」

「シアター・レストランよ」わたしはすぐさま訂正した。

それを機にビフは本題に入った。「彼らと契約の話をする気はありますか?」

カルシオの、どれどれ話を聞いてやろうじゃないか、と言わんばかりの横柄な態度はなりをひそめていた。

「ぜひさせてくれ」身を乗り出して言う。

ビフはテーブルをひっくり返さんばかりの勢いで立ち上がり、マンディとコーニーを捕まえにいった。酔っ払ってまともに話せなくならないうちに。ビフは二人を連れてテーブルに戻ってくると、この店の興行主に紹介した。

カルシオは〈スティール・ピア〉の花形だったという二人をじっくり眺めたあと、いくぶん冷めた口調で言った。

「明日、わたしのオフィスで会おう」〈オフィス〉と記されたドアを親指でさした。その〈オフィス〉というサインの下にべつの文字が見える。〈オフィシオ〉――ラテン語だ。自分の神聖なるオフィスが男性用トイレと間違われないように念には念を入れているのだろう。

二人のコメディアンはカウンターに残してきた女たちのもとへ戻り、ビフはマミーにダンスを申し込んだ。イエスという答えが返ってきたとき、ビフは後悔したにちがいない。それでも、舞踏会でお姫様をエスコートするように、マミーに手を貸して立ち上がらせた。ジョイスはセントルイスの友人たちのテーブルに戻り、保安官は母と踊っている。またしても、わたしはカルシオと二人きりだ。

「たぶん、きみもここで働きたいんだろうな」無愛想なウェイターがテーブルにグラスを二つ置いたあと、カルシオが言った。

わたしは彼の顔とまじまじと見て、ウェイターに視線を移した。やめてよ、わたしがこんな店で働きたいわけないでしょう。もちろん口には出さなかった。ビフは何か企んでいる。そうでなければ、コーニーとマンディのエージェント役を買って出るはずがない。彼の行動パターンは知っている。すっかり準備が整ったら、わたしに計画を打ち明けてくれるはずだ。それまでは、自分を殺して調子を合わせるしかない。

「ぜひそうしたいわ。だけど、契約で定められているんです。二股禁止。つまり、一度に二つの仕事をしてはいけないって」カルシオの当惑した顔を見て、わたしは慌ててつけ加えた。「でも、ストリッパーを探しているのなら、ぴったりの子を紹介しますよ」

わたしはディンプルズとジー・ジーをちらりと見て、どちらを狼の巣穴に投げ入れるか迷った。二度目に見たとき、狼はどちらを気に入るだろうと考えた。二色が入り混じるジー・ジーの髪が、そばかすだらけのひたいにもっさりと垂れかかっている。てかった鼻の頭、口紅のはげた唇。わたしはディンプルズに目を転じた。彼女はもっとひどい。カルシオは派手好みという印象をわたしは受けた。それならディンプルズがあつらえ向きだ。彼女なら一杯五セントの酒で、ひともうけできるかもしれない。

「彼女の名前はディンプルズ・ダーリン。クイヴァー・クイーンって呼ばれているのよ」

カルシオまたしてもわたしに膝を押しつけてきた。

「きみの友達なら雇ってもやってもいいが」意味ありげに言う。

思わせぶりな眼差し、押しつけられた膝。これではまるで、わたしがここで働かせてほしいと頼んでいるみたいだ。ビフが何をもくろんでいるにせよ、この努力と忍耐が報われることを祈った。

「きみのその契約の問題はどうにかできるだろう」カルシオは言う。「この店で楽しく働いてほしいんだ」

「そうなれば素敵でしょうね、カルシオさん」

「フランクと呼んでくれ」

「フランク」吐き気がする。

母と保安官がテーブルに戻ってきた。いつの間にかオーケストラはコンガを演奏しはじめていて、ダンスを終えた二人は息を弾ませていた。

「それでは、また明日会えるね、エヴァンジー？」母の手を取って椅子に座らせながら、保安官は耳元でささやいた。

「明日ね、ハンク」母が応じる。

まるで結婚目前のカップルのようだ。

ハンクは椅子から帽子を取った。「それでは、みなさん」

「また明日」ダンスフロアでビフが言った。二人のやりとりを聞いていないビフは、なぜ保安官が赤面したのか理解できなかった。

母はポーチを取り出し、喘息の発作を抑える煙草を手探りした。コンガのリズムが激しすぎたのだろう。母が煙草をくわえると、カルシオはライターをさし出した。先ほどのペンとお揃いだが、さらに大きくて手の込んだ装飾が施されている。母はつんとくる臭いの煙を吸い込み、ゆっくりと吐き出した。呼吸が少し楽になったようだ。

カルシオは身を乗り出して母をじっと見ていた。天井の赤や青のライトを照り返す髪は、、油を吹きつけたシャクナゲの葉のようだ。顔はさらに黒く、歯はさらに白い。葉巻の吸い口を酒にひたし、口にくわえた。それから火をつけると思いきや、いきなり立ち上がって踵《きびす》を返した。パッドで強調した白い背広の肩が、人ごみを縫うように遠ざかっていく。〈オフィス‐オフィシオ〉と記されたドアの前にたどりつき、そして見えなくなった。

「ねえ」母が言う。「ずいぶん失礼な人ね。さよならとかなんとか言ったらいいのに」

考えるのに忙しくて母の言葉に応じる余裕はなかった。彼を怒らせるようなことを言っただろうか。コーニーとマンディを売り込もうとしたビフの努力も、虫唾《むしず》が走る膝の押しつけ合いも、安酒を我慢して飲んだことも、すべて水の泡と化すひとことを口にしたにちがいない。いったい何を言ったのか、まったく心当たりがなかった。

ビフとマミーはテーブルの近くで踊っていた。マミーの帽子のバラは、貧弱な肩の上に垂れ下がっている。彼女なりのコンガを踊っているものの、ぴょんぴょん飛び跳ねるたびに、骨ばった体を包むドレスが激しく上下し、なんとも不気味だ。それでも本人は心から楽しんでいるらしい。母が吸うクベバの煙はどんどん濃くなっていく。粘り気のある甘ったるい臭いはまるで……。

「ベニーみたいだわ。トランペット・プレーヤーの」わたしは声に出して言った。

「誰なのそれは?」

「なんでもないの。気にしないで」

サルーンの喧騒は最高潮に達しつつあった。コンガを踊る人々が狭いダンスフロアを狂ったように駆けめぐっている。それを見ているうちに頭がくらくらし、記憶をたどっているうちにめまいがした。

無意識に母の手からクベバを奪いとり、灰皿でもみ消していた。気でも違ったのかと言いたげな目つきで、母はわたしを見た。

「いったいどうしたのよ」

ジー・ジーとマリファナの一件を母に話すわけにはいかないし、母の吸うクベバの臭いがマリファナ煙草にそっくりだとも言えない。そのときふいに、カルシオが挨拶もせずに席を立った理由がわかった。

「慌てるのも無理ないわ。あの人、ママがマリファナを吸っていると思ったのよ」

「マリファナですって?」母は息を呑んだ。「おまえ、気は確かなの?」

わたしはかぶりを振った。「違うのよ、ママ。わたしわかったのよ。ビフがコーニーとマンディを〈ハッピー・アワー〉で働かせようとした理由が。この店に出入りする口実が欲しかったんだわ」

「ビフに口実なんか必要ないでしょ」母はつっけんどんに言った。「酒さえ飲めればそれでいいんだから」新しいクベバをくわえて火をつけた。「こんな店、ちっとも好きになれないわ」煙を吐き出す合間に言った。「店主も感じ悪いし。あの二人組の男のこと、わたしの妄想だと言おうとしたのよ」

「そうは言っていないでしょ。オフィスにはいなかったと言っただけよ」

「いずれにしても、あのときの横柄な態度は気に入らないわね」

「まあ確かに、彼はハンサムな男じゃないわ。でも、たぶん悪気はなかったのよ。コーニーとマンディを雇ってくれるなら、わたしは彼に感謝するわ。たとえ横柄だろうと」

第11章

翌日の午前十一時、わたしたちは〈オフィス－オフィシオ〉のドアの前に立っていた。目は充血しているものの、やる気満々のコーニーがノックをした。ディンプルズは口元に得意の営業スマイルを浮かべている。わたしはフランシスコ・カルシオとの面談に臨むために気持ちを奮い立たせた。

返事はない。

薄暗い店内には、気の抜けた酒と葉巻の煙の臭いが満ちている。昨夜も決していい臭いではなかったが、朝はもっとひどい。薄く開いた入り口のドアから日光が射し込み、ごみが散乱した床を照らしている。椅子はテーブルの上に積み重ねられ、赤と白のテーブルクロスは薄汚れてしみだらけだ。

「なんか用かい?」サルーンの奥から無愛想な声が聞こえた。

「カルシオさんと約束があるんだけど」ビフが答えた。

「ここにはいないよ」

言われなくてもわかっている。でもビフはそれを口に出さず、人当たりのいい態度を崩さなかった。その代わり、ドアを大きく開いた。

あばた面のウェイターが物陰から姿を現した。手にほうきを持っている。

「おい、ドアを閉めろ」ウェイターは声を荒げた。「準備が整わないうちに客でいっぱいにするつもりか?」

ビフはドアを閉めた。「きみは知っているんだろう? どこに行けば……」

「ボスなら店にいる。行けばわかるよ。店の名前は〈エンポリアム〉。この通りの二ブロック先だ」ウェイターはほうきにだらしなくもたれている。ビフがさらに質問するつもりでいたとしても、そのやる気のない態度を見て思い直しただろう。

「どうも」わたしたちはいっせいに言った。

行けばわかるというウェイターの言葉に嘘はなかった。サルーンの外に出ると、その店の看板が見えた。足の高さに〈フランシスコ・カルシオ〉、それより小ぶりな文字で〈エンポリアム〉と書いてあった。路上にキャンバス地の旗も立てられている。うたい文句は〈大特価——香水、リネン、高級アルコール各種〉。大きな赤い手が店の場所を指さしている。

入る前に窓からなかをのぞいた。カルシオが取り扱っているものは、リネンや香水やアルコール類だけでなかった。店内には雑多な品物が陳列されていた。男ものの乗馬靴の横に、イギリス製の電気かみそり、ドイツ製のカメラ。黄金の竜が縫いとられた中国製のキモノ、その隣に日本製の漆塗《うるし》りの箱。奥にはハドソン・ベイの毛布、バスタオル、テーブルクロス。

カルシオは店の奥で、チーク材のデスクに向かっていた。白いスーツは昨夜のままだが、シャツは鮮やかな黄色のシルクに変わっている。顔が黄ばんで見えるのはそのせいだろう。手元の書類をじっとにらんでいる。

ディンプルズとわたしはメキシコの土産物を並べたカウンターで立ち止まり、ビフと二人のコメディアンがデスクのほうへ向かった。

「約束どおり来ましたよ。こんな朝っぱらから」ビフがおどけて言った。

カルシオはちらりと顔を上げ、すぐに書類に目を戻した。

「ゆうべは失礼しました。お別れの挨拶をしそびれてしまって」無視されていることなどおかまいなしにビフは続ける。「エヴァンジーが――つまりジプシーの母親が――喘息の発作を起こしましてね。ひどい臭いのする煙草をたくさん吸わなきゃならなかった。それで余計に気分が悪くなってしまって」

〈NOGALES〉と印刷された小さな扇子越しに、わたしはカルシオの様子をうかがった。彼は読むのをやめていた。視線は書類に向けられているが動いていない。わたしは指を交差させてうまくいくように祈った。ビフとわたしは明け方まで、カルシオの信頼を勝ちとるための筋書きを考えていた。わたしが母のクベバのことを話すと、ビフはうなずいてみせた。全部わかっているとでもいうように。

「僕があの二人を働かせようとしているのは、どうしてだと思う?」

わたしはカルシオに仕事を斡旋されそうになったことを話した。のちにビフはこう言った。欲しかったのは仕事ではなく、居場所みたいなものだったと。

そしていま、ビフは筋書きどおりカルシオに話をしている。「義母《はは》は幼いころから喘息持ちで、放っておくと大変なことになるんです。あなたに謝っておいてほしいと言われました。せっかくのパーティをだいなしにして申し訳ないと」

カルシオはデスク上のワイヤー製のかごに書類を入れ、ビフに笑顔を向けた。

「やあ、よくきてくれた。どうぞ座って」近くの革の椅子をさした。それから先ほどの書類の端をつまみ上げ、「誰も彼も年じゅう、わたしに何かを売りつけようとするんだ」

ビフはコーニーとマンディにうなずいてみせた。握手を交わしたあと、ビジネスの話に移った。ビフはカルシオを口説いて、それぞれのギャラを週三十ドルから四十ドルに値上げさせた。その後ディンプルズとわたしを呼んだ。

ディンプルズも週四十ドル、プラス、チップ。ビフは母のためにスリッパを買った。カルシオは気前よく割り引きしてくれた。そして、わたしたちは店をあとにした。

外に出たとたん、いっせいに大きなため息をついた。ビフとわたしは安堵のため息で、残る三人は落胆のため息だ。いくら上乗せされたとはいえ、週四十は週四十でしかない。

「帰る前に一杯やりましょう」ディンプルズが言った。

三時間後、わたしたちはトレーラーに戻った。

わたしはビールを飲みたい気分だった。ライを飲んだおかげで気分は上々、すっかり目が冴えてしまった。わたしはビールを飲むとよく眠れる。シャンパンでもいい。だが、それはこの際関係のない話だ。ディンプルズが湿気たトランクを開けて、ショーのための曲と衣装を見つくろうあいだ、わたしはベッドに横になっていた。ビフと二人で何かをやりとげた気分だった。母のおかげで保安官はわたしたちの味方だし、カルシオはなんの疑いも抱いていない。友人たちは働き口を見つけた。何もかも順調に思えた。

「職が見つかったんだから、コーニーはホテルに移れるわよね」わたしは言った。それはつねに頭の隅にあったことだ。口に出すことで、そうすべきだという確信が深まった。

「まあねえ」ディンプルズが気のない返事をした。楽譜や写真を床に積み上げ、緩慢な動きで一つずつ手に取っている。

「オープニングは『ブルー・プレリュード』がいいかしら？　それとも煙草の曲？」

「どっちでも」わたしは答えた。

ディンプルズはその二曲の楽譜を脇によけた。そして今度は衣装を物色しはじめた。しわくちゃにまるまったシフォン、きらきら光るベルベット、羽根飾り、ラインストーン。それらを楽譜の横に積み上げていく。Gストリングとネットのブラも数枚ずつ選び出し、衣装といっしょに置いた。すり減ったサテンの靴と、よれよれのレースのついたガーター・ベルトを最後につけ加えた。ディンプルズは衣装に金をかけない。着ているものに興味を持つ客などいないことを知っている。それは脱ぐためのものなのだ。

彼女がスーツケースの中身をひっくり返し、トレーラーを出ていったあと、わたしは眠りに落ちた。目が覚めたとき、あたりは暗くなっていた。何時間も眠ったにちがいない。しかし、わたしは飛び起きる代わりに、そのままじっと横たわっていた。

わたしは何かに驚いて目を覚ましたのだ。猿のルーファスだろうか、と思ったら、彼のいびきが聞こえた。犬たちが母といっしょに出かけていることはわかっていた。ディンプルズはリハーサルに行ったはずだ。五時の約束だった。なのに、トレーラーのなかにはわたしのほかに誰かいる。隣の居間に。

忍ばせた足音が聞こえた。そして引き出しを開ける音。わたしは眠っているときのように、呼吸を一定に保とうとした。誰かが寝室のドアに触れた。わたしが寝にきたとき開いていたドアが閉まっている！　目が暗闇に慣れてきた。真鍮のドアノブが静かにまわる。

わたしは恐る恐る尋ねた。「誰？」

ノブがもとに戻った。

ベッドから飛び起きてドアを開けた。と同時に明かりのスイッチを押した。反応がない。誰かが電源のコンセントを抜いたのだ。

「誰なの？」わたしの声が虚ろに響く。

答えはなかった。居間から生暖かい風が吹き込んできた。表のドアが開いているのだ。暗闇のなかを手探りで進み、石油ランプを見つけ出した。つぼ型のガラス容器を震える指で持ち上げ、脇に置く。マッチをすり、明かりをともした。

誰もいなかった。思ったとおりドアは開いていたが、人影はない。スクリーンドアも開いていた。わたしは戸口から外を見た。周囲のトレーラーの窓からもれる明かり、かすかに流れてくるラジオの音、それだけだった。

わたしはスクリーンドアを閉め、室内を見まわした。何もかもいつもどおり、なくなったものもなさそうだ。食料庫の扉が開いていた。閉める前に、物色されたあとがないか確かめた。半分残っていた食パンはそのままだし、コーヒーの缶も動かされた形跡はない。砂糖つぼ、紅茶、ソーダクラッカー、母の喘息薬——すべて定位置にある。

わたしはソファベッドに腰を下ろした。まだ脚が震えている。早く座らないとその場に崩れ落ちてしまいそうだった。わたしは夢を見ていたのだろうか。

「スクリーンドアが開いていたのは夢じゃないわ」わたしは声に出して言った。「ドアノブがまわったのだって」

そのとき、外で声がした。「あら、起きたのね」

スクリーンドアの向こうの声も顔も誰だかわからなかった。わたしは叫んだにちがいない。いま思えば笑い話だが、あのときは背筋が凍るほど怖かった。自分の母親を怖がるなんて！

「どうしたの、ルイーズ！」母は言った。「おばけみたいに真っ青な顔して」ドアを開け、犬たちをトレーラーのなかに呼びよせた。そして脇に抱えていた包みをコンロの上に置いた。

鼻を鳴らして飛び跳ねながら夕食をねだる犬たちをよそに、わたしは何があったか母に話して聞かせた。誰かが引き出しを開けたこと。スクリーンドアを開け放ったまま姿を消したこと。食料庫を物色したらしいこと。母は犬用の肉をはさみで切り分けながら、耳を傾けていた。

「気のせいよ」わたしが話しおえると母は言った。

「だって電気が」わたしは反論した。「電気がつかなかったのよ。スイッチを押したのになんの反応もなかった」

「誰かが延長コードを蹴って外れたことが前にもあったでしょ」母はこまかく切った肉を新聞紙の上に置き、犬たちが食べるのを眺めていた。それからコンロの上の包みを開いた。

「近所の人からきれいな骨をもらったのよ。この子たちにどうぞって」母は四本のあばら骨を取り出した。わたしはきれいだと思わないが、犬たちはそう思うのだろう。猿は種を食べ、テンジクネズミはにんじんをかじっている。母は腰を下ろし、一息ついた。

「ねえ、ルイーズ。ずっと考えていたんだけど」母はそこで間を置いた。しかしわたしは不安を感じなかった。母はとても穏やかな顔をしていた。「あのサルーンだけど、ディンプルズにとっていい働き口とは思えないのよ。経営者のあの男、信用できないもの」

わたしは母のそばに寄り、体に腕をまわした。母の髪はとても清潔で刈りたての干草のような匂いがした。

「わたしだって信用してないわ。だけど、ディンプルズならうまくやれる。それに、ちょっとした事情があるのよ」

母はわたしをちらりと見た。

「おまえもビフも、うまい話に乗せられたわけじゃないだろうね?」

「残念ながら乗り遅れたわ。とにかく、ビフには考えがあるの。これから彼は……」

「いったい何をするつもり?」母はさえぎった。わたしの手の下で母の肩がこわばり、固唾を呑む音が聞こえた。

「ビフはね、みんなから十パーセントの仲介料を取るつもりでいるのよ」笑おうとしたがうまくいかなかった。わたしは食料庫からライのボトルを取ってきた。

「ホット・トディでいい？　わたしはオールド・ファッションド（ライなどのウィスキーに角砂糖とリキュールを加えた米国のカクテル）にするけど」

母がうなずき、わたしはお湯をわかしはじめた。気を紛らわせることができて嬉しかった。頭の痛みをいっときでも忘れることができる。答えの見つからない疑問がずっと頭のなかで暴れていた。なぜ母はあれほど死体を埋めたがったのか。なぜ銃を買ったことをわたしに言わなかったのか。なぜ森のなかで保安官に渡さなかったのか。なぜジョイスに強要されるまで秘密にしていたのか。ここ数週間でなぜ母はこんなふうに変わってしまったのか。

聞き覚えのある騒音が静けさを破った。ベアリングが減った車のけたたましいノッキング音。トレーラーのドアにヘッドライトの光が当たった。

「おおい、出てこいよ。こいつを見てごらん」ビフが声を張り上げた。

「本日をもって、商売の鞍《くら》がえをするわよ。これからは材木と石炭と氷を売るの」ディンプルズがはしゃいだ声を上げた。

わたしはドアに近づき、押し開けた。ビフがトラックを運転している。助手席にディンプルズ、荷台にコーニーとマンディ。その幌なしトラックは、死体を運ぶのに使ったのと同じものだ。

「だめよ！」わたしがステップを駆け下りていくと、ビフは運転席から飛び降りた。「この車はだめよ、ビフ！」

「これしかないんだよ、借りられる車は」ビフはわたしの腕を優しくつかんだ。「確かに見ばえは悪いよな。週十ドルだってさ」

「どうせ」わたしはつぶやいた。「値段どおりの車なんでしょ?」

マンディとコーニーが荷台から降りてきた。マンディは痛そうに片足を引きずっている。

「まったくそのとおりだよ」マンディが言う。「こんなおんぼろを貸しやがって。あの野郎に突っ返してやろうぜ」ひさしの下の椅子によろよろと近づき、倒れ込むように腰を下ろした。

「ハンモックをつるしてあげようか」ディンプルズは笑いながら言った。

コーニーは黙りこくっている。トレーラーのなかへ入り、乱暴にドアを閉めた。

「あの人、おなかでも痛いの?」

ディンプルズとマンディが噴き出した。

「ビフに出ていけって言われたのよ。働き口が見つかったんだから、ここにいる必要はないだろうって」ディンプルズが言う。「ねえ、助けて、ジップ。ビフがあたしたちに仕事をあてがったのは、ここから追い出すためなのよ」

「きみにはそんなこと言わないよ、ディンプルズ」ビフが割って入った。「このトレーラーを彩る花だからね――ところで、ほかのみんなは?」ビフは思い出したように尋ねた。

トレーラーに近づき、窓からなかをのぞき込んだ。「やあ、エヴァンジー。いま帰ってきたよ。マミーはどこだい?」

ディンプルズは氷を砕き、ボウルに放り込んだ。屋外の戸棚からグラスを出し、テーブルに並べる。「用意できたわよ！」

「マミーは出かけているみたい」わたしは言った。普段どおりにふるまおうとしたが、うまくいかなかった。

「何かあったのかい？」ビフが訊く。

わたしは事情を説明した。うまく伝えられたとは思えない。母に話したときよりもさらに説得力がなかった。

「それで全部よ」みじめな気分で話しおえた。「あとは、食料庫の扉が開いていたこと。留め金が緩んでいるから、ひょっとして……」

ビフは最後まで聞かなかった。大またでステップを上がり、トレーラーのなかに入っていった。コーニーを乱暴に脇へ押しやり、食料庫へ直行。真っ先に留め金を確認した。確かに緩んでいた。そのあと庫内の食料品を取り出し、コンロの上に並べはじめた。

「いったいなんのつもり？」母が尋ねた。「ルイーズが妙なことを言い出したと思ったら、今度はあなたまで。こういう騒ぎは我慢ならないわ。喘息の発作にもよくないし、とにかくもううんざり。あなたのベッドの下に死体《コープスイズ》が……」

「ベッドの下に死体《コープスイズ》って……」コーニーは荷造りの手を止め、低く長く口笛を吹いた。「つまり、あんたはそいつを森のなかに運び込んだのか。なるほど、こいつは聞き捨てならないな。死体《コープス》は一つだろう？　そいつは俺の知っている人間か？」

「たとえそうでも、ちっとも驚かないわ」わたしは言った。

ビフはゆっくりとした足どりでコーニーに近づいた。そして、腰に手を置いてにやにやしているそのコメディアンを見下ろした。

「知られたからには、こっちにもいくつか質問がある」ビフは言った。

「俺に質問なんかできないさ。たったいまから、俺がここのボスなんだから。いやだって言うなら、おまえのお友達の保安官に、森のなかに埋めたもののことをばらしたっていいんだぜ。何か訊かれたら、俺はガキみたいに素直に答えればいいんだ」コーニーはへらへら笑いながらビフの顔を見上げた。「新聞でも大きく取り上げられるだろうな。そうなりゃ、おまえは一巻の終わりだ。おまえのお高くとまったバーレスク・クイーン夫人も」

先に殴りかかったのはビフだった。コーニーの右目に強烈なワンツーをお見舞いした。彼の頭がソファベッドにぶつかったとき、母の素早い一撃が運よくヒット。わたしがもう片方の目を受け持った。じっくり狙いを定めて。

死体に関することは、すでに保安官は知っている。しかし、そのことをコーニーにわざわざ説明するつもりはなかった。

「俺が町まで送ってくるよ」マンディが言う。「ベッドの下の死体は一つで充分だからね」

コーニーの鞄を手に取り、本人をドアの外へ押し出した。じきにトラックの騒々しいノッキング音と、土ぼこりを舞い上げて走り去るタイヤの音が聞こえた。

母はかつてないほど嬉しそうな顔をしている。ホット・トディを一息に飲み干し、ビフに腕を巻きつけた。

「やるじゃない！」母は言った。

ビフとわたしは顔を見合わせた。ビフが肩をすくめ、わたしも肩をすくめた。マンディがベッドの下の死体と言ったことを母は聞き逃している。しかし、わたしたちは気づいていた。

ディンプルズがトレーラーに駆け込んできた。

「ねえ、あたしのベッドの下の死体ってどういうこと？」

「あなたのじゃなくて」母が誤解を正した。「奥の部屋のベッドの下。バスタブのなかよ」

ディンプルズの顎が下がり、口をぽかんと開けた。

「なんですって！」彼女は息を呑んだ。「さっきのはコーニーの冗談じゃなかったの？」

第12章

「どうしていままで話してくれなかったのよ?」ディンプルズが言った。「あのねえ、今夜はサルーンにデビューする日なのよ。それでなくても不安でいっぱいなのに。あのオーケストラと演《や》るのは初めてだし、スポットライトのキュー出しはうまくいくかとか、メイクはどうしようとか、ショーは成功するかしらとか、心配なことが山ほどあるのよ。それがやぶからぼうに、ベッドの下に死体《コープスイズ》があったなんて」

「死体《コープス》だ」ビフが苛立たしげに言った。「複数形じゃない。それに、もうあそこにはないんだ。だからぐだぐだ言うのはやめてくれ。僕の好きにしていいなら、とっくに話していたさ。保安官に黙っていてほしいって言われたんだよ。死体の素性がわかるまでは。みんなに知れわたらないうちに保安官は……」

「それでわかったの?」

「ある程度はね」とビフ。「警察がつかんだ情報によれば、それらしき男が二人いるらしい。ジョージという名前で、僕らの結婚式で介添人を務めた男。それからガスという名前で、バーレスクの楽屋で香水を売っていた男」

「ガスならあたしも知ってる」ディンプルズが言う。「誰かがあいつを殺してくれたんならすごく嬉しいわ。けちで、卑劣で、救いようのないろくでなし……」

「口を慎んだほうが身のためよ」ジー・ジーがさえぎった。「まだ犯人はわかっていないんだから。誰かに聞かれたら、あんたを疑うかもしれない。ガスだけじゃなくて、もう一つ見つかったのよ」

「もう一つって何が?」ディンプルズが訊く。

「死体よ。ほかに何があるっていうの?」母が冷たく言い放った。二人の会話に苛立っているようだ。「ベッドから下りてちょうだい。きれいにしたばかりなんだから」

ディンプルズはベッドから飛び下りてカバーを直した。三つの枕を順に叩き、丁寧に形を整える。それからくるりと振り返ってビフに向き直った。

「死体は二つ?」金切り声を上げた。「それも、あたしのベッドの下に!」

卒倒するのではないかとわたしは思った。ビフもそう思ったのだろう。受け止めようと手を伸ばした。だが、ディンプルズは気が変わったらしい。卒倒しても問題は解決しない、そう気づいたのだ。

「それで、これからどうするつもり?」平静を取り戻して尋ねた。

ビフは肩をすくめた。「何もしないさ。あとは警察の仕事だ」

「忘れないでちょうだい」母はビフに言った。食料庫から出したものをせっせと戻しながら。「あなたが全部引っぱり出したのよ。そのくせ、あと片づけは人まかせにして。余計なことばかりするんだから。まったくもう……」母は食料庫の扉を乱暴に閉めた。「わかっていると思うけど、わたしたち全員に第三級の殺人（故意ではあるが計画性のない殺人）容疑がかけられているのよ。あなたがベラべラしゃべったせいで。余計な手出しをしなければ、計画どおりにことが運んだのに。どういう了見で、わたしの努力をだいなしにするのよ？」

ビフは母の体に腕をまわし抱きよせた。「大丈夫だよ、エヴァンジー、さあ笑って。僕がついているうちは、誰も殺人犯にさせたりしないさ。もちろん、取り調べは受けるだろう。死体はうちのトレーラーにあったんだから。死体が誰かはわかっている。それを埋めたせいで、僕らは危うい立場に追いやられてしまったわけだけど」

「僕らですって？」母が声を荒げた。「自分一人で責任を取ると言ってもらいたいわね」

口をぽかんと開けたまま話を聞いていたディンプルズは、頭を一、二回横に振った。

「これでおしまいね」母が話しおえると、ディンプルズは言った。「あたしホテルに部屋を取るわ。どんなに狭くても、おんぼろでも、ここよりはましよ。死体を埋めるなんて！」とても信じられないというふうに、頭を振りつづけている。そしてジー・ジーを見た。「あんたは知ってたの？」

「まあね」ジー・ジーが応じる。「その場に居合わせたから」

そのとき、マミーがスクリーンドアを叩いた。「誰か手を貸してくれない？」

ビフがドアを開けると、マミーはアイロン台を抱えて入ってきた。

「キャンプ場じゅうを歩きまわって、ようやく借りられたのよ」アイロン台を壁にもたせかけた。「一つ買ったほうがいいわ。途方に暮れちゃった。これがなきゃ……」

「で、何をするつもり?」ジー・ジーが尋ねた。「そのアイロン台で」

「何って、ディンプルズの衣装《アクティングドレス》にアイロンをかけるのよ」マミーは当然でしょと言わんばかりに答える。

誰も反応を示さない。いまのわたしたちにはアクティングドレスなんかどうでもよかった。そのとき、おりよくマンディのトラックが戻ってきて、わたしはほっとした。町までドライブすれば頭を冷やせるし、この〈憩いの森〉を出れば気持ちも晴れるだろう。

アイロン台とアイロンと当て布を持ってマミーが荷台に乗り込み、衣装を抱えたディンプズがその隣に座った。母は喘息薬を、ビフは酒を、マンディは衣装箱を抱えて前のシートに乗り込み、わたしはディンプルズたちといっしょに荷台に腰を下ろした。

「コーニーは?」町へと向かう道すがら、ディンプルズはリアウィンドウ越しにマンディに尋ねた。「ホテルは見つかったの?」

「ああ。だけどやつがどんな男か知ってるだろ。たとえ一泊だろうと金を払うつもりなんかないさ。俺たちといっしょにただで転がり込める場所があるんだから。じきに戻ってくるよ」

「わたしが生きているうちは絶対に《オーヴァー・マイ・デッド・ボディ》許さないわ」わたしは言ったとたんに後悔した。その決まり文句は避けるべきだった。死体《デッド・ボディ》という言葉を口にしたことに居心地の悪さを感じた。とりわけ、わたしの死体《マイ・デッド・ボディ》と言ってしまったことに。

「コーニーの目の具合は?」わたしは話題を変えた。

「分厚いステーキを載せてやったよ」マンディが答えた。トラックのヘッドライトの光は弱く、ちらついている。マンディは薄汚れたフロントガラスをのぞき込むように運転していた。

「保安官のところに置いてきたんだ」マンディはさらりと言う。「コーニーのことだから、あちこちで言いふらすに決まってる。そんなら、責任者のところへ連れてったほうが早いと思ってさ。ハンクがやつを留置場にぶち込まなかったら、俺は飛び上がって驚いただろうな。まったく見ものだったよ。コーニーのやつ張りきっていたんだぜ。ハンクの目玉を飛び出させてやるって。それでコーニーは死体のことを伏せたまま、くどくどと事情を説明し、ハンクは静かに耳を傾けていた。そして、ようやく話の落ちにさしかかったところで、ハンクに先に言われちまったんだ。『どうして昨日のうちに、その殺人事件のことを言わなかったんだ?』ってハンクに問いただされて、コーニーのやつ脂汗をかきはじめた。その質問に答えられないことは自分でもわかっていたんだ。代わりにハンクが言ったよ。『イスレタでは、おまえのような人間を恐喝犯と呼ぶんだ』とね」

「それでコーニーはなんて言ったの?」母が尋ねた。

「やつに何が言える?」マンディは訊き返した。「怒鳴り散らしてごまかそうとしたけど、ハンクは事件の真相をよく知っている。コーニーが悪知恵を働かせる余地はなかった」

「だけど」話が途切れたのを見計らって、マミーが遠慮がちに言った。「今夜のショーにはなんとしても来てほしいわ。あたし、みんなのステージを楽しみにしていたのよ」

「四十ドルのためだ、きっと来るさ」マンディが請け合った。

トラックの荷台は石炭や材木や氷を運ぶために作られている。人間を運ぶためではない。少なくとも生きている人間は。〈ハッピー・アワー〉に到着すると、わたしは這うようにしてようやく荷台から降りた。体じゅうの骨が痛い。実際、これまで知らなかった骨の存在に気づかされたほどだ。

ディンプルズも似たり寄ったりの状態だが、マミーは軽業師のように身軽に飛び降りた。アイロン台やら何やらを抱え、サルーンの正面入り口から入ろうとした。慌ててビフが引き止め、通用口があることを教えた。

マンディとわたしは、けばけばしく飾り立てられたサルーンの入り口に向かった。ビラを確かめたかったのだ。予想どおり、カルシオは派手な形容詞を使って大げさに宣伝していた。彼いわく、新しく入った三人の役者は〈圧倒的で、センセーショナルで、最高に感動的〉だという。

「才能以外は全部揃ってるってわけか」マンディが言った。

いたるところにディンプルズの写真が貼ってあった。さらに巨大なイーゼルにも四枚。中央に、白いキツネの毛皮で前を隠している写真。左側に、黒いレースの衣装を着て背後からライトを当てたシルエット写真。微笑んでいる顔のアップを大きく引きのばしたものも。どうしてヌードに混じってそんな写真があるのか、わたしには理解できない。おそらくカルシオは、彼女に顔があることを客に知らせたかったのだろう。ほかの写真ではそれがわからないということだ。

わたしのお気に入りの写真もイーゼルに飾ってあった。数年前のものだが、ディンプルズはちっとも変わっていない。ついたての向こうから三分の一ほど体をのぞかせて、ポーズを取っている。ガーター・ベルトと黒いレースのパンストをつけ、上半身は裸だ。誰かが口のまわりに髭をいたずら書きしていた。ビラによると、ディンプルズはアール・キャロル（ブロードウェイの名演出家）のショーに出演していたことになっている。

「キャロルが見たら、ショックで心臓が止まるかもな」マンディが言った。

マンディとコーニーのキャッチフレーズは〈コブ&ヒル。おかしな二人組。歌に踊りに、ウィットの効いたかけ合い〉。

「大きく出たわね」わたしは言った。「裏口にまわるわ。このビラのあいだを突っきるのは、戦場の前線を通るより勇気がいるもの」

マンディはもう一度嬉しそうにビラを眺めてから、わたしのあとに続いた。

通用口はわけなく見つかった。皿を洗ったあとの汚水や、酸っぱくなったモップ、それに腐りかけた食べものの臭いをたどるだけでよかった。ドアは二つの大きなごみバケツに挟まれていた。なかに入るとそこは調理場だった。わたしたちが急ぎ足で通りすぎても、コックは顔さえ上げない。わたしはそのほうがよかった。いまだかつて、これほど汚いエプロンをしたコックは見たことがない。繁殖した細菌で日本軍を壊滅させられそうだ。

右手に楽屋の入り口があり、ドアを開けると、そこは細長い部屋だった。その形状からして以前は廊下だったのだろう。ステージの真後ろに位置し、役者が反対側の袖から登場するにはその部屋を横ぎらなければならない。衣装は後ろの壁の釘にかけるらしい。壁と化粧台のあいだの細長いスペースは幅二フィートほど。ほかの出演者はまだ来ていない。

「俺の控え室はどこだ？」マンディが尋ねた。

わたしは答えられなかった。男用の控え室などありそうにない。しかし、自分で確かめたほうがいいだろう。

「カルシオに訊いて」わたしが言うと、マンディは意を決した表情で部屋を出ていった。

ディンプルズのために化粧台の一つが片づけられていた。あてがわれた幅六インチほどの化粧台は部屋の一番奥にあった。ドアは内側に開くため、誰かが出入りするたびにディンプルズは椅子を立たねばならない。

「仲よくしようっていう気はまったくなさそうね」ディンプルズが言う。「これならトイレのほうが落ちつけそうだわ」

わたしは彼女の衣装を出して化粧を手伝い、マミーはアイロンの電源を入れた。ビフがアイロン台を立てるあいだ、マミーはそわそわと歩きまわっていた。母はポストカードや手紙を眺めて時間をつぶしている。そそっかしいコーラスガールたちが楽屋に置き忘れたものだ。そういうときの母は実に素早い。見たことがばれないように、もとどおりの場所に戻す抜け目のなさも健在だ。母はそのことを自慢に思っている。

ジー・ジーは鏡の前に座り、念入りに化粧を施している。青いアイシャドウを塗り、重そうな長いまつ毛をつけた。

「何年かぶりに化粧をしたような気がするわ」ジー・ジーの声にはどことなく感傷的な響きがあった。

その楽屋は窮屈で居心地が悪いけれど、劇場特有の懐かしい匂いがした。わたしもなんだか感傷的な気分になった。ディンプルズは体におしろいを塗りはじめた。たとえ週四十ドルの仕事でも、無性に彼女がうらやましかった。

「スポンジを貸して」わたしは言った。「背中を塗ってあげる」

ディンプルズは全身に白いおしろいを塗る。青いスポットライトが当たると美しく映えるからだ。しかし、楽屋のどぎつい照明の下では死人のように見える。わたしが背中を白く塗っているあいだに、彼女は乳首に紅をさした。

「初日っていつも死ぬほど緊張するのよね」ディンプルズが言う。「猫みたいに神経質になってるわ。こういうナイトクラブで演《や》るのは初めてだもの。ステージはすごく小さいし、幅がない代わりに段差がある。上がったり下りたりしながら踊るなんて滑稽な気分だわ。それに客席がびっくりするほど近いのよ」

「近い？」ジー・ジーが口を挟んだ。「あらやだ、その気になれば、客はあんたに触ることだってできるわよ」

「やめてよ！」ディンプルズは声を荒げた。「せっかく考えないようにしてたのに！」

マミーはアイロンをかけおえた。ぱりっとした衣装を誇らしげに眺め、ディンプルズの化粧台の近くにつるす。熱いアイロンを化粧台の下にしまい、台を折りたたんだ。マミーはディンプルズに劣らず緊張していた。ぎこちなくドアノブをつかんだ両手は、目に見えるほど震えている。

「行きましょう」マミーは母とジー・ジーに言った。「出だしを見逃しちゃうわ」

三人が出ていくと、ディンプルズはドアを閉め、そのまましばらくもたれていた。

「ねえ、ジップ」のろのろと口を開いた。「マミーのことなんだけど、あたしなんだか気に障るのよ。あたしを見るときのあの目つき。まるで――そのう――売春婦か何かを見てるみたい。そうかと思えば、やたらと世話を焼きたがるし。あたし、そういうの嫌いなのよ」

「たぶんマミーは恐れているのよ」

「恐れるって何を？」ディンプルズはいぶかしげに目を細めた。

「つまり、わたしたち全員が役者だってことに圧倒されているんだと思うわ」

その説明でクイヴァー・クイーンは少しだけ気持ちが落ちついたらしい。椅子に深く腰かけ、白っぽいドーランをかき混ぜはじめた。彼女の性格はよくわかっている。もし知らなければ、辛辣な意見を二つ三つ言ってやりたいところだ。化粧台の前に座っているときはとくに。

緊張感のない三段腹。きつくカールした硬い金髪が、顔のまわりを縁どっている。分け目の中心に近づくほど髪は黒っぽくなり、ディンプルズはそこに入念に粉をはたいた。死体のように白い肌、紅をさした乳首、粉まみれの髪。その姿は異様としか言いようがない。もし彼女を知らなければ。

「それに、今夜のショーで名誉挽回できるわよ。オープニングはどの曲にするの？」

「『ハブ・ア・スモーク・オン・ミー』よ」ディンプルズは明るく答えた。「なじみのある曲のほうがいいでしょ？」

楽屋はくたびれた顔のコーラスガールたちで混雑してきた。みな一様に無愛想だった。ディンプルズやわたしにひとことの挨拶もなく、さっさと化粧台の前に座り、化粧を始めた。ミリーとクラリッシマさえ何も言わない。わたしはすぐに事情を察した。彼女たちは礼儀が悪いというよりも覇気がない。まだ目が覚めていないのだ。通路の途中に立っているわたしは、あくびをする女たちが通るたびに脇へ押しやられた。ディンプルズに「がんばってね」と耳打ちしたあと、わたしは楽屋を出ることにした。

メインホールでは気の早い客たちが、命がけの行動に出ていた。シェフのスペシャル料理を食べているのだ。ステーキ入りのサンドイッチと、ふにゃふにゃのフライドポテト。その横には、装飾用に添えられたレタスの葉一枚としなびたトマトが一片。食べている客から思わず目をそらした。さっきのコックのエプロンが脳裏に浮かんだ。

濃い紫煙の向こうに母とマミーの姿が見えた。クロークのすぐ近く、最前列に座っている。まるで〈ロキシー・シアター〉にロックを聴きにきた客のようだ。母はのんびりと店内を見まわしている。ほかの客にしてみれば、ひまを持て余しているように見えるだろう。わたしはよくわかっている。母は客を数えているのだ。

ジー・ジーとビフはカウンターにいた。わたしは彼らに合流した。

「やあ、どんな具合だい？」スツールに腰を下ろしたわたしにビフが訊く。

「楽屋のことを訊いてるなら、こぢんまりとしているわよ」

人ごみのなかからマンディが現れ、わたしの隣に座った。

「まあ、楽屋があろうとなかろうと、俺はこの店が気に入ったよ。一晩に二度しかショーに出なくていいし、酒はすぐ飲めるし。楽なもんさ。この世界に入ってから、一日四回のショーが当り前だったからね。こんな短時間労働ですむなら、ぼろい仕事だよ」

わたしたちはカウンターの客全員に酒をふるまった。そのあとジョイスが加わった。花形女優専用の出入り口はないらしい。彼女は上客たちを伴って正面のドアから現れた。当然のようにビフが声をかけると、当然のように彼女は誘いに応じた。バーテンダーはビフに勘定書を渡した。

ジョイスはグラスの酒を一気に飲み干して言った。「あたしのつけにして」

バーテンダーが微笑んだ。「やめといたほうがいい。あんたが現れる前から、この人たちは飲んでいたんだ。婆さんの財産まで使い果たすつもりかい？　どうしてもって言うなら、その金を俺に貸してくれよ」

ジョイスは声を立てずに笑った。

「あら、女の子をいじめるもんじゃないわよ。せっかくきっぷのいいところを見せようと思ったのに。それじゃあみなさん、またあとで。お酒、ごちそうさま」ゆっくりとまとわりつくような微笑みをビフに向けた。

二人で共有した数多《あまた》の親密な時間をにおわせる笑顔だった。しかし、当のビフは何も感じていないらしい。彼にとっては、目の前のライと、チェイサー用のビールのほうが重要なのだ。

ジョイスはフロアを悠々と横ぎり、〈オフィス - オフィシオ〉と記されたドアの前で立ち止まると軽くノックをした。返事はない。ノブをまわしてみた。開かない。ジョイスは楽屋に向かった。豊満な尻を左右に大きく振り、悠然と歩いた。ときおり立ち止まりつつ、テーブルのあいだをゆっくりと進んでいく。どの客もまだ酔いが浅く、いっしょに酒を飲む相手を必要としていなかった。大半は彼女に目もくれない。ひとたび青いサテンか、サクランボ色のベルベットの衣装を身につければ、あちこちからお呼びがかかるだろう。でも、それまでは一人で飲むしかない。

バーテンダーはせっせとグラスを磨きながら、ジョイスを目で追うわたしを見ていた。

「彼女は本当に人あしらいがうまくてね。ほかの女たち全員を合わせたよりも稼ぎが多いんですよ」尊敬混じりの口調で言う。それから声を一段落とし「だけど、ありゃあ詐欺師だ。あのやり方が仲間にばれたら、つるし上げを食らうだろう」そう言いつつも尊敬の念は薄れていない。どちらかといえば、さっきよりも増しているくらいだ。「いやあ、まったく、たいした世渡り上手ですよ」

ビフがもう一杯注文し、バーテンダーは話を続けながら酒をついだ。

「この店で働きはじめた晩、彼女、俺にあることを持ちかけたんですよ。うちのボスはダウンズを認めていないから……」

「ダウンズって?」ジー・ジーが訊いた。

バーテンは彼女に鋭い一瞥をくれた。

「知らないのかい? ダウンズってのは、客にばれない程度に水で薄めた酒を女たちに飲ませて、その金を客に払わせるっていうやり方ですよ。カルシオはそういうやり方を嫌う。それじゃあ詐欺だと言って。俺はべつにかまわないと思うけど。だますって言っても些細なことだし、女たちは最後のショーまで酔いつぶれずにすむ。でも、ボスはボスだから。とにかく、初日の晩、ジョイスはそいつをやろうと俺に持ちかけた。彼女に客を一人まわすたびに、もうけの半分を俺にくれるという条件で。それでどうしたかって？　そりゃあ、まっとうな取り引きは大歓迎だ。すぐに話に乗りましたよ。それから俺は、ジョイスが客の目をごまかして荒稼ぎするのに協力し、タンカー・メアリーとトラブったときには肩を持ってやった。それでその週末、俺は分け前を楽しみにしていた。ところが彼女は何も言ってこない。どうなってるんだって訊いたら、彼女、二ドルよこしやがった。たった二ドルですよ！　一晩でそれ以上もうけさせてやったのに。だから俺はあの小娘と手を切り、二度と客をまわさないことにした。そしたら彼女どうしたと思います？」

バーテンダーはビフに「どうしたんだい？」と言われるのを待っていた。

「それがね、旦那、カルシオのところへ行ったんですよ。俺が在庫の酒を水で薄めてるって言いつけるために。この俺が！　大切な酒に水を入れるなんて！」

ビフは大きくうなずいた。酒を敬う気持ちはよく理解できるのだろう。

「彼女、ボスに取り入ろうとしたんだな」ビフが言う。

バーテンダーはもう一杯酒をついだ。

「これは俺のおごりです。もし旦那の言うとおりだとしたら、やり方を間違いましたね。うちのボスは嘘が嫌いだし、カウンターの奥で俺らが言い争っているのを見たんでしょう。彼女が嘘つきだってことをよくわかっていました。いやあ、あのカルシオって男は、かなり気が短いんですよ。誠実だの正直だのってことに変なこだわりを持ってるし。たった五分で、町一番の優しい男から冷酷な男に豹変する。旦那がたも気をつけたほうがいい。一つでも嘘をついたり、卑怯なまねをしたら、間違いなく店から叩き出されますよ」

なるほどね、とわたしは思った。ショーのなかでテッシーがいい位置を占めているわけがわかった。カルシオがジョイス・ジャニスに腹を立てているのは、そのせいなのだ。わたしはジョイスに同情しようと思ったが、いまはそんな気分にはなれなかった。ディンプルズに妙な小細工はするなと言うつもりだった。少なくとも、この店での身の処し方を覚えるまでは。

疲れた顔の二人の女が戸口に現れた。商売用のフルメイクをしている。一人は赤いエナメルの小さなバッグをぶらぶらさせ、もう片方はカウンターへゆっくりと近づいてきた。彼女が席につく前に、さっきのバーテンダーが慌てて駆けよった。

「何しに来たんだ、おまえら。さっさと出ていけ!」声を荒げた。

赤いバッグの女が悪態をついた。わたしには聞きなれた言葉だが、彼女はそこにひとひねり加えていた。彼女に言われたことを実現できれば、バーテンダーもヴォードヴィルの人気者になれるだろう。

「その薄汚い口を閉じろ」バーテンは叫んだ。「さもないと、耳をつかんでつまみ出すぞ」

にらみをきかせて二人が立ち去るのを見届けたあと、わたしたちの席の前に戻ってきた。

「毅然《きぜん》とした態度で臨まないと、商売女であふれ返って客が入れなくなっちまう」

ビフがわざとらしく咳をして、バーテンは気まずい雰囲気を感じとった。

「売春婦だらけになったら大変だっていう意味で言ったんですよ」

劇場への郷愁も徐々に薄れてきた。〈ハッピー・アワー〉には、どこか不健康なところがある。コックの不潔なエプロンや無愛想なウェイターのせいだけではないし、短気なカルシオのせいばかりでもない。バーテンダーの親しげな態度にさえ、わたしは居心地の悪さを感じていた。それは卑しさとは違う。わたしもショービジネス界で生きてきた。卑しさについてはよく知っている。タブショー（道端で行なう短いミュージカル・コメディ）やカーニバル、ヴォードヴィルなどで旅をするうちに、女たちはその言葉の意味を身にしみて理解するのだ。それに、バーレスクが信仰復興の伝道集会だと思っているわけでもない。

それにしても、この店は何かが違う。いますぐ車にトレーラーをくくりつけ、八本のタイヤが耐えられる限界まで、イスレタから遠く離れた場所へ行きたい――わたしをそんな気持ちにさせる何かがこの店にはある。

第13章

ショーが始まると、ビフはテーブル席を確保すべくウェイターの一人に金をつかませた。そのころには、彼らもわたしたちのことを知っていて、買収をとがめられないかぎり店を追い出される心配はなかった。

ショーは昨夜と同じお決まりの内容だった。ローラースケート乗りのトルコ人ペアのあと、ディンプルズの出番がやってきた。ボブ・リードは彼女のことを「演劇界きっての美女」と紹介した。オーケストラが彼女のオープニング曲を演奏し、照明が落とされ、ディンプルズが姿を現した。

彼女はその曲をうたわずに、低くかぼそい声でつぶやいた。それでも、いつもなら客席まで充分に届く。今夜はひとことも聞きとれなかったが。いずれにしろそれはたいした問題ではない。彼女は美しかった。ダチョウの羽根飾りがついた赤いシフォンをまとい、同じ羽根をあしらったマントに、赤いサテン地のつばの広い帽子をかぶっている。

カルシオはディンプルズを好位置につけてくれた。男二人のあとだし、今夜初のストリップでもある。カルシオは熱心にステージを見ている。わたしの視線に気づくと、親指と人さし指で円を作り、よく見えるように掲げてみせた。

わたしは返事の代わりにうなずいた。そしてビフを突っついた。
「ディンプルズをお気に召したみたいよ。ボスがオーケーサインを送ってきたの。あとはマンディとあなたの友達がうまくやってくれることを祈るだけね」
ディンプルズはつぶやくのをやめて、歌に移った。

煙草を一本お吸いなさいな
お金なんかいらないわ

ドレスの胸元から煙草のパックを取り出し、男性客に向かって一本放った。煙草はテーブルの上に落ち、男はそれに手を触れようとしなかった。

あなたのために用意したのよ
街で人気のチェスターフィールド
それとも、キャメルを買いに一マイル先まで歩くのかしら
そうする価値は確かにあるわね

ディンプルズはステージの上をゆっくり歩きながら、テーブルの男たちに煙草を渡していく。最初は遠慮していた観客も徐々に大胆になり、なかには彼女に向かって手を伸ばす者もいる。

ほらオールドゴールドよ、冷えた体を温めて
一箱吸えば喉もすっきり
懐かしのヴァージニアからやってきて
ピードモントであなたをノックアウトしてあげる

ディンプルズははげ頭の男の前で立ち止まり、小さな感嘆の声を上げた。

「彼ってすてきじゃない?」

煙草をくわえさせ、火をつけた。男の耳の上にまばらに残る髪の毛。ディンプルズはそれをくるくると指に巻きつけて、自分の手首の赤いリボンをほどくと、その毛の束をちょう結びにした。


……トルコ煙草をブレンドした、ファティマもあるわよ

ディンプルズは身を乗り出してはげ頭にキスをした。そして小走りで舞台の袖へ移動し、羽根のマントを脱ぎ、帽子を取った。

「あたしがあげた煙草の名前、忘れちゃだめよ」

舞台から姿を消す間際に、ディンプルズは片方の乳房をちらりと見せた。観客はストリップショーに喝采を送りなれていない。ぱらぱらとまばらな拍手が起こり、たまらずビフが手本を示した。お椀の形に丸めた手を派手に打ち鳴らし、「脱いじまえ！」と叫ぶ。たちまちほかの客もこれにならった。

オーケストラが『煙が目にしみる』を演奏しはじめ、ディンプルズが最初のアンコールに応じて舞台に戻ってきた。いまやサルーンは、歓声や拍手で耳を聾するほどの騒々しさだ。わたしは〈ゲイエティ〉の桟敷席に座っていた男たちを思い出した。

ディンプルズは腰を前後に突き出し、くねらせはじめた。数年前に比べればスピードは落ちているものの、イスレタでこれほど速いバンプを見たことがある者はいないだろう。コーラスが終わりに近づくと、ディンプルズは客席に背を向け、スカートを取った。そして今度は、腰を小刻みに揺する得意のクイヴァーを始めた。ネットのパンティについた汗の玉が、ダイヤモンドのようにきらきら光る。ディンプルズはそのクイヴァーの考案者で、いまだにバーレスク界で彼女の右に出る者はいない。ディンプルズの体から汗が飛び散り、オーケストラの演奏もさらにテンポを上げていく。

「次に出てくるテッシーはさぞかしやりにくいでしょうね」わたしは少しだけ得意な気分だった。テッシーとつき合いはないし、ディンプルズはわたしの友達だ。

ディンプルズはビーズのパンティを素早くはぎとり、青いスポットライトを浴びてステージに立っていた。観客がさざ波《ディンプルズ》という名前の意味を理解するまで。そして舞台の袖にぱっと姿を消した。さらに二回のアンコールに応えたあと、彼女はようやく観客から解放された。ショーが一時中断されるほどの熱狂ぶりだった。

「すぐに戻るわ」彼女の出番が終わると、わたしはビフに言った。「楽屋に行って、どんなに感動したか伝えたいのよ」

小走りで路地を抜け、見覚えのあるごみバケツのところへやってきた。ディンプルズは通用口で涼んでいた。上唇にこまかい汗が噴き出している。黄色い髪は汗にまみれ、顔のまわりに張りついている。

「素晴らしかったわ」わたしはそう言ってから、給仕係の存在に気がついた。

三人の若者は口をぽかんと開けて、ディンプルズに見とれている。わたしは衣装のスカートを彼女の肩にかけてやった。

「ここはもうステージじゃないのよ。あの坊やたちは舞台の裏方には見えないし」

ディンプルズはスカートを胸元でかき合わせ、わたしたちは調理場を通って楽屋に向かった。コックはまたもや下を向いたままだ。絶対に顔を上げないという浅はかな約束を誰かと交わしたのだろうか？　コーラスガールたちは次の出番のための着がえをすませ、汚れた食器が山積みになった巨大なシンクの近くに立っている。相変わらずくたびれた顔だ。

「なんなの、この冷たいお出迎えは？」わたしは楽屋に入るなり言った。

ディンプルズはむき出しの白い肩をすくめた。

「あたしに訊かないでよ《サーチミー》」

裸同然なんだから探《サーチ》すまでもない。前ばりをひっぺがして当たりくじを確かめたい人はお好きにどうぞ。

テッシーはみんなと変わらぬ冷ややかな挨拶をしたあと、ディンプルズに向き直った。

「なんか着なさいよ。ここにはグランドセントラル駅並みのプライバシーしかないんだから」

テッシーが言いおわらないうちにドアが勢いよく開き、カルシオが入ってきた。ディンプルズはメイク用のタオルをつかみ、慌てて前を隠した。

「ノックぐらいしたら?」金切り声を上げ、そのあと相手が誰か気づいた。「あら、あなただったのね。それで、どうだったかしら?」

「いやあ、よかったよ」カルシオが言う。「ただね、もうちょっと見せてもいいんじゃないか? 消えるのが早すぎる」

「あまり持ち上げちゃだめよ」テッシーが口を挟んだ。「ステージを占領されちゃうじゃない。それも警察の手入れがあるまでの話だけど」

ディンプルズはだるそうに顔を上げた。「何言ってんのよ」勝ち誇ったような笑みを浮かべている。「あんたがいても営業できるなら、警察があたしに目をつけるわけないでしょ」

おなじみのこぜり合いだ。わたしは巻き込まれる前に、その場を立ち去ることにした。運悪く、カルシオも同じことを考えていた。彼と腕を組んで薄暗い路地を歩くなんてぞっとする。カルシオはいかにも路地裏を知りつくしていそうなタイプだ。〈立ちション禁止〉という立て札を作るとき、頭に浮かぶのはカルシオのような男かもしれない。

「店内を通っていきたいんだけど」わたしは言った「かまわないかしら？」

「いいとも。わたしもいっしょに行こう」カルシオはドアの前でディンプルズを振り返った。「服を着たら出ておいで。お得意さんに紹介しよう。うなるほど金を持っていて、魅力的な女たちのために、そいつをばら撒きたがっている連中だ」

「ということは」テッシーはディンプルズに微笑んだ。「あんたは関係ないわね」

舞台にはボブ・リードが上がっていた。カルシオとわたしは演奏用ステージの後ろのドアから店内に入った。マンディとコーニーがかたわらで出番を待っていた。

マンディがスポンジの鼻をつけていることに、わたしは少なからず驚いた。バーレスクでは扮装なしで演じていたのに。ナイトクラブ・デビューとなる今夜は、だぶだぶのズボンに、スポンジの鼻といういでたちだ。着ているスーツは普通に市販されているものだが、マンディは洋服を買うとき、つねにもとを取ることを考えている。だから体にぴったり合うスーツではなく、数サイズ大きなものを買い、さらに予備も揃えている。本人いわく、火事や洪水、暴動などに備えているそうだ。六フィートはありそうな赤いネクタイ、極端に小さな茶色の山高帽。もじゃもじゃの髪の上に、その山高帽がちょこんと載っている。

カルシオはマンディの姿を見て大笑いした。

「わたしはこういうコメディアンが好きなんだ」彼は言う。「品のいいコメディアンが」

マンディがウィンクし、わたしもそれに応じた。彼は自分の思いつきが的中したことを知っている。これがカルシオの考える品のよさだとしたら、いつものマンディは雑貨屋の配達係にしか見えないだろう。

コーニーについて言うべきことはない。ふてくされた顔は、コメディアンというよりも、その引き立て役に見える。殴られた目は大丈夫らしい。青黒いあざはドーランで巧みに隠してある。コーニーはあざを目立たなくするのが得意だ。むろん、練習する機会がたくさんあったにちがいない。

「なあ、俺らが出る必要はないんじゃないか?」コーニーがダンスフロアのボブ・リードをさして言った。「一番の持ちネタを先にやられちまったし、どう考えても——」

カルシオがさえぎった。「女の子をあいだに入れてある。心配するな。わたしだってこの世界に入って短くないんだ。見せ方は心得ているさ」

カルシオはわたしの腕を取り、先に立ってサルーンを歩いていく。母のテーブルの脇を通るとき、カルシオは親しげに挨拶をした。マミーにも声をかけようとしたのかもしれないが、彼女の態度はそれを拒んでいた。

マミーはビールのグラスをもてあそんでいる。こわばった後ろ姿からして、もう二度と〈ハッピー・アワー〉に来ることはないだろう。テッシーと彼女の房まわしにはとくに批判的だった。ディンプルズに比べれば、子供だましの中途半端な見世物にすぎないという。

ビフがカウンターから手を振り、わたしはオフィスの前でカルシオと別れた。

ビフは一人で座っていた。ようやく二人きりで話ができる。

「マンディが鼻をつけているのよ」わたしはスツールに腰を下ろした。

「僕が勧めたんだ。カルシオの考えるユーモアっていうのは、おばさんに扮したコメディアンがパンツのなかに炭酸水を入れること。女性客にはそんなの受けないだろう? だからつけ鼻で手を打つことにした」

「スポンジだったわ」

「このイスレタじゃ、つけ鼻を売っていないんだよ」まるでイスレタがとんでもない田舎だと言いたげな口ぶりだ。つけ鼻は郵便局と同じくらいあって当然と思っているらしい。

「ねえ、ハニー、わたし考えたんだけど」

ビフはわたしをちらりと見た。

「いまの言い方、ママみたいだった?」わたしは笑いながら言った。「真面目な話なのよ、ビフ、何もかもみんなに知られてよかったと思ってるわ。心が軽くなった。でも一つだけ気になることがあるの。ジー・ジーからガスのことで何か聞いてる? 盗品を売りさばいていたことや、麻薬の売人だったこと」

「ああ。保安官に打ち明けたほうがいいかもな。じきに耳に入るだろうし。先に知らせておかないと、僕らを信用しなくなるだろう。真面目な一般市民という印象を与えておきたいんだ。彼を味方につけるのが最善の策だと思う。洗いざらい話せば、妙な疑いをかけられることもないだろう」

わたしは心からビフの意見に賛成だった。そのときスウィングドアが開き、当のハンクがサルーンに入ってきた。一瞬立ち止まって店内を見まわし、わたしたちに目を止めた。

「ここにいたのか」保安官は言った。帽子をかぶったままで、いつもより態度がよそよそしい。

「ほかにどこにいると思ったんです?」ビフは愛想よく言った。「酒場があれば、たいてい僕はそこにいる。さあ一杯飲んで、くつろいでくださいよ」ビフはバーテンダーに向かって声を張った。「友達にライのダブルを一つ!」

カウンターの奥の鏡に、パッドで強調した白いスーツの肩が映った。カルシオだ。こちらに背中を向けているが、明らかにわたしたちの話に耳をそばだてている。

保安官はカウンターの棚に並ぶボトルを見ている。それとも、彼もまた白い肩を見ているのだろうか。

ビフはいったん開きかけた口を急に閉じた。

「エリーを飲んでいるのかい?」

ビフがそう言うと、白いスーツはオフィスのほうへ歩き去った。しかし、カルシオが去ったあとのスペースに今度は二人の男が立った。ライを三杯飲んだあとで人の顔を見分けるのは難しい。それでもわたしは誓って断言できる。その二人組は、ゆうべカルシオのオフィスに入っていったのと同一人物だ。

ビフはカウンターに札を数枚放った。スツールをもとに戻し、わたしに手を貸して立ち上がらせた。

「少し歩こう」

「わたしの事務所まで」保安官はさりげなくつけ加えた。とはいえ、喜んでついていく気になれるほど、さりげなくはなかった。まもなく真夜中だ。警察と親交を深めるのに適した時刻ではない。

ハンクは親交を深めるつもりはまるでなさそうだった。保安官事務所まで黙って歩いた。それほど遠くはないし、サルーンの人いきれから解放されたあとだけに、新鮮な空気はひときわ心地よかったが。

わたしたちは歓楽街を通りすぎた。徐々に看板が小さく、まばらになっていく。そしてついに酒場が途絶えた。いつしか通りは西部の田舎町の風景に変わっていた。白い柵で囲われたこぢんまりとした住宅、干からびて黄ばんだ芝生の庭。どの家も似かよっていて、一様にペンキを塗り直す必要がある。

通りの角にほかよりも大きな屋敷が建っていた。家の前には古ぼけた車が一台。ナンバープレートの横に、白い十字の入った緑のプレートを掲げている。


「ゴンザレス先生の家だ」保安官が言った。

古びたブラインドの隙間から一条の明かりがもれている。

「遅くまで起きているのね」わたしは会話のきっかけにしたくて言った。

保安官にそのつもりはないらしい。返事さえなかった。

次のブロックの途中で、保安官は小道にそれた。目の前に木造の建物が現れた。保安官事務所は一階で、二階にはバルコニーがめぐらされている。西部劇に出てくるようなバルコニーだ。その高さは、ヒーローが馬の背中に飛び乗るのにちょうどいい。

保安官はドアを開け、わたしたちをなかに通した。保安官が照明のスイッチを入れると、わたしは驚いた。先日ビフと訪れたときとはまるで雰囲気が違う。天井の明かりに白々と照らし出された室内は、いかにも事務所然としていた。以前は暖かな陽射しがあふれ、とても保安官の仕事場には見えなかったのに。いまはそれ以外の何ものにも見えない。

保安官ですら、いつもより法の執行人らしく見える。わたしたちのために椅子を二つ用意し、自分はロールトップ・デスクの前に座った。右側の引き出しを開け、ボール紙の箱を机の上に置いた。靴箱に似ている。保安官はそれをすぐには開けず、代わりに机に両肘をついて身を乗り出した。

「この箱の中身に覚えがあるはずだ」保安官はゆっくりと言った。

ビフは笑った。「まあ、酒じゃないってことはわかりますよ。それならとっくに開けているはずだ」

保安官は笑わなかった。箱を開け、ビフの前にパール・ハンドルの小さな拳銃を置いた。

「この銃はサンディエゴで八日前に売られたものだ」保安官は重々しく言った。眼差しは冷たく、口元はこわばっている。「昨日でもおとといでもない——リーさんはそう言ったが——実際は八日前だった」

「それはさっきも聞きましたよ」ビフが言う。「だが、あなたは義母《はは》のことをわかっていない。昨日だろうと八日前だろうと、彼女にとっては同じことなんです」

保安官はビフから目を離さなかった。まばたきすらしなかった。

「売ったのは質屋だった」保安官は続ける。「値段は十二ドル。買ったのはリーさんではなく、ジー・ジー・グラハムだ」

ビフは間の抜けた顔をしていた。たぶんわたしも。その一方で、保安官の言葉に驚いていない自分もいた。ジー・ジーと同じ窮地に立たされたら、わたしも銃を買っていただろう。だからといって、その銃は自分のものだと触れまわったり、〈憩いの森〉に死体をばら撒いたりはしないが。

「彼女はヘイゼル・ブロンソンという名前で銃を買っている」

「本名なんです」わたしは言った。「ジー・ジー・グラハムは芸名で」

「わかっている。あの娘さんのことはかなり詳しく知っている。ロス警察に頼んで、きみたち全員の詳しい身上書を送ってもらったんだ。たとえば、報告書によれば、グラハムさんはガス・グレインジを知っているだけでなく、その男の手で命を奪われかねない理由を持っていた」

「信じられないかもしれませんが」ビフが言う。「あなたと連絡が取れたら、真っ先にその話をするつもりでいたんですよ。それからもう一つ、エヴァンジーは例のハンカチに見覚えがあると言っています。あれはコーニー・コブの持ちものだと。このところ奇妙なことばかり続いて、何がどう関係しているのか、僕にもさっぱりわからない。だけど、ジップによると、何者かがトレーラーに侵入したらしいんです。彼女が居眠りをしているとき、歩きまわる音がしたとか。以前にも侵入者があったことは確かだし。誰かがうちのバスタブに死体を忍び込ませていったわけですから。墓穴でハンカチを見つけたとき、確信したんですよ。何者かが僕らの仲間を陥れようとしているって。コーニーのポケットからハンカチが落ちたなんて、あまりにもできすぎている。誰かが故意に置いたにちがいない。

ジー・ジーに関しては、本人に事情を聞いたほうがいいでしょう。ガスとのかかわり合いを彼女から聞いて、それでも事件に関与していると言いはるなら、そのときは僕も黙っちゃいません。マンディ・ヒルは間抜けな男だ。弟みたいに大切に思っているけど、間抜けであることは認めます。あいつは僕以上に人殺しとは縁のない男だ。もちろん、人殺しを容認するわけじゃありませんが。後ろからナイフで刺すなんてもってのほか。そういうことは舞台の上だけで充分ですよ。

エヴァンジーは気まぐれな性格だけど、人殺しではない。ここにいるジップは、はさみが怖くて足の爪さえ切れない。ナイフなんか使えるわけないでしょう？　ディンプルズは、まあ、彼女をひとめ見れば、おのずと答えが出るはずです。一つアドバイスをさせてください。そっちの世界に長くいる連中に的を絞れば、きっと犯人は見つかりますよ。言うまでもなく、あれは素人の仕業じゃない。あの二つの殺人の実行犯は、大胆かつ冷静にことを運べる人物にちがいありません」

保安官は立ち上がった。表情が緩む様子はまったくない。

「きみたち役者のことはよくわかっている。そうじゃなかったら、いまの話にもちょっとは興味を引かれたかもしれない。それはそうと、単刀直入に言おう。わたしは誰も逮捕するつもりはない。とりあえず現段階では。きみたちには町から出ることを禁じる。試してみようなんて思わないように。明日、〈憩いの森〉に出向いて、一人ずつ話を訊くつもりだ。一つでも嘘をついたり真実を隠したりしたら、全員豚箱に入ってもらう」

保安官はドアを開け、わたしたちを送り出した。わたしはふらつく足を懸命に動かして、急いで外に出た。背後で乱暴にドアが閉まった。ビフとわたしは歩きつづけた。そしてそのブロックのなかほどまで来て、ようやく口を開いた。

「あいつ猫をかぶっていやがったな！」ビフが言う。「うまく丸め込めたと思っていたのに」

「あんなふうにママと踊っていたくせに」

「僕の酒を飲みやがったくせに」

それから、二人同時に噴き出した。

「僕らのこと、役者って呼んでたぞ」ビフがまた笑い出した。

「それだけじゃないわ。わたしたちが巧みな役者だとひそかに認めているのよ」

遠くに酒場のネオンが見えてきた――〈オアシス〉〈ブリンキング・パップ〉〈ラスト・ホール〉、そして最後に〈ハッピー・アワー〉。わたしたちは歩調を速めた。前方のネオンのせいで、いま歩いている通りがひどく暗く感じられた。あまりにも静かで平和すぎる。

医者の車はまだ家の前に停まっていた。パーキングライトが乾いた芝生に赤い光を投げかけている。

ふいにビフがわたしの腕をつかんだ。

「しっ！」

車のエンジンがかかり、力強い回転音が聞こえてきた。わたしたちは立ち止まって耳を澄ませた。どこかの家でドアに鍵をかけた。ヘッドライトがともり、車高の低いクリーム色のオープンカーが、私道から通りへ勢いよく滑り出した。車はサルーンの方角へ走り去った。出てきたのは医者の家の私道だった。

振り返ると、窓の下からもれていた部屋の明かりが消えた。

「運転していた男の顔を見たかい？」ビフが訊く。

フランシスコ・カルシオだった。

第14章

翌朝、モーニングコーヒーを飲みおえる前に、保安官はトレーラー・キャンプ場にやってきた。二人の男を伴っていた。死体を掘り起こした日に、医者といっしょに駆けつけたのと同じ二人だ。揃ってワイシャツを着ているが、その日は朝からうだるほど暑く、ワイシャツは汗でびっしょり濡れていた。

一行はわたしたちのトレーラーには立ちよらず、まっすぐ隣のトレーラーに向かった。ジョニー坊やの父親がドアを開け、三人をなかへ招き入れた。

母は〈永遠の命〉を燃やしている皿にさらに顔を近づけた。この暑さのせいでしつこい咳が止まらず、朝からずっとその粘っこい臭いをかぎつづけている。

ビフとわたしは無言のままコーヒーをすすった。ジー・ジーはカップに二杯目をそそぎ、わたしたちの近くへ椅子を引きよせた。

「どうしてうちに来ないの？　あたしたちに訊きたいことがあるんでしょ。さっさと終わらせればいいのに」ジー・ジーは苛立たしげに言った。「こういう宙ぶらりんな感じって気が変になりそう」

彼女はカップを口に運ぼうとしてコーヒーをこぼした。テーブルの上に茶色い液体が飛び散り、ビフが拭くのを手伝った。

「きみが最初に嘘さえつかなければ……」ビフは言いかけたが、ジー・ジーにさえぎられた。

「嘘なんかついてないわ」金切り声を上げる。カップが地面に落ち、熱いコーヒーが素足とキモノに飛び散った。しかし、本人は気にもとめない。「まさかエヴァンジーがあんなこと言い出すとは思わなかったのよ。あの銃は自分のものだなんて。それに、どうしてわざわざ言わなきゃいけないわけ？　うちのバスタブに撃ち殺された死体が入っていたのよ。そんなときに銃を持っていることを認めろだなんて、よく言えるわね」

ジー・ジーは紙ナプキンで足を拭き、汚れたカップを拾い上げて、叩きつけるようにテーブルに置いた。

「あたしばっかり責めないでよ。もっとたくさん嘘をついた人がいるでしょ。いったいなんのために？　死体にも犯人にも心当たりがないなら、嘘をつく必要なんかないのに。嘘をつく理由があるのは一人だけ。エヴァンジーが言ってたでしょ。ジプシーの名前が新聞で取りざたされたら困るって。そうよ、あの人が森に火をつけて死体を埋めたのは、そういう身勝手な理由からなのよ。あの銃もジップのものだと思ったから身代わりになろうとしたんだわ。彼女を信じたいならお好きにどうぞ。結局のところ、あなたの母親なんだから。あたしにしてみれば、ずいぶん不公平な話だけど」

ジー・ジーは立ち上がってトレーラーに駆け込んだ。

彼女が長広舌《ちょうこうぜつ》をふるうあいだ、母は身じろぎしなかった。そして大きな音を立ててドアが閉まると、ようやく顔を上げた。

「なんて言いぐさだろうね」母は言う。「全部あの子のためにやったことなのに」

皿の上でくすぶっている小山に、マミーは薬を足した。ジー・ジーのカップを手に取り、洗い桶のなかに入れる。マンディはふきんをつかみ、マミーが洗いおえたカップや皿を拭きはじめた。気詰まりな沈黙をディンプルズの声が破った。

「誰かあたしにブロモ（胃痙攣の治療薬、発泡性の水薬ブロモセルツァーのこと）を持ってきて」トレーラーのなかから叫ぶ。「ねえお願い。ゆうべ毒を盛られたみたいなのよ」

マミーはグラスに水を入れ、使っていないグラスをもう一つ持って、トレーラーのなかに入っていった。ブロモを一つ飲んだぐらいでは回復しないだろう。ゆうべディンプルズは、一杯で五セントもうかる酒を浴びるほど飲み、引退したらホットドッグ・スタンドを始められるくらいの金を稼ぎ出した。ジョイスのおかぶを奪おうとしたのなら、それは成功したようだ。

トレーラーからディンプルズのとがった声が聞こえてきた。

「ああもう、そんな目であたしを見ないで。あたしは二日酔いなの。文句ある？　あんたと違って、底なしの大酒飲みじゃないのよ」

ディンプルズは誰に向かってしゃべっているのだろう。ジー・ジーか、それともマミーか。昨夜のディンプルズの話からして、おそらくマミーだろう。

「コーニーを起こしてこよう」ビフは寝室のドアに近づき、乱暴にノックをした。「おい、起きろよ、お客さんだぞ」

「うるせえな」とコーニー。「俺は病気だ。死んじまったって言ってくれ」

ビフはドアを開け、寝室に入っていった。数分後、コーニーを引きずり起こして外に出てきた。保安官のせいで、コーニーはまだトレーラーに居座っている。ビフのバスローブに、マンディのスリッパ。憮然とした顔で、椅子にどさりと腰を下ろした。

「権力に屈して、こうして雁首《がんくび》を揃えてるってわけか?」嫌味たっぷりに言う。「それで、あいつは俺らを集めてどうするつもりだ? アンコールでも要求するつもりか?」

わたしはコーニーのカップにコーヒーをそそぎ、ミルクの缶と砂糖つぼを押しやった。

「詳しいことは聞いていないけど」わたしは愛想よく言った。「でも、最初になんの話をするかはわかってるわ」

コーニーは湯気の立ち昇るコーヒーカップから顔を上げた。わたしはわざと思わせぶりな言い方をしたのだ。説得力のある演技だったらしい。コーニーは、わたしが何かつかんでいると思ったようだ。それで少し考える時間を与えることにした。わたしはビフと自分のカップにコーヒーをそそぎ、ゆっくり時間をかけて砂糖とミルクを加えた。

「保安官はたぶん、あなたのハンカチのことを尋ねるんじゃないかしら。死体といっしょにそれが埋まっていた理由を」

「俺のだって?」コーニーは弾かれたように立ち上がり、わめきはじめた。「保安官はどこだ? 俺は何も知らないって言わなきゃ。誰かが俺を陥れようとしている。そうにちがいない。俺に濡れ衣を着せようとしているやつがいるんだ」

「そんなに焦らなくても話す機会はあるさ」ビフが言う。「ただ、その陥れる云々って言い訳は通用しないだろうな。ゆうべ僕もそう説明しようとしたんだけど、最後まで聞いてくれなかった。急に役者嫌いになったらしい」

コーニーは崩れるように椅子に座り込み、コーヒーカップに手を伸ばした。と思いきや、それをテーブルの奥へ押しやった。

「酒をくれよ、なあ」

わたしなら断っただろう。でも、ビフは甘い。ボトルを取り出し、水の入ったグラスに強い酒をそそいでやった。コーニーはそれを一息に飲み干し、ビフはもう一杯ついだ。

背後で声がして、わたしは飛び上がった。保安官の部下の一人だった。

「保安官がグラハムさんと話したいと言っています。あそこの事務所で」シャワー小屋の隣の小さな建物を親指でさした。わたしが医者に電話をかけた場所だ。

「彼女なかにいるの」わたしは言った。「呼んでくるわ」

ジー・ジーはソファベッドの足元に座っていた。彼女は泣いていた。声をかけようとして、目がひどく充血していることに気がついた。

「あの人たち、最初にあなたと話がしたいって」わたしは言った。出口をちらりと見たジー・ジーの顔があまりにも打ちひしがれていたので、わたしは声をやわらげた。「本当のことを話せばいいのよ、ハニー。行く前に一口飲む?」

ジー・ジーは首を横に振った。ひとことも口をきかずに、トレーラーを出ていった。男と連れだって立ち去る彼女をわたしは窓から見ていた。二人は事務所に向かって歩いていく。

ディンプルズがベッドから体を起こした。ブロモの残りを手に取り、喉に流し込んだ。

「よりによってこんなときに二日酔いだなんて。連中が筋の通った答えを期待していなきゃいいけど。ああやだ、あたしはなんにも知らないのに！　コーニーとあんたのママの会話を聞くまで、死体があったことすら知らなかったんだもの」

ディンプルズはいまだに体のおしろいを洗い流しておらず、朝の光を浴びて緑がかって見える。脇の下や豊かな胸の谷間は汗で流れ落ちて、ピンク色の肌がのぞいている。ステージ用の顔の化粧もまだ昨夜のままだ。唇の端だけ残った口紅、ひたいに筋状に伸びたアイシャドウ。

わたしはクレンジングクリームの缶とクリネックスを手渡した。

「次に呼ばれるかもしれないわよ。いまのその姿を見たら、たぶん公序良俗に反するからって、あなたを豚箱に放り込むでしょうね」

ディンプルズは大儀そうに顔にクリームを塗りはじめた。

「どんなことを訊かれるのかしら？」少し間を置いて彼女が尋ねた。

「さあ」わたしはジー・ジーのことを考えていた。彼女は保安官に話すだろうか。わたしがあの銃の持ち主だと母が思っていることを。言わなければいいが。見え透いた言い訳だと思われるだろう。たとえそれが真実だとしても説得力がない。銃がわたしのものだからといって、なぜ母はそれを隠さねばならないのか？　それが凶器だと思ったからとしか考えられない。そうなると、母はわたしが殺人犯だと思っている、という結論に至る。

「きっと訊かれるわよね。『あの晩、あなたはどこにいましたか――』つまり、彼が殺された晩のアリバイを」ディンプルズは油ぎった顔をわたしに向けた。背筋を伸ばしてベッドの端に腰を下ろし、後ろの壁にもたれた。

「この件について、あたしも少しは知っておいたほうがいいと思う。何を訊かれても『わかりません、わかりません』じゃ馬鹿みたいだもの」

「わたしたち全員が馬鹿みたいに見えるんじゃないかしら」わたしは答えた。「わたしもあなたと同じくらいしか知らないのよ。うちのバスタブに死体があった。それでおしまい」

ディンプルズはしばし黙り込んだ。わたしは窓に近づいて外を見た。事務所のドアは閉まっている。

「ずいぶん長いわね」

「さっぱりわかんない」唐突にディンプルズが叫んだ。「いったい誰がトレーラーに死体を置いていったの？　もっといい隠し場所がいくらでもあるのに、よりによってバスタブを選ぶなんて。どんな馬鹿だってわかるはずよ。いつかはあたしたちに発見されるって」

「見つけてほしかったのかも」わたしは思いつきで言った。

事務所のドアが開き、ジー・ジーが陽射しの下に姿を現した。両手をキモノの袖に入れ、外階段の上で立ち止まった。どっちへ向かうか決めかねているように視線をさまよわせ、それから決然たる足どりでトレーラーのほうへ歩き出した。

「見つけてほしかったですって？」ディンプルズが呆けた顔で言う。「どっちにしてもわかんないわ。あたしたちに見つけてほしかったなんて……」

「たぶん死体を始末したかっただけなのよ。わたしたちが旅の最中だと見て、事実そうだったわけだけど、死体を遠くへやるチャンスだと思ったんじゃないかしら。殺人犯が姿をくらますかわりに、死体を町から送り出したのよ」

「犯人に聞かせてやりたいわね、その素晴らしい思いつきを」ディンプルズは皮肉っぽく言う。「やっぱりわかんない。どう考えてもおかしいわよ。誰かが人を殺し、死体を捨てる場所を探しまわっていた。そんなとき、あたしたちがトレーラーで暮らしていることや、どんな商売をしているのかを知り、『これぞ探しもとめていた場所だ』と犯人は思った。そして死体をバスタブに放り込み、一件落着。あら、そうなると、あと少しで犯人にたどりつけそうね。誰が死体をバスタブに放り込むことが可能かを考えればいいのよ。あたしたちが長時間トレーラーを空けたのはいつか。そのときドアの鍵を持っていたのは誰か。最初にキャンプ場に戻ってきたのは誰か。なんだ、簡単そうじゃない」

「ほんと簡単ね」わたしはあいまいに応じた。「じゃあ、一つずつ考えてきましょう。A、わたしたちはつねにトレーラーの周辺にいる。それなのに、犯人はいつの時点ですてきなプ、レ、ゼ、ン、トをうちのトレーラーに放り込もうと決心したのか？　B、こっちはもっと簡単ね。わたしたちがトレーラーを空けるのはせいぜい数時間。お酒を飲みにいったときも、朝の四時か五時には帰ってくる。つまり、死体を放り込むくらいの時間はあったということね。C、これは楽勝よ。どのキーでどの鍵をかけるっていうの？　ロサンゼルスでキーをなくしてから、トレーラーの鍵をかけたことは一度もないわ。バスタブに死体を放り込むことが可能なのは誰か、という点に関していえば、立ちよった町の誰にでもそのチャンスはあるわね」

ディンプルズはベッドの横に足を垂らし、爪先で床を探った。ピンクのサンダルを見つけるとぞんざいに足を突っ込み、ローブを肩にかけトルコタオルを手に取った。

「シャワーを浴びてくる。あんたのアルファベットを聞いてたら頭が痛くなっちゃった。コーニーが犯人ってことでいいような気がしてきたわ。いまはただ、このわけのわからない厄介ごととおさらばしたいだけ。誰が犯人だろうと理由がなんだろうと、あたしには関係ない。いついつの晩にどこにいたかって保安官に訊かれたら、とっとと失せろって言ってやるわ」

彼女と入れかわりにマミーがトレーラーに入ってきた。ベッドカバーを折り返し、室内を片づけはじめた。彼女は事件に無関心だ。まるでバスタブの死体が配管の一部だと思っているかのように。クレンジングクリームとクリネックスを引き出しに戻し、家具のほこりを丁寧に払う。ディンプルズが脱ぎちらかしていった服をハンガーにかけていく。

「あたし心配なのよ、あなたのお母さんが。今回のことで具合が悪くなるんじゃないかって」マミーはナイロンのストッキングを丸めながら言った。「あんなにお酒を飲んだり、悪態をついたり、興奮したりして。発作を起こすのも無理ないわ」

「確かにね。でも年じゅうこんなふうに大騒ぎしてるわけじゃないのよ。一週間に一度も死体を見ないことだってあるんだから」

わたしは独り言を言っているようなものだった。わたしたちがバスタブで発見したものについて、マミーはまったく興味を示さない。せっせと掃除を続けている。いまの彼女にとって重要なのはそれだけなのだ。わたしは追い出される前に外へ出た。

保安官の部下に連れられて、コーニーが事務所に向かうところだった。話し声がここまで届いてきた。甲高くて耳障りな声だ。

「俺のハンカチだなんてありえない!」ヒステリックにわめく。

ジー・ジーとマンディはトランプでピノクルを始めていた。ジー・ジーはけろっとした顔でカードを配っている。空《から》になったウィスキーのグラスが肘のあたりに置いてあった。

「どうだった?」わたしは尋ねた。

ジー・ジーは山札《やまふだ》をテーブルに置き、自分のカードを手に取った。それをより分けたあと、ようやくわたしの質問に答えた。

「べつに」そっけなく言う。

テーブルの上には切り札となるハートの九が出ている。マンディは手札から九を示し、得点表の自分の名前の下に十点と書き込んだ。そしてクラブのジャックを出した。ジー・ジーはそれをキングで取った。彼女は手役《メルド》を宣言しなかった(手札に役が揃った場合、それを宣言すると高得点が得られる)。

そのとき、わたしはかつてないほど保安官との対面を恐ろしく感じた。ジー・ジーはいきなりキングを使い、メルドを宣言しなかった。見かけよりもはるかに動揺しているにちがいない。ピノクルはジー・ジーお得意のゲームなのだ。

第15章

保安官がわたしを呼んだのはそれから二時間ほど経ってからだった。わたしはその二時間、一人また一人と事務所へ歩いていく後ろ姿を見ていた。ドアが開き、また一人ゆっくりとトレーラーへ戻ってくる。

マンディが呼ばれ、わたしが彼のカードを引き継いだ。その後ビフも加わり、フォーハンド（四人用のピノクル）をやることにした。ゲームをしているときだけ、押しつぶされそうな不安を忘れることができた。

誰か一人でも状況をきちんと説明してくれていたら、みんなの言うことがあんなに似かよっていなければ、これほど待つことが苦にならなかっただろう。どの答えもジー・ジーと同じくらいあいまいだった。全員が死体の身元に心当たりがないかと尋ねられ、参考までにと詳細な人相書き――一枚の紙に手書きの文字がびっしり並んでいた――を読まされ、ビフやわたしと知り合った時期を尋ねられ、母と知り合った時期を尋ねられ、彼らがおたがいに知り合った時期を尋ねられ、トレーラーの維持費としていくら払っているのかと尋ねられた。

最後の質問はとりわけ馬鹿げている。ときどき酒を買ってくるくらいで、一人として維持費など払ったことはない。

それから彼らは銃を見せられ、見覚えはないかと尋ねられた。ガスという名前の男を知っているか。衣服や洗濯物でなくなったものはないか。トレーラーのまわりをうろついている不審者を見かけていないか。

わたしにはどの質問もくだらなく思えた。ビフでさえろくな話を聞かせてくれなかった。ついにわたしの順番がまわってきたとき、にっこり微笑むビフの表情が気に食わなかった。「本当のことを話せばいいんだよ、パンキン」その言い方も気に食わなかった。

事務所への道すがら保安官の部下はひとこともしゃべらず、わたしはその沈黙が気に食わなかった。男はしたたり落ちるほど汗をかいていた。時刻は正午に近く、温度計は朝から三十七度を超えていた。だが、わたしは暑さなど苦にならなかった。どんなに暑くてもいずれ気温は下がる。二日酔いと同じ。一生苦しみが続くわけじゃない。さっきの二時間は永遠のように長く感じられた。この試練にいずれ終わりが来るとは、わたしには信じられなかった。

狭くて暑い事務所は、部分的にブラインドが下ろされていた。保安官は扇風機の正面に座っていた。折れ曲がった羽根がワイヤーの枠にぶつかるたびに、調子外れの音を立てる。保安官はテーブルの向かい側に座るよう身ぶりで示した。

「そっちに扇風機を向けようか?」わたしが湿ったハンカチで顔をぬぐっていると保安官が言った。

わたしはかぶりを振った。

「淀んだ熱気をかきまわすだけだもの。その暑苦しい音に文句を言うつもりはありませんけど」保安官はしわの寄った紙を手でもてあそんでいる。

「断っておきますけど」わたしは言った。「その紙がガスか、もう一人の死体の特徴を書いたものなら、読む必要はないわ。ガスについて知っていることは全部話したし、もう一人はまったく知りませんから」

保安官は紙を置いて、ボール紙の箱に手を伸ばした。昨夜よりも古ぼけて見える。

「それと」わたしはまたしても口を挟んだ。「そこに銃が入っているなら、わざわざ開けなくて結構ですから。その銃を初めて見たのは〈ハッピー・アワー〉でジョイスが母に渡したとき。前にも話しましたよね」

わたしはすっかり自分に満足して、椅子の背に深くもたれた。なぜジー・ジーたちが話すことなど何もないと言ったのかわかりはじめていた。

保安官はグラスの水を飲んだ。それから思い出したように、わたしにも勧めた。わたしは断った。われながらいい演技だった。薄く微笑み、小さく首を横に振ってみせたのだ。保安官はわたしを見ていた。一瞬、彼がおもしろがっているように見えた。腹のなかで笑っている気がした。それがまたわたしの癪《しゃく》に障った。

「そうそう、あなたが興味を持ちそうな話があるんです」わたしは言った。「ゆうべ、あなたの素敵なオフィスを出たあと、ビフとわたしは歓楽街に戻ることにしました。例のゴンザレス先生の家の前にさしかかったとき、車のエンジンをかける音が聞こえて。クリーム色の大きな車が私道から出てきた。運転していたのはカルシオでした。ずいぶん急いでいる様子で。あの人、先生を訪ねていたんだわ」

「どうしてそう言いきれるんだね？」保安官はゆっくりと言った。「隣の家を訪ねたのかもしれない」

「まあ確かに」わたしは無愛想に同意した。途中で口を挟まれるのは嫌いだし、なによりも保安官の笑顔が気に食わなかった。「でも、車が去った直後に、先生の部屋の明かりが消えたんですよ。鍵をかける音も聞こえたし。カルシオは夜中の一時近くに用もなく誰かを訪ねるタイプじゃない。あまり健康そうには見えないから、それで医者を訪ねたのかしら？　明らかに地元の警察と密接な協力関係にある医者を？　もちろん、あなたは何もかもご存じなんでしょうけど。でも、〈ハッピー・アワー〉はお世辞にも上等な店とは言えない。あの店主が警察と仲良くやっていこうなんて考えるはずないし。わたしの言いたいことおわかりになるかしら」

ポケットから煙草のパックを取り出し、悠然と火をつける。いまやわたしは自分に酔いしれていた。ハンクの驚いた顔を見るのはいい気分だ。わたしは煙を一、二度吐き出したあと、目を大きく見開いた。

「最初にお断りするべきだったわ」わたしは煙草をちらりと見下ろした。「取り調べ中に煙草を吸っちゃいけないわよね」

「そのとおりだ」保安官はこわばった顔で答えた。

「ほかにお聞きになりたいことは？」

「いやもう結構。だが、きみのほうはいくつか質問をしたさそうだね」

図星だった。でも、認めるのは癪に障る。わたしはせわしなく煙草をふかした。あっという間に煙草は短くなり、息を吸うたびに熱い煙が喉を焼いた。無性に水が飲みたかった。しかし、見栄を張って首を横に振り、優雅に微笑んでみせたのはついさっきのことだ。いまさら水が欲しいと言えるほど図太くはない。

「このあたりはイスレタの辺境に位置していて」保安官が言う。「数年前まで国境の向こうでギャンブルをしてもとがめられなかった。それが悪党どもを引きよせる原因になった。メキシコ政府と緊密な連携を取っているが、悪党どもを追い払うことはできん。観光シーズンになると、このあたりにも観光客がやってくる。見るものなんて何もないのにな。ありふれた酒場が一握りあるくらいで。しかし、観光客がやってくるかぎり、金を巻き上げようとする連中もいなくならない。ここ数カ月で、新たな悪がこの町にはびこりはじめた。麻薬の密売だ。とりわけ厄介なのは、ここテキサスで麻薬が栽培されているってことだ。雑草だと思われているが、むろん栽培されたものだ。地元ではロコ草と呼ばれている。正式名はマリファナだ」

「マリファナですって！」わたしは言った。ガスのことを話していたときのジー・ジーの顔が脳裏によみがえった。

「そうだ。この州から大量に出荷されている。それも五十ポンド、百ポンドの単位で。トラックを一台捕まえたが、運転手を逮捕することはできなかった。そいつは綿花だと言われて預かったと言うし、預けた人物はわかっていない。ガルヴェストンまで運び、そこで何者かが受けとる手はずになっていた。マリファナだけですむなら、事態はそれほど深刻じゃない。マリファナには習慣性がないと言われている。その点に関して、わたしは独自の見解を持っているが、それはそれとして、多くの専門家がマリファナ煙草の危険性を説いている。しばらく吸いつづけると、免疫ができて効果を感じられなくなる。やがてコカインに手を出し、そこからヘロインに至るのは時間の問題だ。売人がマリファナにハッシッシやアヘンのかけらを混ぜることもある。それで客を中毒にするわけだ」

「その内容で本を書くべきね」わたしは言った。

「いい考えだ」

わたしは言ったことを後悔した。保安官の瞳がきらりと光り、彼の得意分野に話が及んだことがわかった。わたしは水が飲みたかった。短い燃えさしに変わった煙草が、じりじりと指を焦がす。行儀が悪いことはわかっていたが、煙草を床に捨て、かかとでもみ消した。

「オースティンの麻薬取締班のリーダーが、うちの管轄に供給源があることを突き止め」保安官はもじゃもじゃの眉をひそめて語を継いだ。「わたしはある手がかりをたどって〈ハッピー・アワー〉に行きついた。しかし、そこで捜査の糸が途切れてしまった。従業員の所持品からヘロイン入りの小さなブリキの缶が見つかった。持ち主は完璧なヤク中で、役に立ちそうな証言は何一つ聞き出せなかった。すでにつかんでいる情報ばかりで。わたしは郵便物をチェックした。従業員全員の郵便物を。犯罪に結びつくものはなかった。結局見つかったのは、ブリキ缶入りのヘロインだけ。しかし〈ハッピー・アワー〉の誰かが麻薬の密売に深く関与していることは間違いない」

保安官は大きくため息をついた。指でテーブルをこつこつ叩く。ゆうべ、ビフとわたしにあんな失礼な態度を取らなければ、同情していたことだろう。

「そこへ今回の殺人事件だ。麻薬の密売とどこかでつながっているにちがいない」

手の動きがぴたりと止まった。と思いきや、こぶしでテーブルを乱暴に叩いた。ばらばらに壊さんばかりの勢いで。

「だが、犯人は必ず見つけ出す」

「まあ、そんな目でわたしを見ないでくださらない？　この町に来たばかりなんですよ」

「そのとおりだ」保安官が言う。「死体はきみたちといっしょにこの町にやってきて、きみたちが到着してまもなくべつの死体も見つかった。そしてちょっとした嘘があった。たとえば、あのグラハムという娘。死体を発見してすぐに通報しないなんてどうかしてる。ロサンゼルスでのガスとの一件も……」

「ちょっと待って」わたしはさえぎった。「母の弁護で手いっぱいなのに、そのうえ友人たちのアリバイにまで関わっていられないわ。だけど、あなたがマリファナの密売人を探しているなんて、ジー・ジーにわかるはずないでしょう。彼女はバスタブで死体を見つけた。知り合いの男だった。彼女には、たぶんその男に消えてほしいと願う理由があった。状況を考えれば、彼女が黙っていたことを責める気にはなれないわ」

「確かに筋は通る」保安官はゆっくりとうなずいた。「しかしこれは殺人事件だ。きみたち夫婦が以前にも殺人に関わって……」

「関わったという言い方は正しくないわ。ビフが殺人犯を見抜いた、それだけのことよ」

それを聞いた保安官の顔に、ビフへの敬意の念が表れることを期待していたら、さぞかし落胆しただろう。保安官はわたしの言葉を軽くあしらった。バーレスクのコメディアンにとって殺人など日常茶飯事だろうといわんばかりに。わたしが知りたいのは事実であって空想ではない、と保安官は冷ややかに言った。

「きみのお母さんのことをとやかく言うつもりはない」保安官は言う。「ただこれだけは言っておこう。彼女が銃の件で嘘をついたことはまぎれもない事実だ。きみのところの三人が〈ハッピー・アワー〉で働きはじめたことに関しては、たとえ仕事は仕事だとしても、自尊心のあるまともな人間なら〈ハッピー・アワー〉のようなナイトクラブに出演しようとは思わんだろう」

「〈ハッピー・アワー〉にやましいところなんかないはずよ。警察の手入れが入ったばかりですもの」わたしは言った。余計なひとことだとわかっていても、真実なのだから言わずにはいられない。

「コーニー・コブのことをどう思う？　新婚旅行の道連れにしたいタイプには見えないが」

「あなたは夫のことをわかっていないのよ」わたしは答えた。うんざりした気持ちが声に表れたのだろう。

保安官はわたしに帰っていいと言った。とりあえずいまは、と早口でつけ加えて。わたしを戸口まで見送り、外で待機していた二人の部下に小声で話しかけた。はっきりとは聞きとれなかったが、事情聴取をすべき人物がほかにいないか尋ねたようだ。

トレーラーに戻ったとき、わたしを出迎えたのは見慣れた光景だった。ジー・ジーはマンディとビフを相手に相変わらずトランプに興じている。コーニーは大事そうに酒をちびちび飲んでいる。ディンプルズは眉毛抜きに余念がない。入り口のドアに鏡を引っかけ、ステップの一番上に座って。そのかたわらにマミーが立ち、正しいやり方を指導している。

「そうじゃないわ」彼女は言う。「あたしにやらせてちょうだい。確かに通信教育で勉強しただけだけど、経験は豊富なのよ。たとえば、まず先にアルコールで……」

「そんなことをしてる時間はないのよ」ディンプルズはむっとして言った。「それにね、あたしは好きなようにやりたいの。昔、頭のよさそうな男に言われたことがあるわ。きみはマゾの気《け》があるとかなんとか。なんにしろ、それがあたし流なのよ」

ビフが立ち上がり、大きな声であくびをした。「新聞を取りにいってくるか」

郵便の配達は正午だ。トレーラー用の集合ポストは道の角にある。ビフは小さく口笛を吹きながらのんびりと歩きはじめた。

わたしは妙な気分だった。保安官の取り調べがどうだったか誰も尋ねてこない。訊くまでもないと思っているのだろうか。そのうちべつの考えが頭に浮かんだ。それは愉快な思いつきではなかった。足がしびれたときのように、わたしは居ても立ってもいられなくなった。

鈍い痛みがゆっくりと背筋を這い上がっていく。わたしはビフに向かって叫びたい衝動に駆られた。置いていかないで、そばにいてちょうだい、と。何かが起ころうとしている。それがなんであれ、わたしは一人になりたくなかった。

トレーラーのなかから母に呼ばれなければ、わたしはビフを追いかけていただろう。しかし、母の声はせっぱつまっていた。「おまえなのね、ルイーズ?」

母は寝室のドアを開け、ステップの上に立っていた。むくんだ顔は憔悴しきっている。強い陽射しのせいで涙ぐみ、息が荒い。転がり落ちるようにステップを駆け下り、もどかしそうに尋ねた。

「保安官はなんて?　あたしのこと何か言っていたの?」

そんなに取り乱した母を見るのは初めてだった。わたしは震える肩に腕をまわし、優しく椅子に座らせようとした。

「目新しいことは訊かれなかったわ」なだめるように言った。「ありきたりな質問ばかりで。そんなに動揺することなんかないのよ」

母はわたしを押しのけた。顔が紅潮し、ひたいにこまかい汗が噴き出している。

「嘘よ!」母は金切り声を上げた。「誰も彼も嘘ばっかり。自分の娘さえ信用できないなんて!」

首筋に青い静脈がくっきりと浮き出ていた。瞳は必死にわたしの表情を探っている。抱きかかえようとすると、母は腕を振りまわした。かぎ爪のようにこわばった指が空《くう》を切る。

マンディが慌てて立ち上がり、その拍子にトランプとコーニーのボトルが地面に落ちた。母に駆けより、わたしといっしょに母を抑えようとする。しかし母はそんなマンディを引っかき、こぶしで腕を殴りつけた。マンディはあとずさり、途方に暮れた顔で周囲を見まわした。

ジー・ジーとディンプルズはその場で固まっている。そしてマミーも。事務所目ざして駆け出した母を、誰も引き止めようとしなかった。

「もう一度彼と話さなきゃ」母は走りながら叫ぶ。「全部話さなくちゃ。手遅れにならないうちに」

ジー・ジーがわたしの腕をつかみ、血の流れが止まるほど強く握った。「好きにさせてあげないさいよ。たぶん本当に何か知っているんでしょう」

「離して」自分の声が他人のもののように聞こえた。「ママは病気なのよ。わからないの？」体をよじってジー・ジーの手をのがれ、母を追いかけた。わたしと事務所との距離がまだ百ヤード離れている時点で、母の後ろでドアが閉まるのが見えた。わたしは足を速めた。ようやく指にノブが触れ、それをまわした。しかし、鍵がかかっていた。

「なかに入れて！」わたしは叫んだ。「ママはわかっていないのよ、自分が何を言っているのか。まともに取り合わないで」

ドアは開かない。わたしは建物の横にまわり、両のこぶしで窓を叩いた。返事はない。手がずきずき痛み出しても叩くのをやめなかった。木製の窓枠は造りが荒く、こぶしにとげが刺さり、折れた爪がはげかけている。傷口から血が流れ出し、わたしは茫然とそれを眺めていた。

そのときドアの開く音が聞こえた。わたしは小屋の周囲を駆け戻り、室内に飛び込んだ。

母は目の前に立っていた。保安官と二人の部下がかたわらにいる。

「手遅れだったわね、ルイーズ」母は穏やかに、必要以上に穏やかに言った。恍惚《こうこつ》としているようにも見える。「何もかも話したわ。これ以上黙っていられないもの。いずれわかることだし、こうしたほうがいいと思ったのよ」

　母はにっこり笑って保安官を見上げた。悲しげなその微笑みに、わたしの鼓動が速くなった。

「このまま行っちゃいましょうよ」母は子供のようにいたずらっぽく言った。そしてわたしに向き直った。「真相が明らかになれば、誰もわたしを責めないはずよ。わたしが彼らを殺したからって」母は無邪気に言った。

　保安官は母の腕を取って車に乗せた。運転席の保安官の隣で、母はわたしに手を振った。車が視界から消えるまで、母は手を振りつづけていた。

第16章

ビフは一瞬エンジンをふかし、アイドリングしたまま、わたしの両手をきつく握りしめた。

「気をしっかり持つんだ、パンキン」ビフは言った。さっきからなんべんも聞かされた言葉だ。でも、わたしが苛立っているのはそのせいではない。なだめすかそうとする態度が気に食わないのだ。わたしは手を振りほどこうとしたが、ビフはいっそう強く握ってきた。

「きみが乗り込んでいっても、エヴァンジーにしてやれることは何もないさ。いますぐあとを追いかけるよりも、とりあえず横になって休んだほうがいい。紅茶でも飲んで……」

「やめてよ、わたしを子供扱いするのは！　そりゃあ、あなたもジー・ジーもディンプルズも、『気をしっかり持て』なんて悠長なことを言ってればいいわよ。殺人罪で刑務所に放り込まれて、絞首台送りになるのは、自分の母親じゃないんだから。追いつめられて、やってもいないことを自供したのは、あなたの母親じゃないもの。どうせみんな、ママがやったと思いたいんでしょう。自分が疑われずにすむものね。あなたたちの考えていることはみんな同じ。わたしはママのところへ行く、休んでなんかいられないわよ」

「よくわかった」ビフは静かに言った。「僕が送っていく」

「ここで降りてもいいのよ。わたしは全然かまわないわ」

「いいかい」ビフは一呼吸置いて言った。「誰かがエヴァンジーに強要したわけじゃない。彼女は言いたいときに言いたいことを言ったんだ。それにお義母さんにはもっと気がかりなことがあるのさ。きみのベルナール（十九世紀フランスの名女優サラ・ベルナール。悲劇的な演技に定評があった）ばりの演技を、ただで警察官に見せたくない、そういう才能は舞台に取っておきたい、きみのキャリアを傷つけたくないとそればかり考えているみたいだった。それからもう一つ言わせてもらうけど、『あなたの母親じゃない』っていう台詞はどこから出てきたんだい？　僕らの婚姻関係の下に、彼女は僕の母親ではないというただし書きをつけた覚えはないけど。きみと結婚したとき、僕らは家族になった。これからは忘れないでほしいな。彼女はきみの母親であるのと同様に、僕の母親でもあるってことを」

ビフはギアを入れ、幹線道路に向かって一気に加速した。わざと溝や段差のある場所を選んで走っているような気がして、わたしは彼の顔をうかがった。その口元はかつて見たことがないほどこわばっている。癇癪を起こしたことが急に恥ずかしく思えた。

「あなただけじゃなくて」わたしは弁解した。「みんなのことを言ったのよ。あなたは知らないんだわ。あの人たちが何を言い、どんな態度を取ったか。まるでママが自白するのを期待しているみたいだった。ジー・ジーでさえそうよ。コーニーなんか、あのいやらしい顔で満足そうににやにや笑って。あいつ嬉しそうだった。絶対に喜んでいたのよ。殺してやればよかった。マンディが止めに入らなかったら、実際、殺していたと思うわ。それにあなただって、わたしを助けるどころか、何かしてくれた？　何もしていないでしょ。ママのところへ駆けつける代わりに、なんだかんだ言って何時間も無駄にしただけじゃない」

「ほんの十分だよ。何時間もじゃない」ビフは反論した。「自白しようとしまいと、僕らが到着する前にお義母さんがどうにかなることはないんだ。いったん口を閉じて煙草の火をつけてくれ」

わたしは彼の胸ポケットを探った。煙草は汗で湿って軟らかくなっていた。マッチまで湿っていて火がつかない。

「わたしの煙草で我慢して。あなたのは湿っていて吸えたもんじゃないわ」

「今度はそのことで文句を言うつもりだな」ビフが言う。「汗をかいちゃいけないのか？〈憩いの森〉を走りまわってヒステリーを起こす妻と、汗をかくことを許されない夫。いい組み合わせだ」

ビフは前方の道路を見据え、不機嫌そうに顎を突き出しているものの、その声には満足そうな笑みがにじんでいた。わたしは二本の煙草に火をつけ、一本を彼に渡した。騒々しいノッキング音越しに、ありがとうとつぶやく声が聞こえ、同時にラジエーターの冷却水が噴き出した。ひびの入ったフロントガラスに赤さび色の水しぶきが飛び散る。ビフはワイパーを動かした。わたしはカチカチという規則正しい音を聞きながら、ゴム製のフランジが目の前を行ったり来たりするのを見るともなしに眺めていた。

「落ちついたかい？」ビフが尋ねた。

わたしは答えなかった。答える必要はない気がした。

「それじゃあ、保安官に会う前に、二、三確認しておこう。まず第一に、今日は悪ふざけはなしだ。彼にしゃべらせて、途中で口を挟まないこと。気づいていないかもしれないけど、あの男は馬鹿じゃない。それから、何を言われても腹を立てないこと。きみは頭に血が上ると、とんでもないことを言い出すからね。彼の質問にきちんと答える。ただし返事はイエスかノーだけで、余計なことはいっさい言わない。相手に考えさせるんだ。この騒ぎには気に食わない点がいくつかある。どうにも腑に落ちないんだよ。保安官はエヴァンジーを車に乗せてそのまま走り去った。彼女の話の裏を取ろうともせずに。彼はとっておきの切り札を隠しているにちがいない。そいつが僕の好みに合えばいいが」

「わたし、保安官がママに自白を強要したって言いたかったのよ」

「きみは事務所の前にいただろう」ビフは苛立ちを抑えて言った。「エヴァンジーが室内にいたのはせいぜい五分だ。たった五分で無理やり何かを訊き出せるか？　それは無理だ。自白の理由は二つ考えられる。一つは、きみがあの二人を殺したと……」

「わたしが？」

「そんなに驚くことはないさ。彼女がそう考える理由はたくさんある。あのハンカチにはきみの名前が入っていた。もちろん僕は知っているよ。どの洗濯物にもきみの名前が入っているって。でも保安官は知らない。一応事情は説明したけど、彼がどう受けとったかはわからない。ガスを知っているはずなのにきみがそれを認めないから、お義母さんは不審に思っているのかもしれない。きみは〈バーバンク劇場〉に出ていた。ジー・ジーの話では、ガスはあの劇場に出入りしていたらしい。きみがバーゲン品に目がないことをエヴァンジーは知っている。ただ同然の値段で品物を売り歩く男がいたのに、きみは何も買っていないという。それだけで充分怪しいと思うだろう。彼女はきみの性格を知っている。熱しやすく冷めやすい。安いものがあると聞けば寄っていかずにはいられない。それからあの銃の件もある。きっときみのものだと思って、だから捨てようとしたんだ」

「でも、あの銃はわたしのものじゃないわ。それに、わたしが〈バーバンク劇場〉に出ていたからって、ガスを知っているはずだとママが考えたとしたら、それはわたしたち全員に言えることでしょ。あなたも〈バーバンク〉に出ていたけど、ガスを知らない。コーニーだってそう。ディンプルズだって……」

「いや、ディンプルズは知っていたんだ」ビフが言う。「でも、それはまたべつの問題だ。とりあえず彼女のことは置いておいて、いまはきみの話だ。警察はきみの思いやりのある陽気な人柄を知らないし、なにより殺人犯を欲している。エヴァンジーはきみが捕まるという不安に耐えきれずに、みずからをさし出してしまった。それが今回のことの顚末《てんまつ》だと思う。彼女が真犯人でないとしたら。だけど、認めなくちゃいけないよ。彼女が二人を殺したと考えるのは、そう難しいことじゃないって。きみのひいひいお婆さんのこと——人肉ステーキをぶらさげていたとか、その肉には気の毒なルイ叔父さんの刺青が入っていたとか——はさておき、エヴァンジーは人を殺せる度胸を持っている。その証拠に、一人で死体を埋めてしまったんだからね。もちろん誰にでもできることじゃない。サンディエゴを発ったあとの奇妙な行動についても考えてごらん。バスタブに死体が入っていたことを知っていたとしたら、それも納得がいく。そんな状態で普通にふるまえるはずがないからね。

なぜ警察に連絡をしたがらなかったのか。なぜ死体を埋めて町を立ち去りたがったのか。お義母さんは一瞬見ただけで、あのハンカチが誰のものかわかった。どうしてか？　あれがコーニーのハンカチだと言い当てられる理由は一つしかない。ジップ、こんなこと言いたくないけど、彼女は二つ目の死体のことも知っている、そんな気がしてならないんだ。お義母さんが殺したとは言わない。いいかい、だけど……」

「だけどあなたは、ママが殺《や》ったと思っている」

ビフは身を乗り出してワイパーを止めた。急に訪れた沈黙のせいで、わたしは叫び出したくなった。

「ママが殺人犯だと思っているのね」

ビフはわたしの膝に手を置き、優しく揺すった。

「いくらドラマティックに演じたってアンコールの声はかからないよ、パンキン」とビフ。「煙草を吸って、気持ちを鎮めるんだ。こんなふうに考えることもできる。誰かに脅されていたとしたら、お義母さんはどうすると思う？　あるいは、きみを脅していたとしたら？　たとえば、脅迫状が送りつけられてきたとか。内容は彼女自身のことではなく、きみのこと。そいつはスキャンダルを握っていると彼女に言う。金を払わなければ新聞社にばらすぞと。どのみちばらすつもりかもしれない。きみに恨みを持っているとかで。エヴァンジーならどうするか僕には見当がつく。きみはどう思う？」

「ママは――ママはその男を殺すと思うわ」煙草の煙が目に入り、わたしは窓を少し開けて吸殻を放った。

ビフは無言で運転を続け、わたしは薄汚れたフロントガラス越しに、変わりばえのしない景色を眺めていた。テキサスに到着したばかりのころは、ロマンティックだと思ったのに。あのときはユッカの花が咲いていた。荒地を彩るユッカの赤い花びらは、あたかも小さなたき火のようだった。その花が終わったいま、うだるように暑い砂漠の風景を潤してくれるものは何もない。道端のヤマヨモギの枝を巻き上げる突風は、まるで生きもののようだ。どっちへ向かうべきか決めかねて、のたうちまわる生きものだ。突然トラックのタイヤが大きく跳ね、何かに激突したかのような衝撃を受けた。

「違う」わたしは言った。「確かにママなら銃で人を殺せるかもしれない。でも、背後からナイフで突き刺すなんてこと、ママにはできない。銃で撃ったのなら自分を守ろうとしたとも考えられる。だけど、ナイフで刺したとしたら……」

「それでも正当防衛の可能性はある。少なくとも陪審員にそう訴えることはできる」

陪審員ですって！ そんなこと考えてもみなかった。母の命がかかった裁判！ 今回は単なる厄介ごとではすまないのだと気づき、手が震えた。いつものように母が笑ってごまかせるたぐいの問題ではない。誰かの衣装を失敬したとか、手紙を勝手に開けたとか、そういうレベルの話ではない。これは殺人事件なのだ。有罪判決が下されたら、いったい母はどうなるのか。

「一瞬パニックに陥って刺したとも考えられる」とビフ。彼の声は見知らぬ他人の声に聞こえた。

「背中に刺さっていたナイフは、お義母さんがこっそり忍びよった証拠にはならないんだから。男が武器に手を伸ばしたとも考えられる。そいつが後ろを向いた隙に、彼女は……」

ビフははたと口をつぐんだ。自分で自分の言っていることを信じていないことに気づいたのだろう。

前方の路上にできた砂紋から熱気が立ち昇るのが見えた。

またしても冷却水が噴き出し、わたしは無意識のうちに前かがみになってワイパーのスイッチを入れた。〈段差注意〉という標識が現れた。ビフは腕を伸ばしてわたしの体を支え、路上のくぼみを通りすぎた。もっと抱きよせてほしかった。彼の力強い腕の感触はわたしに勇気を与えてくれる気がした。しかし、その手はわたしから離れ、再びハンドルを握った。

「彼女なら、精神錯乱を理由に罪をのがれることも難しくないだろう」ビフは言葉を選ぶように言った。「正当防衛を主張するよりもそのほうがいいかもしれない」

車は町の入り口にさしかかり、ビフはスピードを落とした。標識にはこう書いてあった。〈制限速度二十マイル。スピード落として町めぐり。スピード上げれば留置所めぐり〉

ビフは小さく笑った。「僕らはどのみち留置所めぐりだな」

二つ目の標識。〈スピード落とせ。死は一生〉

わたしたちは町を走り抜けた。あちこちの町角でたむろする男たちが、わたしたちのトラックを目で追い、おたがいを肘で小突き合う様子が目についた。看板にもたれた男が唾を吐いた。茶色い液体が煙草から顎を伝い、男はぞんざいにそれをぬぐった。どうということのない動作なのに、やけにわざとらしかった。男は目をすがめ、意味ありげに尻のホルスターに触れた。

ビフが車を停めると、郡庁舎の外階段に座っていた男たちが、道を開けるために脇へ移動した。あからさまに距離を置き、目は敵意に満ちている。わたしたちが階段を上っていくと、彼らは話をやめた。

医者が死体を改めにきたときに同伴した男二人が、ドアの近くに立っていた。彼らはわたしをちらりと見て、すぐに視線を落とした。

ビフはわたしのためにドアを開けてくれた。なかへ入ろうとしたとき、再開された会話の断片が聞こえてきた。

「バーレスクのショーってやつをこの目で見たこたないが、噂はいろいろ聞いてるよ」声に笑いがにじんでいる。

「この町に興行に来たこともあるんだぜ」べつの声が言う。「すぐさま追っ払ってやったけどな」

狡猾そうなその口調のなかに、かすかな後悔の念をわたしは感じとった。

わたしは振り返って、男たちを見据えた。

「陰気臭い売春宿は野放しにしてるくせに」わたしは大声で言い放った。「あんなところに出入りしておいて……」

ビフはわたしの腕をつかみ、建物のなかに押しやった。そして音高くドアを閉めた。

「癇癪を起こすなって言っただろう」ビフがささやく。「連中はきみを怒らせたがっているんだ。耳を貸すんじゃない。それからいいかい、話は僕にまかせるんだぞ」

保安官の声が響いた。

「確かに彼の言うとおりだ」高らかに笑い、デスクの天板を手のひらで叩いた。

保安官は一人だった。デスクの前に座り、開いた引き出しの上に片足を載せている。近くの床の上には、開いたままの『ヴァラエティ』が無造作に放り出されている。見覚えのある光景だった。タイムスリップしたかと思うほど見覚えのある光景だった。窓から射し込む太陽の光さえ、初めてここを訪れたときの部屋の様子を再現していた。

保安官は勢いよく立ち上がり、わたしのために椅子を引きよせ、べつの椅子をビフのほうへ押しやった。

「売春宿の苦情を受けつける前に」保安官は言った。「一杯やろうじゃないか」

先日と同じボトルをデスクの上に置き、紙コップを三つ用意した。

「ちょうどいい量で声をかけてくれ」

ビフは眉をひそめた。わたしをちらりと見て、肩をすくめる。

「もう結構」ビフは言った。すでに酒はなみなみとそそがれている。

保安官はわたしにべつの紙コップをさし出したあと、回転椅子に深くもたれた。酒を飲み、ビフからわたしへと視線を移した。

わたしは口をつけずにカップを下ろした。「母はどこ？　取り調べを受ける前に弁護士をつけることを要求します。やってもいないことを母に認めさせようとしているなら、わたし――わたし――とにかく、弁護士なしで尋問するのは法律違反だわ。母に訊けばわかるはずよ。あなたが母に第三級殺人の罪を着せようとしたって。たとえ母がやったとしても……」

ビフは立ち上がって、わたしに寄り添った。そして、デスクを叩き出さないように、わたしの手を握った。

「そのよく動く口を閉じておくことはできないのか？」ビフはひとこと発するごとに深いため息をついた。「保安官は殺人犯の娘に酒をふるまったりしないよ。何か考えがあってのことなのさ。少しは彼の話に耳を傾けたらどうだい？」

ビフはわたしの椅子の肘かけに座り、肩に軽く手を載せた。そして保安官に言った。

「さて妻の口は封じたから、最初から説明してください。エヴァンジーのことはよくわかっています。法律の助っ人が来るのを待つようなタイプじゃない。この事務所に着く前に、彼女は洗いざらい白状した。違いますか？」

保安官は笑ってうなずいた。

「確かに」保安官は慎重に言う。「〈憩いの森〉からここへ来るまでの道中、彼女はいくつかの証言をした。しかし、詳しい話を聞いたのは、事務所に腰を落ちつけたあとだった」

引き出しに手を伸ばし、書類の束を机の上に置いた。一枚目を手に取ると、声を出さずに読み、ビフに手渡した。

「誰の筆跡かわかるかね？」

ビフは書類に視線を走らせ、末尾のサインに目を止めた。

「ええ」

「きみの義理のお母さんのものだね？」

ビフがうなずくと、保安官は語を継いだ。

「彼女は、ガス・イーグルストームの殺害を自白した供述調書にサインをした。ガス・イーグルストーム、別名ハッピー・ガス、またの名をジョージ・マーフィ、またの名を――まあ、全部並べる必要はないだろう」

第17章

「自白した内容をすべて見せるわけにはいかないがね」保安官は続ける。デスクを挟んでわたしを見つめる目が笑っている。

「知ってのとおり、きみのお母さんは口数の少ない人じゃない。なにしろ十ページ分もしゃべったんだよ。ほかの人間なら二ページですむところを。きみのお母さんがガス・グレインジ――こいつも別名の一つだ――に会ったのは一九一三年。当時、グレインジは足治療医だった。きみのお母さんはそのうおのめ専門医と結婚した。ところが、きみが産まれる直前に、自分は家庭に落ちつけるタイプじゃないと悟り、そいつは荷物をまとめて姿を消した。そのあとお母さんは、きみが自分の父親だと思っている男と出会う。結婚を申し込まれたが、できなかった。ガス・グレインジの居所がわからなかったから。決まりが悪くて、新しい恋人には、前の夫は死んだと言ってしまったそうだ。わたしにはよくわからないがね。

ところが、きみが産まれる一週間前、グレインジが本当に死んだという知らせが届いた。アラスカのシトカの酒場で喧嘩に巻き込まれて殺されたと。それでお母さんは新しい恋人と無事に結婚し、きみが産まれ、父親は自分の名前をきみにつけた。お母さんはこの事実をきみに隠しつづけていた。二人目の夫が父親だと思ってほしかったそうだ。彼はきみのことを心から愛していたし、今際《いまわ》の願いでもあった」

保安官はいったん間を置き、喉の調子を整えるように咳払いをした。ボトルをつかんで自分のコップにそそぎ、思い出したようにビフにもそそいだ。そしてわたしが一口も飲んでいないことに気づき、飲み干すように促した。

酒を飲みたい気分ではなかった。でも、保安官の表情を見ると、なぜか飲んでおいたほうがいいような気がした。酒が喉を焦がし、味はしなかった。

「母はいつ知ったんですか？　ガスが――つまりわたしの父親が――生きていると」

「きみが金を稼ぐようになったあとだ。新聞の写真を見て気づいたらしい。きみときみの母親の写真を。そして突然のごとく、やつは決意した。自分はいまもきみのお母さんのことを深く愛していると。当然ながら、彼女が自分のもとに戻ってくれることを望んだ。きみや、きみの稼ぎといっしょに。やつには理解できなかった。どうして彼女が娘に実の父親のことを隠すのか。スリの前科を持ち、盗品やヤクを売り歩き、売春を斡旋する男が父親だってことをなぜ隠すのか。愛する夫の面倒を見るのは当然の義務だ、やつはそうも言ったそうだ。

お母さんの証言によれば、ガスは最初に再会したときからほのめかしていたらしい。このことを新聞社に暴露したらどうなるかと。それで彼女は毎週送金するようになった。それがしばらく続き、もっとふんだくれるはずだとガスは思いはじめた。自分の娘はいまや映画にも出演し、稼ぎはどんどん増えている。ならば自分の取り分も増えて当然だ。映画女優の父親らしい生活がしたい。お母さんはガスの手紙を無視しつづけ、そのせいでやつはサンディエゴまできみを追いかけてきた」

突然、こらえきれなくなったかのように、ビフが言った。「それでエヴァンジーは自分の身を守るためにやつを殺したんだ」

保安官はその言葉を無視した。二つ目の書類を手に取り、びっしりタイプされた文字に視線を走らせた。再び話しはじめたとき、声がかすれていた。

「これは、ロビンソン船長殺害に関する供述調書にサインしたものだ。ベテランの船員で、船長というのは単なる尊称だった」

「その船長はビフとわたしの結婚式で……」

ビフはわたしの腕をつかみ、しまいまで言わせなかった。デスクに近づき保安官の手元の書類に目を落とす。

保安官は最後までページをめくり、ビフにサインを示した。ビフはそのページをわたしに向かって掲げた。

「お義母さんのサインかい?」

文字は震え、書類の隅にインクのしみがついている。しかし、それは母のサインだった。わたしはうなずいた。

ビフは再びわたしの椅子に腰かけ、肩に腕をまわした。まるで体から外れたみたいに、彼の手が重くなった気がした。

「彼が本物の船長でないなら、パンキンと僕の結婚は成立しないことになる」

保安官は淡々と続ける。「ああ確かに、そうなるだろう。だが、その件はあとまわしにしてくれ。その船長はきみの父親の友人だった。二人は何度か組んでスリを働き、いっしょにムショに入っていたこともある。船長は知っていたんだ。ガスがきみのお母さんを脅迫していたことを。きみの結婚を報じる記事をガスに見せたのもその船長だった。ガスにとっては喜ばしいニュースじゃなかった。きみが結婚すれば、夫が仕事上のことに口を出すようになるだろう。収入を管理するとか、銀行に預けるとか。知らない男と取り引きするよりも、きみのお母さんから金をもらいつづけるほうが簡単だ、ガスはそう考えた。

きみたちが船で結婚式を挙げると知ったとき、当然のごとく、ガスは友人である船長に協力を求めた。あの晩、ガスはサンペドロできみたち二人をつけまわした。そこできみたちは適役の船長を知っているという男に偶然出会うわけだが、それがガスだった。やつは港湾管理局に電話をかけて、沿岸から三マイル以内の結婚は合法かどうか確かめさえした。少なくとも、きみたちにはそう言った」

「彼が電話をかけて」ビフは茫然と言った。「僕が直接責任者と話したんだ」

「お母さんによれば、きみはどこかの男と話をしたが、責任者とは話していないそうだ」

「それじゃあ母はずっと知っていたんですか？　わたしたちの結婚は法律上成立していないって」わたしは尋ねた。

保安官はうなずいた。

「お母さんは、きみとビフを引き離そうとしたのでは？　ほんのいっときでも二人きりにさせなかったんじゃないか？　確かに、自供によれば、彼女は何もかも知っていた。そして、ガスは自分の手口をひけらかすタイプの男だった。ひときわ調子づいて一席ぶっている最中に、お母さんは……」

「やつを撃ち殺した」ビフは抑揚のない口調であとを引きとった。

「ガスが死んで」保安官は続ける。「これで脅迫も終わるとお母さんは思った。ロビンソン船長のことは忘れていた。ところが、やつはガスのあとを引き継いだ」

保安官の声が徐々に遠のき、やがて何も聞こえなくなった。生暖かい革の椅子から体が滑り落ち、目の前がちかちか光る。その瞬間、ビフの腕がさっと伸びて、わたしを支えた。保安官はわたしの口元にアルコールの入った紙コップを近づけた。いくらか飲んだのだろう。喉がかっと熱くなるのを感じた。

「……こんなふうに話すべきじゃなかったな」保安官の声が聞こえた。「最初から説明してほしいと言われたから、そのとおりにしたんだが」

保安官は狭い室内を行き来しながら、ゆっくりと話した。歩くたびに、ブーツの底の釘が硬質の音を立てる。爪先に型押しされた青い鳥の図柄に、ほこりがかぶっている。

「これはお母さんの自供どおりなんだ。わたしは二人の人間にそれを一語一語書きとらせた。彼女はその供述調書に目を通し、サインをした。ずいぶん落ちついた様子で、水が欲しいと言うから、わたしが持ってきてやった。そのあと、妙なことが起きた。

彼女は紙コップを受けとると、指で水をかきまわした。コップを一方へぐるぐるまわし、次にべつの方向へぐるぐるまわす。と思いきや、コップをわたしの机の上にさかさまに置き、再びまわしはじめた。そこらじゅうに水が飛び散ろうと、まるで気にする様子もない。首の傾げ具合もなんだか妙で。何かに耳を澄ましているような感じだった。やがて彼女は顔を上げてわたしを見た。目はいまにも閉じてしまいそうだった。『コップのなかに銃が見えるような気がするのよ』彼女はそう言って、空《から》の紙コップをさし出した。『わたしにはどういう意味かわからないから、あなたが見て』と」

保安官はビフからわたしに視線を移した。

「紅茶のつもりだったんだわ」わたしは言った。

保安官はうなずき、大きな手で首の後ろをかいた。そして困惑顔のまま、言った。「ああいう患者を見るのは初めてじゃない。しかし、きみのお母さんの症状を見抜けなかったことは認めるよ。彼らはみな幻覚を見るが、もっともらしい証言をすることはない。たいてい矛盾だらけで、辻褄が合わないんだ。特徴的な症状は、目の充血、手の震え、白目の黄ばみ。全部わかっていたのに。きみのお母さんが臆病じゃないことも。脅迫に応じるのは臆病者だけだ。それに本当に脅されていたら、真っ先にきみに打ち明けて、どうすべきか相談していただろう。彼女が背後からナイフで人を刺し殺す人間じゃないことはわたしも知っている。何度も言うように、瞳孔を見れば気づいたはずなんだ。彼女はやってるにちがいないって」

「やってるって何を?」わたしは尋ねた。

「そりゃもちろん、ヘロインだよ。ほかのものも混じっているとは思うがね。ヘロインだけじゃあれほどの妄想は出てこない。たぶんハッシッシだろう。ハッシッシをやると現実味のある話を作り上げられるんだ。たとえば、昔、ある男に騙されそうに……」

「いったい何を言っているの?」わたしはさえぎった。「母が麻薬に手を出すはずないわ。アスピリンを飲むのさえ怖がるのに。母がどんな話を作り上げたっていうの?」

保安官は苛立たしげに指を鳴らした。

「話を整理するのは容易じゃなさそうだな。先にお母さんの現在の居場所を話しておこう。彼女はいまゴンザレス先生のところにいる。症状を見てもらっているんだ。少し前にかかってきた電話によれば、だいぶ落ちついたそうだ。午前中のことはすっかり忘れているらしいがね。くどくどと長話をしたことも、それにサインをしたことも、ありもしない話をでっち上げたことも。

わたしが調べたかぎりでは、きみのお母さんはあの二人を知らない。本人が殺したと言っているあの男たちを。二、三の事実は簡単に確認できた。たとえば彼女がきみの父親と結婚した時期だ。二人が結婚したのは、きみが産まれる三年前。お母さんが結婚したのはあとにも先にもそれだけだった。ロビンソン船長は本物の船長だったよ。きみたちの結婚に違法なところはない。きみの銀行口座も確かめた。定期的に引き出されていた形跡はなかった。脅迫に応じていたなら現金が必要だったはずだが、給料の小切手に手をつけた様子もない。ホテルの宿泊費だの衣装代だのに使われていただけで。小切手が現金に替えられたことは一度もなかった。こうやって証言の裏を取る前から、怪しいと思っていたけどね。あの紅茶の一件は症状の一つだったんだ。それで先生を呼んで注射を打ってもらった。安定剤みたいなものを。一分もすると、彼女は事務所のなかを見まわして、こう言ったよ。『ここはどこなの?』って」

「じゃあ義母《はは》は殺していないんですね?」ビフが言った。

「ここにいるきみの奥さんと同じくらい潔白だよ。あの作り話の出所はわからないが。本人にもわからないだろうな。幻覚というのはそんなものだ。いつわれに返ったのかさえわかっていないのさ」

保安官は書類を引き出しに戻し、勢いよく閉めて鍵をかけた。そしてデスクのロールトップを下ろし、そこにも鍵をかけた。

「行こう」そう言ってわたしを立ち上がらせた。「お母さんに会いたいだろう」

第18章

郡庁舎の外階段にたむろしていた男たちは、保安官が事務所のドアに鍵をかけているあいだ、ビフとわたしを盗み見ていた。手錠をかけられ、鉄球と鎖つきの足かせまではめられた姿を期待していたのだろう。

彼らの緊張を解くために、わたしはコンパクトを取り出して、素早く鏡をのぞいた。ふためと見られない有様だった。脂の浮いた鼻。テキサスの土ぼこりにまみれ、赤く日に焼けた肌。かさかさに乾き、縁にだけ口紅の残った唇。容姿に自信を持っているわけではないが、あまりにもひどすぎる。わたしは前髪をとかし、町角の出来事に気を取られているふりをしながら、溶けかけた口紅をさっと引いた。

ビフはよく通る声で、いかにも親しげに保安官に話しかけた。「さて、これからどうするんだい、ハンク？　歩くのかい？　それとも車かい？」

「そちらのお嬢さんしだいだな」保安官はわたしのほうへ顎をしゃくってみせた。

その『お嬢さん』云々を聞いて、男たちが立ち上がった。わたしたちが保安官と連れだって現れたことを不審に思ったとしても、保安官の穏やかな笑顔がそれを払拭したらしい。彼らはロケツツ（一九二五年にミズーリ・ロケッツとしてデビューし、息の合った見事なラインダンスを見せることで知られるダンサーグループ）さながらの正確さでいっせいに立ち上がり、人間味のある表情を見せはじめた。しかめっつらよりは見やすいが、それでも、ビフとわたしがここから無事に生還するためには、彼らにとびきりの笑顔を見せなければならない気がした。揺るぎない、輝くような笑顔を。帰り道は長くて遠かった。

二人の男が集団から離れ、歩道の縁石に停めた保安官の車に向かって駆け出した。衝突せんばかりの勢いで車に達すると、わたしたちのためにドアを開け、それから後ろへ数歩下がって道を空けた。外階段を下りて車に着くまで、わたしは男たちの視線を痛いほど感じた。

ここ数日間で座りじわの寄ったスラックスを恨めしく思った。〈憩いの森〉のトレーラーに置いてある上等なシルクのスラックス。あれをはいていれば、もっと颯爽と立ち去ることができたのに。

男の一人がわたしの後ろでドアを閉めた。嚙み煙草をくちゃくちゃやりながらにやりと笑い、車が走り去るのを見送っていた。

「気のきく連中だな」ビフが言った。

保安官は含み笑いをした。「きみたちはすっかり人気者だ。間違いない。一時間もあれば町じゅうに広まるだろう」

「一時間もかからないと思うけど」わたしはつぶやいた。

車が角のドラッグストアを曲がると、先ほど脇を小突き合っていた連中が、エンジンのノッキング音を聞きつけて顔を上げた。ぽかんと開いた口がやがて笑顔に変わる。自分の影響力がどれほど大きいかハンクは自覚しているのだろうか。

ビフは大げさな身ぶりで、大の仲よしを演じつづけていた。片方の腕を保安官の肩にまわし、もう一方は開いた窓の外でぶらぶらさせる。その指に挟んでいるのは保安官の煙草だ。パレード中の政治家でさえ、そんなに大声で何度も笑わないだろう。

「このジョークに聞き覚えがあっても、黙っててほしいんだ」ビフが言う。「自分に聞かせたいんでね」

後部座席に一人で座れてよかったとわたしは思った。ときどきビフのジョークは、我慢ならないほど退屈なことがある。いまがまさにそのときだ。しかし保安官は、ビフのことをショービジネス界一愉快な男だと思っているようだ。あるいはうわべだけなのかもしれない。保安官は笑うというより吠えていた。それこそビフが必要としているものだった。ネタが尽きるまで、ビフはしゃべりつづけた。

それほどおもしろい話ではない。なのに、ゴンザレス医師の屋敷の前で車を停めるまで、彼らの笑い声が途絶えることはなかった。熱気を含んだ風が吹き抜け、ゴンザレスの家の屋根が揺らいで見えた。保安官は先に車を降りて、わたしに手を貸してくれた。そのときはもう真面目な顔に戻っていた。

「お母さんを動揺させないように、充分気をつけたほうがいい」彼は言った。

さっきビフも同じことを言った。ママが動揺せずに何をやりとげたか、彼らは忘れているらしい。

「彼女はとても頭のいい女性だ」保安官は言った。

わたしは彼を信頼しはじめていた。言葉だけでなく、その声に含まれる母への尊敬の念は、とても説得力がある。わたしはべつのことにも勘づいていた。ママがその気になれば、イスレタ警察を意のままに操るのは難しいことではないだろう。

屋敷に入ると、保安官は帽子を取った。両手でつばをしっかりつかみ、足音を忍ばせてドアに近づき、そっとノックをした。

「どうぞ」母の声が響いた。

保安官はわたしを指で招き、先に入れるよう脇によけた。

ゴンザレスの書斎に入るとき、自分がどんな光景を期待していたかはわからない。実際にわたしを出迎えた光景でないことだけは確かだ。床から背の高い天井まで本がぎっしり詰まった書棚、黒っぽい本革張りの椅子、ひだをたっぷりとった上品なカーテン、ヴェネチアン・ブラインドを通して射し込むやわらかな光。そして、わたしのかわいそうな母は、何があろうと動揺しない母は、アフガン編みのローブを膝にかけて、テーブルでカードの真っ最中だった。

医者と見知らぬ男たちが数名、母の向かいに座っている。医者はカードを混ぜていた。褐色の手が素早く、流れるようにカードを所定の位置に置いていく。黒いアルパカのボートネックに、襟元からのぞく白いシャツ。その白さが浅黒い肌をいっそう際立たせている。母に笑いかけるとき、きらりと歯が光った。ビフやわたしには笑顔を見せず、儀礼的な挨拶をしただけだった。

「あれが患者に接するときの態度か」ビフはわたしにささやいた。「イスレタ流の」

母はポーカーのチップの山越しに、かすかに微笑んでみせた。「ルイーズ、来てくれたのね」

そう言って腕を広げた。

「気分はよくなったの、ママ？」

「ええ、よくなったわ。この方たちにずいぶん親切にしてもらったから」

聞き間違いでなければ、ずいぶん控えめな表現だ。彼らは親切どころか、いまにもひれ伏さんばかりだ。

「ポーカーのやり方を教えてもらったのよ」母は無邪気に言った。「ほんとにもう、なんて複雑なゲームなのかしら。わたしはパチーシ（インドに古くから伝わるすごろくゲーム）のほうがよかったんだけど、テキサスに長くいるならポーカーを覚えなくちゃだめだと言われて」母は華やかに笑った。「わたしはこのとおり、おつむが弱いっていうのに。一生かかっても覚えられそうにないわ」

母は細い指で愛おしそうにチップの山に触れた。

ビフとわたしはあっけにとられていた。うちのトレーラーでポーカーをやれば、母の右に出る者はいないのだ。

「ビフ、わたしの息子」母親らしい声音で言って、彼に片手をさし出した。

保安官はビフを母のほうへ押しやった。

「そばに行ってあげろ」小声でせかす。

保安官の母への敬意はもはや尋常ではない。母の肩を抱く前に、ビフが二の足を踏んだのも無理はない。「わたしの息子」という台詞を聞いて、わたしは噴き出しそうになった。だが、聞いていた男たちはそうは思わなかったらしい。彼女のためなら死んでもいいと言わんばかりの表情で、たがいに顔を見合わせている。そして「感謝します。こうして子供たちと再会できたことを」という母の言葉を聞いたとき、彼らは目を伏せて奥歯を噛みしめた。母の頰を大粒の涙が伝い、それをぬぐいもせずに保安官を見上げた。

「それで――もういいのかしら?」母はおずおずと尋ねた。

「もちろんですとも」保安官が言う。

「じゃあ、家に帰れるの?」母の顔がぱっと輝いた。瞳に宿る愛の光がよく見えるように、母は男たち一人一人と目を合わせた。そして保安官に向かって手をさし出した。

「あなたのおかげよ」

これと同じ場面を何度見たことか。それでも母の演技は素晴らしかった。母は生まれついての女優なのだ。それにしても、とわたしは思った。それにしても、すべて演技なのだろうか。だとしたら、母はまた上達している。

「わたしの一存で、きみたちの車をこっちにまわさせたんだ」保安官は言う。「つまり、あのトラックを。少しのあいだでも、家族だけになりたいだろうと思ってね」

「あなたは本当に気がききますね、ハンク」ビフはそう言ったあと、母に寄り添って立ち上がらせた。

すると男たちがいっせいに立ち上がり、ポケットのなかを探りはじめた。一人が母のチップを数えて、残りのメンバーは札と小銭を数えている。彼らがその金を手渡すと、母は目を丸くした。

「なあにこれは?」

「何って、あなたが勝った分ですよ」男たちの一人が言った。

「ということは、お金を賭けていたの?」

男たちは決まり悪そうに笑った。わたしは思わずガムを飲み込んでしまった。

「誰なの、あの人たち?」わたしはトラックに乗り込むなり尋ねた。母は巻き上げた金を数えるのに忙しくて、すぐに返事をしなかった。数えおわると顔を上げた。眉間に深いしわを寄せて何やら考え込んでいる。それからもう一度数えはじめた。

「ごまかしたやつがいるわ」母は言った。

「だからあの人たちは誰なの?」わたしは辛抱強く尋ねた。

「ああ、ただの新聞記者よ。今回の殺人事件の内幕を知りたいんですって」

「ええ? まさか、しゃべったのかい?」ビフは前を向いたまま尋ねた。

「そりゃあ、もちろん話したわよ。あなたはオレゴンの大きな製材屋ってことにしたわ。バーレスクのコメディアンだと知ったら喜ばないと思って。洗いざらい話したのよ。写真を欲しいと言われたんだけど、ルイーズ、赤ん坊のころのしかなかったから、それを渡しておいたわ。それで、ええと、二十七、二十八、二十九……。やっぱり、あいつらごまかしたわね」

「製材屋だって」ビフは茫然として言った。「しかも、オレゴンの」

「それって、寝転んでおなかに白い毛布をかけている写真のこと?」わたしは訊いた。

「ほら、わからなくなったじゃない」母は不機嫌な顔で言う。「また数え直さなきゃ」

母は何度も数えた。エンジンがガタガタ鳴り、ラジエーターの冷却水が沸騰し、フロントガラスがきしむ。

「製材屋か」ビフはさっきから同じ言葉をつぶやいている。「製材屋なのか」キャンプ場に到着してもまだぶつぶつ言いつづけていた。

トラックが停まると、ジー・ジーが甲高い声を上げた。役者や動物たちがトレーラーからどやどやと降りてくる。まるで昔のツー・リール・コメディ（一九一〇年代後半に作られた長編のコメディ映画のこと。初期の映画のフィルムは一リールだったが、チャップリンの登場により二リールに増えた）を見ているようだ。

「いやねえ」母ははしゃいだ声を上げた。「ヨーロッパやらシャムやらに行ってたわけでもあるまいし」

「エヴァンジーが戻ってきたわ」ディンプルズが叫ぶ。

近所の住人たちが母の帰還を祝うために、テントのひさしの周辺に集まりはじめた。みんなに注目されて、母は天にも昇らんばかりだ。マミーを抱きしめてキスをし、コーニーにさえ投げキスをした。鼻を鳴らしながら飛び跳ねる犬たち。なでてくれと叫ぶ猿のルーファス・ヴェロニカ。ビーズのような瞳をきらきら輝かせるテンジクネズミ。

マミーは髪の毛をセットしている最中だった。小さな頭にべったりと張りついた濡れた髪。ラベンダー色のレーヨンのメッシュキャップ。ぶかぶかのギンガムチェックのドレスとあいまって、その姿は、オオロガだかどこだかの原住民そのものだ。マミーは泣き出すのではないかとわたしは思った。予感は的中した。

「ああ、二度と帰してもらえないかと思ったのよ」マミーはしゃくり上げながら母の首にしがみついた。起き上がって母の顔を見る。そして今度はキャンプチェアに身を投げ出して、吠えるように泣きはじめた。「何もかもあたしが悪いのよ」嗚咽の合間に言う。「いつだって不幸ばかり運んでくるの。ここでもまた同じことを……」

これでは母の晴れ舞台がだいなしだ。母は自分のために誰かがひとめも気にせず泣くのを見るのが好きではない。しかし、もっと問題なのは、マミーとマミーのヒステリー症状が母から主役の座を奪いとってしまったことだ。わたしにはわかっていた。ゆっくり十を数えるあいだに、母は気を失うか、喘息の発作を起こすにちがいない。

起きたのは発作のほうだった。まだ六までしか数えていなかった。

マミーは飛び上がって涙を拭いた。「あたしが行くわ。あなたは休んでいてちょうだい」

「〈永遠の命〉を持ってきて」母はビフに頼んだ。

一分もしないうちに、マミーは粉薬とそれを載せた皿を持って戻ってきた。粉薬の山にマッチの火を近づけ、母の頭をタオルで包むのを手伝った。母が煙を吸いながらぜいぜい言う横で、マミーはいっしょになって苦しげに呼吸をしていた。

バスローブ姿のマンディがトレーラーから現れた。半分残ったライのボトルを手に持っている。眠そうな目、ぼさぼさの髪。顔の片側に寝そべっていた跡がついている。

「なんで起こしてくれないんだよ?」マンディが言った。母の頭を優しく叩き、「おかえり、エヴァンジー」とつぶやく。それからビフに向かって「どうだった?」

ビフの視線はボトルにそそがれている。「大変だったよ、マンディ。本当に大変だった。一杯やれば元気になれるかも」
「俺もだ」マンディはその素晴らしい思いつきに飛びついた。
コーニーがグラスを運んできた。

「……ということで、俺たちはこれから、彼女がどこでヤクを吸い込んだのか突き止めなきゃならない」ビフは説明を終え、同時にボトルを空《から》にした。

誰にも聞かれないよう、わたしたちはキャンプ場の事務所に集まっていた。ビフは保安官から、母の自供にまつわるいっさいを本人に内緒にしてほしいと言われていた。そうなるとマミーにも言うわけにはいかない。母に知られたくないことを、マミーが故意に言うとは思えないが、感情的になりすぎる傾向がある。とりわけ母が関係している場合は。

ディンプルズはグラスの最後の一滴を飲み干すと、むすっとした顔で空《から》のボトルを見た。「どうやら、誰もそれを満たすつもりはないみたいね」ぶっきらぼうに言う。「乗せてってくれるなら、あたしが買ってくるわ」

「いや」とコーニー。「俺が行ってくる。おまえはここにいろよ」

ディンプルズから五ドル札を受けとると、コーニーは出ていった。

「あいつ、ずいぶん喉が渇いているみたいね」ドアが閉まると、ディンプルズは言った。

「あるいは、おせっかいなのか」ビフが小声でつけ加えた。

ジー・ジーは彼に鋭い一瞥をくれ、それから肩をすくめた。「あたしがとやかく言うことじゃないけど。でも、あんな男、あたしなら絶対に信用しないわ。それはそうと、さっきのあなたの話。エヴァンジーがサンディエゴからヤクを吸って……」

「そうじゃないよ」ビフが急いで訂正した。「そのころから様子がおかしくなりはじめたと言っただけさ」

「あら、同じことじゃない」ジー・ジーはふてくされて言った。「あなたっていつもそうなのよね。減らず口ばかりたたいて、人の話に耳を傾けようとしない。あたしが言いたいのはこういうことよ。エヴァンジーの奇妙な行動がサンディエゴから始まったとしたら、ヤクを吸いはじめたのはこの町からじゃないはずよ。彼女は自分でそれを持ち歩いているのか、それとも――そう、あたしたちの誰かが与えているのか」

ビフは食い入るように彼女の顔を見ていた。

ビフと目が合うと、ジー・ジーは言った。「ねえ、あたしがそう言ったからって、その誰かがあたしだなんて思わないでよ」

「思っていないさ」ビフは冷静に言った。「ほかのことを考えていたんだ」

ビフは何を思ったのか、突然立ち上がって出口に向かった。「おいで、ジップ」振り向きざまに言う。「もういっぺん食料庫を調べてみよう」

ビフは頭がいかれてしまったのではないか、わたしはそう思いつつあとに従った。すっかり免疫ができていて、少しいかれたぐらいでは動じなくなっていた。それでも一応訊いてみた。

「食料庫ってどこの?」

「扉が開いていたあの食料庫だよ。ゆうべトレーラーできみが人の気配を感じたときに」ビフの口調は相変わらず落ちついていて確信に満ちていた。

「ああ、あの食料庫ね！　うちで唯一の食料庫……」

ビフのいつになく真剣な表情にわたしは気づいた。

「あそこに麻薬があると思っているの？　あのとき、わたしといっしょにいたのは、殺人犯ってこと？　もう、ビフ、ちょっと待ってよ。置いていかないで。だって、わたし……」

ビフはわたしの腕をつかみ、ずんずん歩いていく。そんなに大またで歩かれたら、わたしはついていけない。すると急にビフが歩を緩めた。ビフは小さく口笛を吹いていた。それは母の四葉のクローバーの歌だった。

「わたしは知っている。決して日の当たらない場所を……」

「みんなを驚かせることはないよな」ビフは口笛の合間に言った。「麻薬は逃げやしないし」

もちろんそのとおりだ。しかし、持ち去られる可能性があることを彼は忘れていた。

第19章

母とマミーはどこかへ出かけたようだ。皿の上の粉薬は燃え尽き、その横に丁寧に折りたたんだタオルが置いてあった。茶色い包装紙のメモがランプに立てかけられていた――電話をかけてきます。愛を込めて、母より。

「僕が製材屋だって言いふらしているんだよ」ビフはメモを丸め、乱暴にポケットに突っ込んだ。スクリーンドアは閉まっていたが、固定されてはいなかった。ビフは犬たちを外に出し、猿の鎖を連結用の金具につないだあと、トレーラーのなかに入っていった。わたしもあとに続いた。傾きかけた太陽の光が、コンロのエナメル製の上板に影を作っている。コーヒーポットの近くにウィスキーのグラスが置いてあった。西陽を浴びて輝くその表面に、アルコールのしずくが付着していた。

ビフは指でそれをぬぐいとり、匂いをかいだ。

「電話をかけにいく前に、マミーは一杯引っかけたらしいな」

ビフは食料庫の扉を開けてなかをのぞき込んだ。変わったところはない。塩やコショウなど頻繁に使うものは右側に、小麦粉やコーヒーなどのかさばるものは奥に置いてある。

ビフはコンロの上に食料品を積み上げはじめた。すべて出しおわると、棚に敷いたシートを持ち上げてその下を見た。それから出したものをもとに戻しながら、包みや容器のなかを一つ一つ確認した。コーヒーの缶はひっくり返し、紙きれの上に豆を広げた。ビフは何一つ見過ごさなかった。食パン半斤に目を止め、やわらかい中身をナイフでくり抜き、さらにそれをこまかくちぎった。

「見つかることを恐れて、ほかの場所に隠したのよ」ビフが食料庫の扉を閉めると、わたしは言った。「そのへんの箱に入っているわけはないし。それとも、ほんの少しの量だから見つからないのかしら」

「その可能性はほんの少しだと思うけど」ビフはテンジクネズミにパンのかけらを与え、残りを紙に包んでくずかごに捨てた。

「パンを食べたのは誰だって訊かれたら、ネズミのしわざにしよう」

「あたしはごまかされないわよ！」ジー・ジーがステップに立ってわたしたちを見ていた。その後ろにマンディとディンプルズもいる。マンディは口をぽかんと開けていた。

「俺の頭がおかしくなっちまったのか？　死体の一件は理解できるとしても、食いもののなかから何を見つけ出そうとしているのか、俺にはさっぱりわからないよ」

ビフはベッドの足元に腰を下ろし、膝の上に肘をついた。トレーラーに入ってきた三人には見向きもしない。

「このへんにあるはずなんだ」独り言のようにつぶやいた。「すぐ手の届く場所に。現なまの束みたいなものだからな。外に隠すわけはない」

「ねえ、何をぐずぐずしているの？」ジー・ジーが口を挟んだ。「見つかるまで徹底的に家《ジョイント》探しすればいいじゃない（jointにはマリファナの意味もある）」

彼女はベレー帽を脱ぎ、腕まくりをした。「ジップと居間を探すわ。あんたたちは三人で寝室を探すのよ」

ジー・ジーはクローゼットの扉を開け、洋服を引っぱり出した。それを片端からソファベッドの上に放り投げていく。

「よく調べてちょうだい」ジー・ジーが言う。「あたしが出すから。ぎゅっと絞ってみるといいわ。裾とかつなぎ目とか。ポケットも忘れないで。前に新聞で読んだことがあるの。麻薬を持って国境を越えるとき靴のかかとに隠すんだって。虫歯の穴にダイヤモンドを隠した女もいたらしいわ。あたしはごまかされないけどね。本当にここにあるなら、あたしが絶対に見つけてみせる」

わたしたちはありとあらゆるものを見つけたが、ヘロインやコカインは出てこなかった。サンタモニカの砂、ドライブインシアターの半券、正体不明の食べかす、つけ爪、ペニー硬貨が十六枚、マティーニの干からびたオリーブの実、そして現金四千三百九十七ドル。その札束は、『競馬新聞《レーシング・フォーム》』で包んで寝室のクローゼット奥の節穴に詰め込んであった。

見つけたのはマンディだった。薄汚れた札は小さくたたんであった。二度目に数えるとき、彼の手は震えていた。「なんてこった、こんな分厚い札束を目にするのは生まれてはじめてだ」

ディンプルズは札束の見つかったクローゼットの扉を開け放ち、小さな空間に体を押し込んだ。左右の壁に手を這わせ、天井をこぶしで叩く。

「もっとあるかもしれないわよ」鼻息荒く言った。

ビフはかぶりを振った。「それはないだろう」そして一呼吸置いて続けた。「麻薬も見つかりそうにないな」

ビフはトレーラーのなかを片づけはじめた。たんすの引き出しをもとに戻し、洋服をハンガーにかける。マンディも手伝おうとしたが、いまだ放心状態だった。それでなくても片手は使いものにならなかった。札束をしっかりと握りしめているせいで。

「なんてこった、養鶏場が買えるぞ。安いやつなら競走馬だって買えるかも」マンディがつぶやいた。

「ああ、買えるだろうな」ビフが言う。「だが、おまえは買わない。その金は警察に届けるんだ。それも今夜じゅうに。出所のわからない四千ドルに手を出さなくても、充分面倒に巻き込まれているからな」

「四千三百九十七ドルよ。それに出所がわからないなら、あたしなら黙ってありがたくもらっておくわ」ジー・ジーはにこりともしないで言った。

「まさかあんたのものじゃないわよね?」ディンプルズが唐突に尋ねた。冷ややかな目で、唇を左右にきつく結んでいる。「やけに正確に金額を覚えているじゃない」

「あんただって覚えてるくせに」ジー・ジーがやり返す。「そうでなきゃ、どうして正確だってわかるのさ? あたしのものならとっくに認めてるわよ、お嬢ちゃん。どんな金だろうと、しらを切りとおしてみせるわ」

「しらを切るってどういうことだ?」ビフが尋ねた。

「とぼけるのはやめて」ジー・ジーはすぐさま反論した。「よくわかっているくせに。あれは麻薬を売ったお金だって。あたしを子供扱いしないでよ」

マンディは名残惜しそうにビフに札束を渡した。それが本物だともう一度確かめたがっているようだった。

ビフは札束を丁寧に折りたたんで、尻ポケットに押し込んだ。ベッドカバーを戻し、クレトン生地の枕を叩いてふくらませた。そして最後に、すべて普段どおりか確かめるために、トレーラーをぐるりと見まわした。

「このことはエヴァンジーには言わないように」ビフは尻ポケットを叩いた。「夕飯を食べに町へ行こう。みんなが食べているあいだに、僕は保安官のところへひとっ走り行ってくる。この金がここにいる誰かのものなら――」ビフは視線をジー・ジーからディンプルズ、そしてマンディへとゆっくりとめぐらせた。「いまのうちに名乗り出たほうがいいぞ」

「ジップは？」マンディが言った。彼に悪気はない。しかし、みんなが持っていない大金をわたしが持っているはずはないと言わんばかりの口ぶりだった。

「彼女は二十五セント以上の金を持ち歩いたことがないんだ」ビフが言う。「エヴァンジーの取り決めで」

ジー・ジーはランプのガラス容器を持ち上げ、マッチで芯に火をつけた。容器をもとに戻すと、黄色い炎が揺らめき、まばゆい光を放った。

「どうして電気をつけないの？」ディンプルズはスイッチを押した。カチッという小さな音は聞こえたが、明かりはつかない。

「またしてもコードだわ」ジー・ジーが言う。「さっきルーファスがあのへんで何かをかじっていたもの。昼間に気がついたんだけど、エヴァンジーが戻ってきて喜んでいるうちに言うのを忘れちゃった」

いつの間にか外は暗くなっていた。母がそんなに長く外出したことはいままでなかった。わたしは急に不安になった。走ったあとのように鼓動が速まり、息が荒くなる。

「どうしてママは帰ってこないのかしら?」

「たぶんキャンプ場のどこかにいるんだよ」ビフはのん気に言った。「ちょっと見てこよう」

「いっしょに行く」マンディが慌てて口を挟んだ。「そんな大金を持って夜道を一人で歩いちゃだめだ。信用してないわけじゃないけど、何が起こるかわからないし」

「おまえの言うとおりだ」ビフはそう言って、マンディを伴って出ていった。ジー・ジーはぱっと立ち上がり、二人が立ち去るやドアに鍵をかけた。ベニヤ板の壁にもたれ、自分の手を見下ろした。小刻みに震えていた。

「一杯飲みたいわ」

「あたしもよ」とディンプルズ。「まったく、あいつ、何やってんのかしら。あたしの五ドルを持っていったのよ。もう二時間は経ってる。あいつを信用するくらいなら、このトレーラーをひっくり返すほうが簡単ね。いまごろどこかの店のカウンターに肘をついて、浴びるほど酒を飲んでいるのよ。あたしの五ドル札で。わかってたはずなのに……」

彼女は口をつぐみ、ジー・ジーとわたしを見た。わたしたちはいっせいに同じ感覚に襲われた。恐怖で息が詰まり、背筋に冷たいものが走る。

「どうしよう」ディンプルズがかすれた声で言った。「あいつ彼女まで殺したのよ」荒々しく室内を見まわしたあと、ワイヤーのような黄色い髪に指を突っ込み、金切り声を上げた。「あいつ、エヴァンジーを殺したのよ。ほかの二人を殺したみたいに」

わたしはジー・ジーを押しのけてドアを開けた。管理事務所に向かって駆け出したとき、彼女がディンプルズをひっぱたく音が聞こえた。

「黙んなさいよ。気でも違ったの？　余計なこと言うんじゃないの」

キャンプ場は暗かった。トレーラーからもれる明かりは、個々の入り口のステップまでしか届かない。あちこちのラジオから聞こえる低いつぶやき声。母が訪ねそうなトレーラーを目ざして走りながら、その声に追いかけられているような錯覚に襲われた。わたしがドアを叩くと、ジョニー坊やの父親が戸口に現れた。不審そうに暗闇に目を細めている。

「わたしよ」息をあえがせながら言った。「うちの――その、うちの母を見かけなかった？」

「いやあ、知らないなあ」彼は間延びした口調で言った。「昼間見かけたけどね。車のなかで男と話をしていた。たぶんいっしょに出かけたんじゃないかな。確かなことはわからないけど。どうかしたのかい？」

「母は一人だった？」わたしは質問を無視して尋ねた。

「ああ、一人だったと思うよ。べつに心配することはないさ、そうだろう？　まったくひどい話だな。彼女みたいな優しい女性があんな目に遭うとは。自分ちの風呂場で死体を発見するなんて。女房と俺はラジオのニュースで知ったんだ。女房の推測では……」

しゃべり続ける男を残して、わたしは管理事務所へ向かった。真っ先に電話すべきだった。くだらないやりとりで時間を浪費している場合じゃない。わたしは体がしびれるような感覚に襲われた。それでも自分に言い聞かせた――わたしの思いすごしだ、深刻に考えることはないんだと。わたしはこの目で何度も見てきたのだ。母が自力で窮地を脱する場面を。それなのに、ありもしないことにおびえるなんて馬鹿げている。しかし、しびれは全身に広がり、気が遠くなってきた。事務所の窓からもれるかすかな光が、正しい方向へ進んでいることを示していた。それで頭が少しはっきりした。

「もしもし」わたしは電話の交換手に言い、それから番号を告げた。

カチリという音が聞こえ、呼び出し音が響く。電話に出たのはゴンザレス医師だった。あまりにも早く本人につながったせいで、わたしは言うべき言葉が浮かばなかった。少なくとも、自分で何を言ったのか覚えていない。あとでゴンザレスに聞いたところでは、わたしの声はとても落ちついていたそうだ。

「お母さんなら心配いりませんよ」彼は言った。それは記憶に残っている。「あなたにメモを残してきたと言っていましたが。ご覧になっていないのですか?」

「いいえ、メモは見ました。すみません、わずらわせてしまって。わたしたち、ちょっと神経質になっているんです。いろんなことが起こりすぎたもので。母に保安官のところで待つよう伝えてください。迎えにいきますから」

わたしは受話器をフックに戻し、送話口にもたれかかった。一気に膝の力が抜け、電話器にぶら下がるような格好になった。ポケットの煙草を探り、コンロの上に置いてきたことを思い出した。そして、ディンプルズがひどくおびえていたことも。わたしは急いでトレーラーに戻ることにした。

再び外の闇に足を踏み出したとき、わたしはすっかり落ちつきを取り戻していたはずだった。後ろ手にドアを閉め、トレーラーを目ざしてきびきび歩いた。目が暗さに慣れれば、トレーラーの輪郭が見えてくるだろう。うちのトレーラーはほかより一まわり大きい。テントのひさしも見えるはずだ。そうこうしているうちに、思ったよりも遠くまで来てしまったらしい。どのくらい歩いたかは覚えていない。

徐々に闇も濃くなっていくようだ。わたしは自分の位置を確かめるために立ち止まった。振り向くと管理事務所の明かりがかすかに見えた。前方は一面の闇。突然、事務所に駆け戻りたいという衝動に駆られた。あそこには明かりも電話もある。行く手には何もない。

「ビフ！　ビフ！」わたしは自分の声に驚いた。返事はなく、さらに心細さが募った。わたしは走った。全速力で前方の暗闇に突っ込んでいく。走りながら自分の叫び声を聞いた。「ビフ！　ビフ！」

近所の人たちは、どうしてわたしの声に気づかないのだろう。さっき見えていた明かりはどこへ行ったのか。ラジオの音はどこへ消えたのか。

わたしは立ち止まり、息を整えた。それから数を数えはじめた。「十数えたら――」わたしは声に出して言った。「事務所に戻って電話をかけよう。ちょっと道に迷った、それだけのことよ。

一、二、三……」

続けられなかった。三から先を忘れてしまった。そして事務所の方角も。わたしは走り出したい気持ちを抑えて、ゆっくりと恐る恐る歩きはじめた。一歩踏み出すごとに足が土にめり込む。目隠し鬼のように手探りしながら前に進んだ。

次の瞬間、わたしは何かにつまずいた。とっさに死体だとわかった。前かがみになって手を伸ばすと、ぬらぬらしたものに触れた。血だ。慌てて手を離したときには、指がべっとり濡れていた。暗くて見えないが、血で赤く染まっているはずだ。わたしに見えるのは、前方で交差する複数の不思議な光だけだった。小さな染みのようなその白い光は、少しずつ近づいてくる。

じきにくぐもった声が聞こえてきた。ステージで一番の見せ場を演じている最中に、早く脱げとせかす桟敷席の客の声に似ている。

「音楽がなきゃできないわ」わたしはいきなりしゃべり出した。「それに白いスポットライトの下ではお断りよ。ショッキング・ピンクとかスペシャル・ラヴェンダーとかじゃなきゃ。拍手はいらないわ」

「わけのわかんないこと言うなよ、おい」ビフの声だ！　わたしは彼に揺さぶられるのを感じた。「また気を失わないでくれよ。さあ、しっかりするんだ」

いつの間にかスポットライトは一つになり、わたしの足元の死体を照らしていた。ビフはわたしの顔に触れ、地面に向けられた光から目をそむけさせた。

「見るんじゃない」ビフが優しく言う。「これ以上きみに取り乱されちゃ困るからね」

見る必要はなかった。それが誰かはわかっていた。ひとめ見れば充分だった。明かりの下で見る前からわかっていたような気がする。一瞥したとき、男の背中に突き刺さったナイフがぎらりと光った。ナイフはそれほど深く刺さっていなかった。それくらいで殺せるのだろうか。死体の顔は歪み、目を見開いていた。驚いている顔だった。

「痛かったでしょうね」われながら馬鹿なことを言ったものだ。しかし、ビフは聞いていなかった。彼はマンディの話を聞いていた。姿は見えないが、声で彼だとわかった。

「冷たいし、硬直してる」マンディは小声で言った。「見ろ、五ドル札を持ったままだぞ。こんなにきつく握りしめて。ディンプルズは諦めたほうがよさそうだな。ちょっとやそっとじゃ離さないぞ」

「事務所に行って保安官に電話してくれ」ビフは言った。「ジップと僕はここに残る」

ビフの声が聞こえないのか、マンディはしゃべりつづけた。五ドル札をぐいと引っぱり、さらに死人のこぶしを開こうとした。「すげえや。死んだ人間の握力はすごいって言うけど、ありゃ本当だな」

ビフは懐中電灯をマンディに向けた。彼の驚いた顔が徐々に翳《かげ》り、恐怖に塗りつぶされていく。

「一人で行けって言うのか?」

「ジップと僕が行って、おまえが残ってもいいぞ……こいつといっしょに」

マンディは一瞬ためらったのち、立ち上がった。「わかった、俺が行くよ」

力いっぱい口笛を吹きながら歩き出した。

第20章

「怖いならしゃべってろよ」事務所に向かうマンディの背中にビフは声をかけた。

「いまから全力疾走するから無理だよ」マンディは答え、すぐに姿が見えなくなった。

ビフはわたしに懐中電灯を持たせて、足元の死体の上にかがみ込んだ。触らないように用心しながら。しばらく無言でそれを眺め、それからわたしにハンカチをさし出した。

「手を拭くんだ、パンキン」

どんなにこすってもきれいに落ちなかった。化粧みたいだとわたしは思った。懐中電灯にも血がついていて、それもぬぐいとった。

「いまは上を向いてるけど、倒れたときはうつぶせだったと思わないか?」ビフが言った。「こんなふうに後ろから刺されたら、その衝撃で前に倒れるはずだ。たぶん犯人がボディチェックをしたんだろう」

「ボディチェックですって?」その言葉の意味は知っている。でもビフの口から出ると奇異な感じがした。

「つまり、何者かが死体を転がしてポケットのなかを調べたってことさ。わかるかい? ほら、裏地が飛び出しているだろう」

「触っちゃだめよ」わたしは保安官よりも血のことで頭がいっぱいだった。

「わかってるよ、パンキン。触ったりしないよ。きみが充分触ってくれたからね。それできみはどうしたんだい？　こいつにつまずいたのか？」

ビフは返事を待たずに、わたしの手から懐中電灯を取ると、まわりの地面を照らしはじめた。光が遠くへ移動するにしたがって、どこで道を誤ったかがわかった。管理事務所を出たあと、左に曲がらなければならないのに、少しずつ右にそれてしまったのだ。ビフは死体から数フィート離れたところに、座れそうな場所を見つけた。

脱いだコートを地面に敷き、わたしを座らせて、二本の煙草に火をつけた。マンディが戻ってくるまで、わたしたちは黙っていた。やがて彼のやけっぱちの口笛が聞こえてきた。マンディはわたしたちの隣に腰を下ろした。息をあえがせ、ひたいに汗がにじんでいる。

「保安官と医者に連絡したよ」一息ついてから言った。「それからサルーンにも。俺たちが出番に現れないと心配するだろ。事故に遭ったとだけ言っておいた。保安官が現場を見るまでは、詳しいことは黙ってたほうがいいと思って」

「いい判断だ」とビフ。「警察が喜ぶだろう」

「こういう状況は初めてじゃないからね」マンディが応じる。「これで死体は三つ目だし、慣れたもんさ」

わたしたちはそれっきり黙り込んだ。じきにヘッドライトが見え、車のエンジン音が聞こえてきた。保安官とその一行は、クリフ・コーニー・コブの亡骸《なきがら》のまわりに集まった。ビフは、ポケットの裏地が引き出されていることを指摘し、わたしが死体に触れてしまったいきさつを説明した。

「三人ともいっしょだったのかね？」保安官はさりげなく尋ねた。

ビフは一瞬ためらったのち、答えた。「いいえ。マンディと僕はしばらく二人で別行動していたんです。僕らはエヴァンジーを探しに出かけ、ジップは事務所に電話をかけにきて道に迷ってしまった。彼女の叫び声が聞こえて。たぶんマンディも聞いたはずです。それで彼女の声を追って、ここにたどりついたわけです」

「まあそんなところかな」マンディが言う。

医者が死体から顔を上げた。何かに困惑しているようだ。

「どのくらいこのへんをうろついていたのかね？」保安官が尋ねた。医者の表情を見て、その意味するところを理解したにちがいない。

「ほんの数分ですよ」ビフが答えた。

保安官は医者に向かって微笑んだ。

「では、死体を運ぶとしよう。それからもう一度みんなに集まってもらう。エヴァンジー――いや、きみのお母さんはトレーラーに残してきた。お嬢さん二人はべつべつの部屋に閉じ込めてある。なんだかおたがいを怖がっているみたいだったから。きみたちの苦労が身にしみてわかったよ。あのディンプルズって娘はヒステリーを起こすし、ジー・ジー・グラハムはドアを蹴破って逃げ出そうとするし。彼女たちにこの死体の話をしたのか？　あるいは、何かよくないことが起こりそうだとか」

淡々としゃべっているが、目はわたしの顔をひたととらえていた。

「ディンプルズは、母の身に何かあったんじゃないかと心配していました」わたしは言った。「だいぶ前に出かけたままだったので。そのあと、わたしたちはコーニーが帰ってこないことに気がついた。そしたら彼女……」

「お母さんが彼を殺したのではないかと思ったんだね?」

「いえ、違います」わたしは言下に否定した。「逆です。彼女、コーニーがやったんじゃないかって――それでわたしは先生に電話を」

トレーラーに向かって歩きながら、ビフは保安官に四千ドルの話をした。医者を含む男たちは死体を荷台に積んで走り去り、保安官だけがわたしたちといっしょに残った。彼はビフから受けとった金をポケットに押し込んだあと、銃を抜き、トレーラーに帰りつくまでずっと警戒していた。

落ちついているのは母だけだった。ソファベッドに腰かけ、ホット・トディを飲んでいた。

「こんなに大騒ぎしなくてもいいのに」母は言う。「わたしが二、三時間帰ってこなかったくらいで」

母は喜んでいるのだ。しかし、母が話しているあいだ、ディンプルズはずっとふくれっつらをしていた。血走った目に垂れかかる前髪をかき上げて、保安官をにらみつけた。

「何かあったのね」コードで首を絞められているような、かすれた声だった。椅子から身を乗り出し、両手で肘かけをきつく握りしめている。「どうしたのよ? いったい何があったの?」

ジー・ジーはディンプルズを背もたれに優しく押し戻した。

「保安官に連絡するってビフが言ってたじゃない。あのお金のことで。ほかに何か起きたわけじゃないのよ。そうでしょう、保安官?」

保安官はゆっくりとかぶりを振った。

「ああ、これ以上は何も起こらないと思うよ」彼は言った。ディンプルズのうなじをマッサージするジー・ジーをしばし眺め、コンロの上のライに視線を移した。

「あたしが買ってきたの」母が言う。「犬たちの夕食を買うついでに。飲みすぎはよくないけど、発作が起こりそうなとき、ホット・トディを飲むとおさまることがあるのよ」母はグラス越しに保安官に微笑みかけた。

「どうして寝室に鍵をかけていたんだね?」保安官が唐突に尋ねた。話しながら、ディンプルズの様子を観察していた。小刻みに震える体。肘かけを強く握りしめて白くなった両のこぶし。

「あたし――怖かったの」彼女は絞り出すように答えた。

「どのくらいのあいだ寝室に?」保安官が尋ねる。

「わからない。わからないわ。あたしには何もわからない。あたしはただ、ここから出ていきたいだけ」

ディンプルズは立ち上がり、出口に向かおうとした。しかし、保安官に腕をつかまれた。保安官は彼女の両肩をつかんで揺さぶった。

「いいかよく聞け」荒っぽい口調で言った。「クリフ・コーニー・コブの死体が発見された。現場はここから数フィートしか離れていない。背中を刃物で刺されていた。きみのヒステリーは演技じゃないんだな？　寝室のドアからこっそり抜け出して、彼を殺害するための」

ディンプルズは話を聞きながら、憑《つ》かれたように保安官を見ていた。口をぽかんと開けて。そのうち急に唇の片端を引きつらせ、狡猾そうな笑みを浮かべた。

「あたしはトレーラーから一歩も出てないわ」思わせぶりに一呼吸置いて言った。「でも、彼女はどうかしら」

次の瞬間、ジー・ジーはディンプルズに平手打ちを食らわせようとした。だが、ビフのほうが早かった。腕をばたつかせる彼女を、ビフはしっかりと押さえ込んだ。

「頭を冷やせ」ビフは静かに言った。「そんなことをしたら警察の思うつぼだってわからないのか？　僕らが一致団結しているかぎり、彼らだって手出しはできない。だけど仲たがいすれば……」

「我慢にも限度があるわ」ジー・ジーが言う。「だってディンプルズはよく知っているのよ。彼女が部屋に閉じこもっているあいだ、あたしがドアを叩きつづけていたこと。だいたいねえ、どうしてあたしがコーニーを殺さなきゃならないのよ？」

ビフは巻きつけていた腕を放し、ゆっくりと、しかし有無を言わせぬ力で、ジー・ジーを寝室のほうへ押しやった。コンロの横を通るとき、ライのボトルを手に取った。

ジー・ジーは肩の力を抜いた。「もう大丈夫。ちょっと頭に血がのぼっただけ」

「ごめんね。あたしもどうかしてたわ」ディンプルズが言う。ビフからボトルを受けとると、二つのグラスに酒をそそぎ、一つをジー・ジーに手渡した。

ビフは寝室の戸口に立って、穏やかな口調で保安官に言った。「コーニーが死んでから二、三時間経過していることは、死体に詳しくない僕にもわかる。実を言うと、僕ら全員が管理事務所にいるあいだに殺されたんじゃないかと思っているんですよ」

「どうしてそう思うんだね」保安官が尋ねた。

「理由の一つは、あの五ドル札。酒を買うためにディンプルズが彼に渡した金です。コーニーはその金をポケットにしまうと思うんです、そうする時間があれば。あいつが酒を買う金を手に持ったまま、そのへんをうろうろするはずはない。あれこれ考えて時間を費やすタイプじゃないし。金があって喉が渇いていたら酒場へ直行する、そういう男なんですよ。ゴンザレス先生が死体を調べたあと、あなたに向けた表情を見ました。死後硬直を起している、先生はそう言ったんじゃないですか?」

「血は乾いていなかったわよ」わたしは口を挟んだ。

「そのことは僕も考えた」ビフはぞんざいに片手を振りながら言った。「たぶん、きみが死体につまずいたとき、ナイフを抜いてしまったんだろう。傷口をよく見てみたら、周囲の血が固まっていた。だからあの場で尋ねなかったのさ。きみが彼を殺したのかいって」

「わたしがですって?」わたしは金切り声を上げた。

「なんべんも同じことを言わせないでくれ」ビフはうんざりした顔で言った。「何者かがコーニーを殺害した。きみにもほかの連中と同じように、チャンスは充分にあったってことだよ」

保安官は椅子を引きよせて、どさりと腰を下ろした。「手間を省いてくれるのはありがたいが」ビフに言った。「よければわたしに質問をさせてくれないか？」

保安官は母に顔を向け、ことさら優しく話しかけた。「今日の午後、わたしの事務所を訪れる前は何をしていましたか？」

母は空《から》のグラスに視線を落とし、一拍置いてから口を開いた。

「ええと」母はのろのろと答える。「喘息の発作を起こして、それがおさまったあと、知り合いの家を何件か訪ねたわ。ホプキンスさん、つまりジョニー坊やの父親のトレーラーとかそのあたりを。そのうちに車が来たから、わたしたちはそれに乗って町に行ったの。それだけよ」

「わたしたちというのは？」

「もちろんスミスさんとわたしのことよ。発作を起こすと、いつも彼女が助けてくれるの」

「ではその車とは？　誰が運転を？」

「ああ、あの車」保安官が知らないことに母は驚いているようだった。「保険会社が所有している車よ。マミーが加入している保険会社の。書類にサインをするためにマミーは町に行かなきゃいけなくて、それでわたしも乗せてもらうことにしたの。ああいう保険会社の人間ってどうも信用できないわ。わたし、ああいう連中のことよく知っているのよ。だからマミーがどういう扱いを受けるか見届けるまで、そばについていることにしたの。金目当てだってあなたは思うかもしれないけど」

「保険屋のオフィスのなかまで同行したと？」

「ええ、そうよ。でも保険金はきちんと支払われることになっていた。うんざりするほど質問されて、うんざりするほどサインやら何やらを書かされたけど。そのうえオフィスがやけに狭苦しくて、それでちょっと散歩に出かけることにしたの。そしたらあなたの事務所のすぐそばだってことに気づいて、挨拶でもしていこうかと思いついたのよ」

保安官は微笑んだ。「いつでも大歓迎ですよ。そうすると、その散歩のあいだ以外は、ずっとマミー・スミスといっしょにいたんですね?」

母はうなずいた。

ビフは湯を沸かし、ホット・トディの準備に追われていた。コンロの奥のフックから鍋つかみを取り、それで鍋の取っ手を包んだ。酒と砂糖の入ったグラスにスプーンを入れ、湯を加える。そしてでき上がったものを母に渡した。

「きみたちは全員いっしょにいたと言ったね?」保安官はビフに尋ねた。「それはいつごろのことだい?」

「エヴァンジーが発作を起こしたときです。僕らは管理事務所に行きました。一杯飲みながら話をするために。エヴァンジーに聞かれたくなかったし、邪魔されたくなかったので」

「そしてクリフ・コーニー・コブは酒を買いに出かけた?」

誰もその質問に答えなかった。

「死体の状態や周辺の状況からして」保安官は続ける。「刺された正確な時刻はわからないが、ついさっきでないことははっきりしている。つまり一時間やそこらではないということだ。だから、おたがいのアリバイを保証できるなら、きみたちは放免されることになる」

保安官は例の札束の包みを開き、慎重に数えはじめた。それをコンロの上に置き、今度は包んであった『競馬新聞《レーシング・フォーム》』を丹念に眺めた。半分に裂かれているものの、日付の部分は残っている。わたしはその日付が気になっていた。保安官も興味を持ったらしい。

「九月五日か。つい二日前だ。確かクローゼットのなかにあったと言ったね？」

ビフはクローゼットに近づいて扉を開けた。洋服を脇に寄せ、ぽっかり開いた節穴を保安官に示した。

「丸めてこの穴に詰め込んでありました」

「持ち主に心当たりは？」保安官は尋ねた。

「心当たり？　ありますよ」ビフが応じる。「しかし、僕の考えをお話しするつもりはない。あなたの考えどおりに捜査を進めてください」ビフは得意そうに笑ったあと、急に真顔に戻った。「いやちょっと待って、ハンク。僕が考えていることを話したほうがいいかもしれない。それを採用するかしないかはあなたしだいだ。僕らはあるものを探していたんですよ。わかりますか？　エヴァンジーの前では口にするなとあなたが言った、あれのことです。とにかく、僕らは最初に食料庫を探しました。覚えていますか、ジプシーが言ったこと？　彼女が眠っているときに誰かがトレーラーに侵入したって。食料庫の扉が開いていたことも話しましたよね？　それで僕は思いついた。彼女が目を覚ましたことで、侵入者の邪魔をしたのではないかと。そいつは食料庫に何かを隠そうとしていたのかもしれない。だから僕は調べてみることにしました。食料庫の中身を全部出し、食パンもくり抜いてみた。それでも収穫はゼロ。誰かが何かを隠したとしても、食料庫のなかでないことは確かだ。

次に僕はこう考えました。連中はそいつを食料庫から持ち出そうとしたのではないかと。その後、僕らは総出でトレーラーのなかを探した。家じゅうのものをひっくり返して。目当てのものはなかったが、代わりに札束を見つけた。当然、僕はこう結論づけたわけです。それはヤクを売ってもうけた金だ、発覚を恐れて隠したにちがいないと。以上が僕の考えです。もう一つあるけど、それは時機が来るまで胸にしまっておきます」

保安官がビフをおだてて、もう一つの考えを白状させるチャンスはなかった。いきなり母がその内緒事を教えろと言い出したのだ。やけに声が大きく、態度はかたくなだった。

「いまさら、何をそんなに慌てているんです?」保安官が尋ねた。

母はその秘密を知り、慌てる価値があるものなのかどうか判断したがっている。それは明らかだった。保安官は真実を話すことにした。

「ハッシッシですよ、たぶん。麻薬の一種の」保安官はくたびれた顔で言った。「しかし、あなたが摂取した量はそれほど多くは……」

母はハッシッシという言葉について考えていた。唇がその発音どおりに動く。手がぶるぶる震えはじめ、顔から血の気が引き、真っ青になった。

「わたしがコカインを吸ってるっていうの?」

ジー・ジーが笑った。笑うべきではなかった。母の演技は完璧だったのだから、ほめられてもいいくらいだ。わたしはジー・ジーをたしなめた。

「いいのよ、ルイーズ」母は椅子から立ち上がった。「端《はな》から期待していないもの。ジー・ジーみたいに思いやりのない人たちのすることは」戸口に向かい、ドアを開けた。「ベッドの準備をしてもらえないかしら、ビフ。休みたいの」

母は室内を見まわした。顔は笑っていない。母の退場の台詞を笑う者は誰もいないし、母はそのことを知っていた。

「おまえは残っていいのよ、ルイーズ。おまえがそうしたいなら。でも、わたしわかったの。ここにいる人たちとは全然気が合わないって」

第21章

ビフは腕時計を見た。午前二時三十分。トレーラーで眠る仲間たちの寝息が聞こえそうなほど静かだ。マンディは寝室に、母は車に、女たちは居間にいる。彼らが眠りについてからもう何時間も経過したような気がする。しかし、実際にはそんなに経っていなかった。

「マミーの身に何かあったと思う?」わたしはビフにささやいた。

彼は肩をすくめた。グラスを口に運び、酒を飲む。二人で二本目のオールド・グランダッドを空けているところだった。だが、ちっとも酔いはまわってこない。元気が出ないのはこの湿気のせいかもしれない。たぶん神経がぴりぴりしているのだろう。

「保険屋と駆け落ちしたのかもな」ビフは真顔で言う。「それとも、サルーンでディンプルズの穴を埋めているか」

とりあえず、ビフにはライの効果が現れているらしい。とはいえ、酔っ払っているようには見えない。ときどきビフは何かに聞き入るように、そうやってキャンプチェアに身を乗り出して座ることがある。ガスランプの明かりを落とし、わたしたちはひさしの下に腰を下ろしていた。蚊やブヨがランプのまわりに群がっている。ライと、虫よけのシトロネラ油の臭いがあたりに漂っている。

「明日ここを出ようと思う」唐突にビフが言った。

「そうしましょう、ハニー」

「おそらく車の修理はもう終わっているはずだ。約束は昨日だったから。ハンクには念を押されているけどね。この町から出ていかないようにって。

修理が終われば、僕らは車に飛び乗って出発する。そうだろう？　死体は死体安置所《モルグ》に残して、検死審問《インクエスト》が終わるのなんか待たずに、裁判とかしち面倒臭いことはみんな忘れて。

検死審問が始まるのは朝の八時だ。午後二時までには荷物を積みおえて出発するとしよう」ビフは椅子に深くもたれ、ガタのきているテーブルに足を載せた。「ねえ、僕は保安官に殺人犯を教えてやるつもりなんだ。検死審問の最中にぽんっとね。それまでに、いくつかの事実関係をつなぎ合わせて」

ビフと結婚したのは彼を愛していたからだ。知り合ったのは何年も前で、いつも楽しく過ごしてきた。ビフの冗談は本当におかしくて、わたしは笑いどおしだった。わたしを見るときの彼の瞳の輝きが好きだった。彼と結婚して、かつてない安心感を覚えるようになったし、つねにビフの判断を尊重してきた。でもいまは、そういったことが本当に重要なのか疑問を感じていた。

「ねえ、ハニー」わたしは言った。「言っておきたいことがあるの。新婚旅行はもうおしまい。あなたは禁酒をするのよ。外でちょっとビールを一杯っていうのもだめ。うちの家族が何を飲むかは、わたしがきちんと管理するわ」

わたしはグランダッドのボトルにコルクを押し込み、椅子のかたわらに置いた。

「僕が真犯人を知らないと思っているんだろう?」ビフが言う。「ねえ、僕の美しい、けがれを知らぬ花嫁さん、真相を知ったらきっとびっくりするよ。そうだ、ゲームをしよう。人物当てゲームだ」

「いやよ」

「そうかい、じゃあこんなのは? きみが二十個質問をして、僕がそれにイエスかノーで答える。たとえば、僕がある男《ジョー・ドウクス》のことを考えているとしよう。きみは僕に尋ねる。『その人はまだ生きている?』僕の答えは『イエス』。次にきみは尋ねる。『その人の出身地は先進五カ国の一つ?』僕の答えは今度も『イエス』。こうしてきみは二十個の質問をする。それで誰かわからなければきみの負けだ。もし負けたら、きみが禁酒をする。そして、うちの家族が何を飲むかは、僕がきちんと管理する」

「寝るわ」わたしは決然と立ち上がった。ところが、自分の寝るベッドなどないことを思い出し、再び椅子に腰を下ろした。

「それは男なの?」わたしは訊いた。

「イエップ」ビフはにっこり笑って答えた。

「出身は先進五カ国の一つ?」

「イエップ」

「いまも生きている?」

「イエップ」

「お願いだからイエスかノーで答えて」わたしは冷たく言った。「イエップ、イエップって、軽業師のかけ声みたいだわ」

ビフの笑みが満面に広がった。「ねえ、パンキン。ヒントをあげよう。答えの一つはサルーンの経営者だ。そいつはショービジネス界で一旗揚げるつもりでいる」

ビフは椅子に身を沈め、胸の前で両手を組んだ。自分に満足しきっている様子だ。

「もうたくさん」わたしは言った。「明日の朝、証人台に立って、あの三人を殺したのはカルシオだと言うつもりなら、検死審問《インクエスト》には一人で行ってちょうだい。あなたがもの笑いの種になっているときに、隣に座っているなんてごめんだもの。だって、たとえば、どうやって説明するつもり？　カルシオにサンディエゴであの男を殺せるはずないでしょ？」

「誰が殺人犯のことだと言ったんだ？」ビフは言った。どうやらわたしは彼を傷つけてしまったようだ。すっかりふてくされている。「ただのたわいもないゲームなのに。きみはなんでも殺人に結びつけないと気がすまないんだな。まったく、誰かに訊かれなけりゃ、僕は犯人を言ったりしないよ」

「誰も訊いてないわよ。それなら……」

ビフがランプを消した。弾かれたように立ち上がり、椅子が倒れる音が聞こえた。そして肩に彼の手を感じた。

「隠れろ！」かすれた声でささやく。

わたしはひざまずき、ビフにトレーラーの下に押しやられた。頭がステップにごつんとぶつかる。それでもビフは押しつづけ、わたしは腕にタイヤが当たるのを感じた。ビフも隣にもぐり込んだ。呼吸が荒い。

「ねえ、ある男さん《ジョー・ドウクス》」わたしは言った。「もう一杯飲みたいならそう言ってよ。こんな手の込んだことをしなくても……」

ビフはわたしの口を手でふさいだ。少なくとも、ふさいだつもりだったのだろう。暗闇のなかで、彼の手は耳の近くを押さえていた。それでも、ふざけているわけでないことはわかった。

そのとき、足音が聞こえた。誰かが芝生の上を忍び足で歩いている。わたしたちのトレーラーに近づいてくる。ビフはポケットを手探りして、冷えた銃身に触れた。安全装置を外すカチリという小さな音。銃を握りしめたビフの手が、小刻みに震えている。

誰かが彼の名前をささやいた。「ビフ？」

女の声だった。

ビフは安堵のため息を深々とつき、「よかった」とささやいた。

わたしをその場に残して、ビフはトレーラーの下から這い出た。テーブルに近づき、マッチをする。ランプに火がともると、かかとのすり減った銀色のダンスシューズが見えた。靴はほこりまみれで、素足に引っかき傷があり、血がにじんでいる。

「よかった、いてくれて」女の声がつぶやいた。その足はキャンプチェアに近づき、体の重みでキャンバス地がきしむ音が聞こえた。椅子の横に置いたボトルにビフの手が伸びる。しかし、わたしのほうが早かった。

わたしはボトルをつかみとり、トレーラーの下から這い出た。立ち上がる前に、親友のジョイス・ジャニスに挨拶をした。

「よく来てくれたわね。トレーラーの下に小さな客室を作ろうかって、ビフと考えていたところなのよ。あそこはとても居心地がいいの」

ビフはこの冗談が気に入らなかったらしい。わたしの手からボトルを奪いとり、コルクを抜いた。それをジャニスに手渡し、彼女が喉に流し込むのを眺めていた。

わたしはしかたなく一人で立ち上がった。そして改めてジョイスの姿を見るなり、ビフが酒を勧めたわけがわかった。

ドレスの横が裂けて、引っかき傷だらけの足があらわになっている。両腕に切り傷があり、肩から手首にかけて血が流れている。化粧は汗で流れ落ちて見る影もない。彼女はおびえていた。

「お湯を持ってきてくれ」ビフが言った。

眠っている者のことなどおかまいなしに、わたしはトレーラーに駆け込み、コンロに火をつけた。鍋に水をくみ、火にかける。それから清潔なタオルと、薬棚からヨードチンキを取り出した。ディンプルズがむにゃむにゃとつぶやき、寝返りを打つと静かになった。

ジー・ジーがソファベッドから起き上がり、大きな声であくびをした。「なんなのよ、いったい?」

「お湯が沸いたら外に運んでちょうだい」わたしは彼女をまたいで外へ出た。

「たいした傷じゃないのよ」ジョイスが震える声で言った。「あんまり急ぎすぎて、茂みか何かで引っかいちゃったみたい」

彼女の体がぐらりと揺れ、ビフが抱きとめようと動きかけた。わたしのほうが一歩早かった。暗闇から半裸の女が現れた衝撃は薄れていたし、支えが必要ならば、進んで手を貸すつもりだ。しかし、それだけではなかった。ビフは彼女の出現をある程度予測していたふしがある。わたしはそれが気に食わなかった。

ジー・ジーがお湯の入った鍋を手に、よろよろとステップを下りてきた。ジョイスを見て、テーブルの上に鍋をそっと置いた。その場に立ち止まって、もう一度ジョイスを見た。

「いったい何があったの?」

「ちょっと黙っててちょうだい」わたしは言った。「ジャニスはやぶのなかを走ってきたの。電車が動き出すのを待てないくらい、一刻も早くここへ来たかったのよ」

わたしはタオルをお湯にひたし、土ぼこりや、肩から流れる血をぬぐいはじめた。ジャニスは痛みで小さく身じろぎした。

「やぶで引っかいたようには見えないけど」わたしは言った。ナイフで切ったような深い傷もあった。わたしはその傷をそっと叩き、汚れを取りのぞいた。

「マンディを起こして」わたしはジー・ジーに言った。「ゴンザレス先生に電話をかけにいかせて。ナイフの傷を縫い合わせる道具を用意して、至急来てほしいって、先生に」

ジョイスは気を失っていた。

「かわいそうに」トレーラーのなかに彼女を運びながらビフが言った。

マンディは自分のベッドのシーツを直し、髪の乱れたジョイスの頭の下に枕を置いた。それから椅子にかけてあったズボンに足を突っ込むや、管理事務所に向かって駆け出した。

「僕に助けを求めようとしたんだ」ビフは傷口に触らないように注意しながら、手首を優しくなでた。するとまもなくジョイスは目を開いた。

「連中が、彼女を奥の部屋に連れ込んで……」ジョイスは話しはじめた。「あなたに言われたとおり、話の内容を探ろうとしたんだけど、ところどころしか聞こえなくて。彼女、泣いていたわ。気でも狂ったみたいに『あんたのしわざだろう、この卑怯者！』って何度もわめいて。そのあと引っぱたく音と、くぐもった悲鳴が聞こえた。彼女、言ったわ。『しらばくれたってだめだよ』とかそんなことを。あたし――あたし、ドアの近くに立っていたの。暗かったから、見つかるとは思わなかった。それなのに突然ドアが開いて、何かがぶつかって……」

ジョイスは頭に手を置き、慌てて離した。ひたいに青あざができている。わたしが熱いタオルで優しく拭いてやると、低いうめき声をもらした。

「あたし、死に物狂いで駆け出したわ。そして建物から飛び出したとき、腕に焼かれるような痛みを感じた。立ち止まっていたら刺し殺されていたと思う」

ジョイスはビフの顔を見て泣きはじめた。本当に泣いているわけではない。膝をすりむいた子供みたいに小声でしゃくりあげている。

「連中はあたしまで殺そうとしたのよ。たぶん――たぶん彼女はとっくに……」

ジョイスは一瞬ぶるっと体を震わせ、わたしの手をきつく握りしめた。何か言おうとしているが、言葉が出てこないらしい。恐怖で喉を震わせただけで、再び黙り込んだ。

わたしはビフに言った。「マミーのことかしら?」

ビフはジョイスを見下ろし、肩をすくめた。彼女のひたいにそっと触れた。

「大丈夫そうだな」ビフが言う。「ひどくおびえているだけだ。かわいそうに、ここまで走りどおしだったにちがいない。服を脱がせてやってくれ、パンキン。マンディが戻ってきたら、ドアに鍵をかけて、僕の声が聞こえないかぎり開けるんじゃないぞ。つまり僕以外の誰が来ても絶対に開けるなってことだ。用事を片づけてくる。ちょっと時間がかかるかもしれない」

ビフは化粧台の上に銃を置き、ドアを開けた。それから思い出したようにわたしの鼻にキスをし、出ていった。

「ビフ!」わたしはドアに駆けより、勢いよく押し開けた。

わたしの呼びかけに答えたのは、トラックの騒々しいノッキング音だけだった。

第22章

ジー・ジーがドアに鍵をかける前に、母がトレーラーに飛び込んできた。裸足で、瞳は狂気じみている。片手に〈永遠の命〉を握りしめていた。

「ちょっと」母が言う。「ビフが出ていく音を聞いたのよ。彼が言ったこともね。ドアに鍵をかけて誰も入れるなですって！　何よ！　一人で車にいるわたしはどうなるの？　殺人鬼の餌食《えじき》になれってこと？　おまえたちはわざと……」

「ママったら。わかっているでしょ、そんなはずないって。ママは当然車に鍵をかけていると思ったのよ」わたしは母の肩に腕をまわし、ベッドのほうへ導いた。ディンプルズは安らかに眠っている。彼女を壁際に押しやり、母が横になれるスペースを作った。

「ここで寝てちょうだい」わたしがそう言うと、母はおとなしくベッドにもぐり込んだ。

「明かりを消して、ルイーズ」母は哀れっぽい声で言った。「目が痛いのよ」

明かりを消し、寝室とのあいだのドアを閉めた。わたしはそっと胸をなで下ろした。母はジョイスにも、現在置かれている状況にも気づいていない。表のドアに鍵をかけ、ノブの下に椅子をもたせかけたあと、ビフが残していった銃を手に取った。大きくて古そうな銃だ。見覚えはない。

間違って発射しないように、グリップではなく銃身を握っていた。

「そんなもの置きなさいよ、ハニー」ジー・ジーが言った。「さっきから銃口がこっちを向いているわよ。それになんだか昔のギャグを思い出すわ。誰かを撃っておいて、『おや弾が入っていたんだね』とか言うのよね」

わたしは銃を化粧台の上に戻した。手に油がついている。わたしはタオルでそれをぬぐった。ジョイスが寝返りを打ち、再び傷口から血が流れはじめた。ジー・ジーとわたしがおろおろしていると、ディンプルズが部屋に飛び込んできた。

頭にカーラー、顎にはピンクのゴムバンド。いまにもくっつきそうな腫れぼったいまぶたが、ジョイスに気づくなり大きく見開かれた。口を開き、悲鳴を上げる、と思いきや急に閉じた。

「ちょっと、何やってんのよ」彼女は苛立たしげに言った。「そんなところに突っ立って、失血死するのを黙って眺めているつもり？　なんとかしないさいよ！」

ディンプルズは返事を待たなかった。わたしの手からタオルをもぎとると、それを縦に引き裂こうとした。タオルが丈夫だったので、歯を使いはじめた。ジー・ジーがはさみをさし出したあとも、ディンプルズはきめの荒いタオルの縁にかじりつき、引き裂きつづけた。それから化粧台の上のヘアブラシをつかみ、わたしを押しのけた。

「手を貸して」ディンプルズは裂いたタオルで、ジョイスの肩口を縛った。最後に輪を一つ作ってブラシを通し、ジョイスの手や腕が白くなるまで、ぎりぎりとねじり上げた。

ジョイスがうめき声をもらした。それでもディンプルズはさらにブラシをねじった。

「この止血帯を押さえて」ジョイスが目を開けると、ディンプルズはわたしに言った。「お酒を飲ませるから」

てきぱきとした冷静な動きと、寝乱れた髪やゴムバンドをした顔はどうにも釣り合わない。マラブーの羽根飾りのついたキモノは、機能性とは縁のない代物だ。しかし、飲みものをそそぐディンプルズの手は揺るぎなかった。ジョイスを慎重に起き上がらせ、唇にグラスを近づける。ジョイスは酒を少しだけ飲み、残りは顎を流れ落ちた。ディンプルズはそれを優しくぬぐい、枕に頭を戻してやった。

それからボトルに口をつけ、一息に喉に流し込んだ。

「あたしのこと見直した？」手の甲で口をぬぐいながら言う。「このあたしが、あのディンプルズ・ダーリンが、フローレンス・ナイチンゲールばりの働きぶりだったでしょ？　残念ね、写真を撮っておけばよかった」視線はジョイスにそそがれたままで、笑顔はすぐに消えた。「こんなひどいことをした男は捕まったの？」

ジー・ジーは首を横に振った。「ビフはサルーンに行ったわ。あいつら、マミーをそこに監禁しているんだって」

ディンプルズはわたしを見た。

「本当よ」わたしは言った。「さっきジョイスから聞いたの。彼女も危うく捕まりそうになったらしいわ」

「危うく？」ディンプルズは大声を上げた。「捕まってないなら、この傷をどう説明するのよ？」

ジョイスの腕を指さした。「それに、マミーを捕まえてどうしようってわけ？　ただの不幸な未亡人じゃない。なんだってあんなみずぼらしい、中年の……」

「しっ……」ジー・ジーはディンプルズの手をつかんだ。「何か聞こえなかった？」

トレーラーの前で車が停まった。ドアを乱暴に閉める音。そのあと誰かがトレーラーを激しくノックした。

「医者のゴンザレスだ。ドアを開けてくれ」

ノブががちゃがちゃとまわされる。そしてマンディがわたしたちを呼んだ。

「おい、開けてくれよ。先生が来てくれたんだぞ」

わたしはドアの鍵を外しかけて、ビフに言われたことを思い出した。ジー・ジーも思い出したのだろう。わたしを脇へ押しやり、すぐに鍵をかけ直した。彼女は背中をドアに押しつけ、胸の前で腕を組んだ。目には恐怖の色がありありと浮かんでいる。

「ビフは言ったのよ。誰が来ても開けちゃいけないって……」うわ言のようにつぶやく。

そのときわたしは、私道から出てきた車が走り去る場面を思い出した。夜更けにカルシオとゴンザレスがいっしょにいたことを。母がポーカーをしていたゴンザレスの書斎を思い出した。高価な本や革製の家具。あれは田舎の町医者が住む家ではない。カーテン一つ取っても、その手の医者の年収よりも高いはずだ。

「何やってんの、早く入れてあげなさいよ」ディンプルズはいぶかしげにわたしたちを見た。気でも狂ったのかと言わんばかりに。「彼女を見殺しにするつもり？　医者がすぐそこにいるっていうのに。さあ、そこをどきなさいよ」

ジー・ジーは大きくかぶりを振った。「彼なら簡単にやれたはずよ。ガスのことだって知っていたし、あの札束もあいつのものかもしれない。サンディエゴではあたしたちといっしょにいたし。何か起きたとき、いつも近くにいたわ。ジョイスにこんなことをしたのもあいつかも。この三十分間だって、どこにいたかわからないじゃない」

ジー・ジーはマンディを疑っているのだ。ゴンザレス医師ではなく、マンディを。確かに彼女の言うとおりだ。彼なら……。

「わたしの薬を取ってちょうだい」母が二つの部屋のあいだに立っていた。ローブを喉元でしっかりとかき合わせている。呼吸が乱れて苦しそうだ。ジョイスには気づいていない。「早くして、ルイーズ――たちの悪い発作が……」

〈永遠の命〉はコンロの上にあった。わたしはその粉薬を容器のてっぺんに盛り、母の頭にタオルを巻いたあと、薬の山に火をつけた。母はよろよろと椅子に腰を下ろし、タオルを深くかぶった。息をするたびに、小刻みに震える肩が大きく上下する。足の甲やくるぶしに汗がにじんでいた。

「さっさとなかに入れろ!」医者は声を荒げ、こぶしでドアを叩きはじめた。「彼に聞いたんだ。女性のけが人がいるって。早くこのドアを開けなさい」

ドアを叩く音がやみ、束の間の静寂が訪れた。やがて窓の外に医者の姿が見えた。杖か何かで窓を叩いている。けたたましい音がトレーラーじゅうに響いた。鍵がかかっているのはその窓だけで、反対側の窓は鍵どころか、開け放したままだ。

居間の奥の窓からマンディがわたしを呼んだ。トレーラーのなかをのぞくために爪先立っているのだろう。彼のもじゃもじゃ頭が見えた。「あんたら頭がどうかしちまったのか?」

するとジー・ジーが明かりを消した。「これじゃあ、あたしたち袋のねずみよ」彼女は小声で言った。「そっちの窓を閉めて、ジップ。たとえラガーディア（米国の政治家。当時のニューヨーク市長）本人からバッジを見せられたって、連中をなかには入れないわ」

わたしはマンディの顔に触れそうになりながら、慌てて窓を閉め、鍵をかけた。それからべつの二つの窓にも次々と鍵をかけた。最後の窓を閉める間際に、このままでは窒息してしまうことに気づいた。母の粉薬は黒い灰と化し、室内に煙が充満している。息が詰まり、目から涙が出た。

「町に行ってくる」医者が言った。怒りで声がこわばっている。「保安官を連れてくるから、自分たちで弁明するといい。もしその女性が死んだら、きみたち全員、過失致死罪に問われるだろうな」

エンジンがかかり、マンディの叫び声が聞こえた。「おい、俺も連れてってくれ！　こんな連中といっしょに残されるのはごめんだ。こいつら頭のネジがぶっ飛んでる。俺は死ぬほど怖いんだよ」

車はタイヤをきしらせてトレーラーの脇を通りすぎ、マンディが悪態をついた。「なんだよ、置いてきぼりにしやがって。こいつら殺人犯を野放しにして、ここで殺されるのを待てと言うのか」

トレーラーの前を行ったり来たりする足音が聞こえ、やがて静かになった。暗闇のなか、わたしは手探りでベッドを見つけ出し、端に腰を下ろした。聞こえるのは母の荒い息づかいだけだった。ディンプルズのむっとする香水の匂いが鼻をついた。近くに座っているのだろう。

「この馬鹿げた騒ぎはいつになったら終わるの?」彼女が言った。「あたしたちはトレーラーに閉じ込められ、マンディは外で一人きり。あたしたちが彼を閉め出している理由は、殺人犯だと思っているから。だけど、彼が同じことを考えていてもおかしくないのよ。あたしたちの誰かが殺人犯かもしれないって。たとえばジー・ジーだって、あたしの知るかぎり、犯人になりうるわ。それにジョイスも。疑われないように自分で刺したのかも。ビフだって、エヴァンジーだって、あんただって……」

「それに、あなたもね」わたしはゆっくりとつけ加えた。

ディンプルズは一呼吸置いて再び口を開いた。声がかすれていた。「確かに、あたしの可能性もある」

雨が静かに降りはじめ、やがてトレーラーの屋根を激しく叩き出した。まるで散弾をばら撒いたようだ。ジー・ジーは奥の窓に歩みより、鍵を外した。

「もう我慢できない」苛立った声で言う。「どうせ死ぬなら、窒息するのを待つなんてごめんだわ。これだけの人数で、銃もあるのに、たった一人の殺人犯に太刀打ちできないなら、殺されたってしかたないのよ」

窓を開けようとする彼女を止める者はいなかった。新鮮な空気と雨がトレーラーに吹き込む。

その瞬間、世界じゅうの殺人犯を敵にまわしてもかまわないと思った。わたしはマッチを手で探り、ランプに火をつけた。そして照明のスイッチを入れた。

黄色い光に照らされて、開いた窓の向こうにマンディのもじゃもじゃ頭が見えた。雨に濡れてさらに縮れた髪が、天に向かって突き立っている。窓枠にさえぎられて目から上しか見えない。その目は大きく見開かれ、何かを凝視している。視線の先にはディンプルズがいた。

彼女は銃を構えていた。わたしと違って正しい持ち方で、マンディに狙いを定めている。

「動かないで」冷たく言い放つ。

マンディは動かなかった。ディンプルズは窓から目をそらさない。「そのドアを開けて、ジップ」有無を言わせぬもの言いだった。「その人とちょっと話がしたいのよ」

わたしは動かなかった。動けなかった。

しっかりと銃を握った彼女の手は汗でびっしょり濡れていた。瞳孔が小さくなっている。「あいつをなかに入れて」

するとマンディが動いた。窓枠から頭が消え、小走りで駆け出し、できたばかりのぬかるみを跳ね飛ばす音が聞こえた。

ディンプルズはみずからドアに近づき、押し開けた。「こっちに来なさいよ！」

「やなこった！」マンディがわめいた。声が遠のいていく。

ディンプルズは暗闇に向かって悪態をついた。開け放した戸口から雨が吹き込み、薄いキモノに吹きつける。濡れそぼったマラブーの羽根が白い頬に張りついている。首のまわりの赤い斑点が、顔へと広がっていく。呼吸が苦しそうだ。顎が小刻みに震えている。ゴムバンドが緩み、指のあいだから銃が落ちる。一瞬ののち、彼女は銃のあとを追った。ずるずるという音を立てて体が床に沈み込んでいく。横たわった顔には精気がなかった。

ジー・ジーとわたしは彼女を持ち上げてソファベッドに寝かせ、母はグラスに水をそそいだ。ベッドの足元に置いたかごのなかの猿が、ディンプルズのキモノをつかもうとして、母に手をぴしゃりと叩かれた。怒った猿は金切り声を上げ、今度は犬が吠えはじめた。母はそれを無視して、ディンプルズの顔に水をかけた。

「気を失ってるだけよ」

ジー・ジーはディンプルズの頭を持ち上げ、そっとまぶたを開いた。瞳孔が消え、白目しかない。その白目に赤い血管が幾筋も走っている。ジー・ジーは母を見上げ、それからわたしに視線を移した。

「ヤクか何かだと思うわ」かすれた声で言った。

ジー・ジーの言葉がわかったように、犬たちは吠えるのをやめた。ビルは耳を垂らし、すごすごと退散した。

「見てよ、この引きつった顔」ジー・ジーが言う。「首のまわりがおかしな色に変わってるし。単なる気絶じゃないわ」

母はディンプルズを見下ろした。喘息の発作はおさまりつつあるが、まだ息が苦しそうだった。

「だけど、誰がこの子に麻薬を盛ったというの?」母は独り言のようにつぶやいた。「わたししたちと同じものしか食べてないし。飲んだのはお酒だけ……」

ディンプルズが目を開けた。「お酒ちょうだい」朦朧とした顔で言う。

「何言ってんのよ」ジー・ジーが言った。「こういうときはね、『ここはどこ？』って訊くものなのよ」

ディンプルズは起き上がろうとして、力なく枕の上に倒れ込んだ。「ねえ、あたし五ドル払ったのよ」弱々しい声で文句を言う。「あの男が買ってこなかったからって、あたしのせいじゃないわ」

ジー・ジーがグラスに水を足しているうちに、ディンプルズは再び意識を失った。口の端からよだれを垂らし、ジー・ジーがクリネックスでぬぐってやった。

「あんたは大丈夫なの、ジップ？」少し間を置いてジー・ジーが尋ねた。

「なんともないと思うわ。煙のせいで頭がぼうっとしてたけど、いまはよくなったみたい。どうして？」

「あたしもなんだかおかしいから。やっぱり、ジップ、その酒に麻薬が入っているのよ」

驚きのあまり、近づいてくる車の音が耳に入らなかった。ビフが部屋のなかに駆け込んできて、ようやくそのことに気づいた。

「おい、鍵をかけろって言っただろう」ビフが言う。しかし怒っているわけではなかった。尻ポケットの見慣れたボトルのふくらみを見て、その理由がわかった。ビフは寝室に向かいかけて、ディンプルズに気づいた。彼女は意識を失ったままだった。

ゴンザレス医師がビフのあとからトレーラーに入ってきた。ディンプルズの上に身をかがめ、手首をつかんで脈をとる。それから顔を上げた。

「いったいどういうことだ?」

ジー・ジーは肩をすくめた。「こっちが訊きたいくらいよ。突然、様子がおかしくなって気を失ったから、ジップとあたしでベッドへ運んだの。しばらくして一度目を覚ましたけど、すぐにまたこのとおりよ。たぶんヤクか何かだと思うわ」

「どうしてそう思うんだね?」医者が尋ねた。

「だって、ジップも頭がぼうっとするっていうし、あたしもなんだか変なのよ。気絶するほどじゃないけど、ふわふわする感じ。手もしびれているみたいだし、それにあたし見たの。ディンプルズのまぶたを開いてみたら、白目しかなかった。だから間違いないわ」

ディンプルズが目を開けた。片肘をついて上体を起こし、部屋のなかを見まわした。「あたし殴られたの? 息が苦しくなって、窒息しそうに……」

母が〈永遠に命〉の缶を手に取り、容器の上に粉薬を盛った。

「これでよしと。じきに頭がすっきりするはず……」

母は粉薬にマッチで火をつけ、炎がおさまるのを待ってから、タオルに手を伸ばした。

ビフは母をじっと見ていた。次の瞬間、口を大きく開き、コンロの天板をこぶしで叩いた。

「それだ! どうしていままで気づかなかったんだ。そうさ、それほど絶好の隠し場所はない」

ビフは粉薬を母から奪いとり、医者にさし出した。

「この薬に何が混じっているかわかりますか？　つまり、これが喘息薬だけなのか、それともほかに何か混じっているのか」

医者はビフから缶を受けとり、ポケットに押し込んだ。「調べてみよう」

「ぜひお願いします」ビフは勢い込んで言った。「これですべての謎が解けそうだ。エヴァンジーは発作を起こすたびにその薬を吸っていた。そして吸うたびに、ちょっとずつ様子がおかしくなった。ヤクを隠すにはもってこいの場所だよ。粉薬をひっくり返して、そこからべつの粉を探そうなんて、誰も考えやしないからね。だから僕も気づかなかったんだ」

「あたしに起きたことも、そのせいだっていうの？」ディンプルズが訊く。

「そうさ」ビフは断言した。「さっきこのトレーラーに入るなり、ヤクの臭いがした。きみは相当な量の煙を吸い込んだにちがいない。週末、妙にぴりぴりしていただろう。すでに兆候が現れていたのさ」

ディンプルズはその説明が気に入ったらしかった。

「どうりでなんだか疲れやすくて……」

ビフと医者がジョイスの様子を見るために席を立たなければ、ディンプルズは自分の症状を列挙していただろう。ジー・ジーは、ビフたちがドアを閉めるのを待っていた。それからボトルに目を向けた。

「ねえ、そのライにヤクが入ってないとわかっても、飲みたいと思わないのよ。なんでかわからないけど、やっぱり飲みたくないわ」

「たぶん麻薬が抜けてきたのよ」母が言う。「わたしの妹が結婚した男は、キーリー式療法（米国の医師キーリーが一八七九年ころからアヘンやアルコール中毒患者に用いた塩化金療法。のちにキーリーはペテン師として医療施設から追放された）をやったのよ。信じないかもしれないけど……」

ビフは寝室のドアを開け、居間に戻ってきた。

「ジョイスは大丈夫なの?」ジー・ジーが尋ねた。

ビフはうなずいた。「ああ、ただのかすり傷だ。だいぶ血が出たから、体力が回復するには少し時間がかかるらしい。先生が町に連れていって、そこで療養させることにした。いま鎮静剤を注射したところだ」

医者がビフを呼んだ。「お湯を持ってきて。少しきれいにしないと」

わたしたちは寝室の戸口に集まった。

「彼女が大丈夫だって、間違いないの?」ディンプルズが尋ねた。

「もちろん。傷跡も残らないだろう」

ジョイスが身じろぎし、目を開けて医者を見た。

「神に誓って?」

たとえ鎮静剤を打たれようと、ストリッパーなら傷跡と聞いて寝ていられるはずがない。

「誓うとも」医者は優しく言った。

ジョイスは再び意識を失った。安堵の微笑みを浮かべて。

第23章

ビフは寝室のドアを閉めた。満足そうなため息をつき、トレーラーで一番座り心地のいい椅子に腰を落ちつけた。彼は決して自己顕示欲が強いタイプではない。ただ一家の長《ちょう》として、そういう光景を目にしてみたいと望んでいたのだ。女たちがビフのまわりに座って、彼の話が始まるのをじっと待つ光景を。誰かが彼の足元にスリッパを置けば、より完璧な姿に近づいただろう。

ジー・ジーはビフの伸ばした脚をまたいで、ベッドに座るディンプルズの横に場所を確保した。母は軽く咳込みながら、ドアの近くの椅子で体をこわばらせている。わたしはコンロの横に立っていた。べつに酒のボトルのそばにいたかったわけではない。座る気になれなかったのだ。

一家の主《あるじ》であり、コメディアンでもあるビフは、そのひとときを心ゆくまで楽しみ、なかなか本題に入ろうとしなかった。ポケットから葉巻を出し、嬉しそうに匂いをかぐ。まるで火をつけるのがもったいないとでもいうように。

「白いフクロウ《ホワイト・アウル》（米国ゼネラル・シガー社の葉巻）だよ」ビフはくつろいだ口調で言う。「羽根が燃えるような匂いがするだろう?」

わたしたちは愛想よく笑ってみせた。簡単ではなかったがなんとかやりとげた。そして再び長い沈黙が続いた。

「始まりの音楽か何かが必要なの？」わたしはこらえきれずに尋ねた。「『ハッピー・デイズ・アー・ヒア・アゲイン』（一九三〇年代にヒットした歌のタイトル。ルーズベルト大統領のニューディール政策のテーマとされた。事態が好転してきたという意味の決まり文句として使われる）の最初の八小節を櫛《くし》で奏でましょうか？」

沈黙。羽根が燃える匂いと、母の咳だけが室内に満ちている。

「たぶんもっとシリアスに演《や》りたいのね？」

「いいかい」ビフは〈ギルド劇場〉の舞台に立ったかのようなよく通る声で言った。「これから順を追ってこの事件の全貌を説明する。そのやかましい口を閉じて、最後まで話を聞けば、誰が殺人犯かわかるだろう」

もちろんわたしは侮辱されたわけだ。口うるささを注意されることにも、一家の大黒柱ぶったビフの態度にも、わたしはここ数日で少々うんざりしていた。しかし、腹立たしさを好奇心がうわまわった。だから言い返さなかった。靴を脱ぎ飛ばし、煙草に火をつけ、グラスに酒をそそぐ。わたしたちはすっかり話を聞く態勢に入っていた。

ビフは充分すぎるほど抑えた口調で話しはじめた。「いまここに座って話をしている男がどんな気持ちでいるのか、きみたちにはわからないだろう。知ってのとおり、僕はコメディアンだ。古臭いジョークを飛ばす男だ。しかし、きみたちは知らない。僕がたった一人で殺人犯を突き止めた男だということを。それも第一級の殺人犯を。そいつは頭に血がのぼってアイスピックを突き刺したわけじゃないし、弾が入っていることを知らずに銃を撃ったわけでもない。計画的かつ確信的な殺人犯だ。べつに自慢したいわけじゃない。だけど僕は、ビフ・ブラニガンは、たった一人で、誰の知恵も力も借りずに、それどころか警察の妨害を受けながらも、エヴァンジーの死体の一件を解決したんだ」

「わたしの死体！」母が金切り声を上げた。「前にも言ったでしょ。わたしはあの死体とまったく関係ないんだって。わたしは穴に埋めただけ。そんなの母親なら誰でもすることよ。血の通った心を持つ母親なら。娘を愛する気持ちが少しでもある母親なら」

母はしゃべりながら立ち上がった。片手をトレーラーの壁につき、もう一方を胸に当てて。どことなくジャンヌ・ダルクに似ていなくもない。本人もそのことを意識している。自分の姿がよく見えるか確かめるように、母はぐるりと視線をめぐらせた。みんな見ていた。母は咳込み、満足そうに口を閉じた。

「確かに」ビフは母の咳に負けじと声を張った。「僕はガスという名の男を殺した犯人を知っている。それはコーニーを殺した犯人であり、第二の死体もそいつが犯人だ。そういえば、第二の死体の名前はジョーンズだったな。これ以上死体にふさわしい名前はないと思わないか。ジョーンズだなんて！（Jonesにはヘロイン・麻薬中毒という意味があり、ごくありふれた名前でもある）宿泊者名簿に載っていたら冗談だと思うだろうな。ジョーンズ夫妻が――」

「ジョーンズ夫妻なら知っているわよ」母が割り込んだ。「シアトルでうちの隣に住んでいたのよ。ご主人は鉄道員でね。イエスラー通りでケーブルカーの車掌をしていたっけ。奥さんは小柄で、おもしろい人だったわ。子供は三人、それとも四人だったかしら。男の子を覚えているわ。

名前はジョー、ううん、確かジョージ――」

「謎を解く手がかりは、あの火事だった」ビフが話を再開し、母はジョーンズ家について考えるのをやめた。「みんながあの火事を目撃した。だから誰もが僕と同じ立場《イン・マイ・シューズ》に立つ可能性はあった。しかし、そうはならなかった。謎の解明は僕一人に託された。バーレスクのコメディアンである――」

「ちっとも笑えないわよ、その話」ジー・ジーが混ぜっ返した。「唯一おもしろいと思えるのは靴《シューズ》のギャグだけね。いったい誰があなたのシンデレラになりたがるわけ？」

「僕はいま、一つ一つの事実を仕立屋みたいにはぎ合わせているところなんだ。邪魔しないでくれるなら、先に進めるつもりだけど」ビフが言う。「きみたちがかまわなければ」

ビフはまだ怒っていない。しかし、もう一回茶々を入れたら爆発するのは目に見えている。母を黙らせておくことはできないが、わたしは目配せでジー・ジーを制した。その目配せの意味が伝わるのを待って、ビフは口を開いた。

「そう、一人のコメディアンに託されたんだ。強盗や略奪や殺人などの巧妙な犯罪計画にひそむ弱点をあばき――」

「馬鹿ばかしい！」ジー・ジーはボトルに手を伸ばし、ごくごくと喉を鳴らして飲んだ。

「この調子じゃいつまでたっても本題に入れないわよ」彼女が言う。「舞台の暗転を待ってるの？　それともこの茶番を来週まで続けるつもり？　あたしたちはここで、四人で雁首揃えて、あんたが核心に触れるのをじっと待っているのよ。それなのにあんたは御託を並べてばかり。要点だけ言いなさいよ！　一つだけ答えてちょうだい。カルシオは逮捕されたの？　イエスかノーか。身ぶりも余計な説明も必要ないわ。イエスかノーだけで充分」

ビフは一瞬ためらったのち、「答えはイエスだ。確かに彼は捕まった。でも、その経緯と理由を先に説明したいんだ。だから時間をさかのぼって――」

「戻ってこれればいいけど」ジー・ジーがつぶやく。

「さっきも言ったように、話はサンディエゴ滞在中のある日の午後にさかのぼる。エヴァンジーは薬局に立ちよって、〈永遠の命〉を六缶買った。もし一缶だけだったら、僕らはこんな事件に巻き込まれることはなかった。知ってのとおり、殺人犯はそのうちの一缶にヘロインが入っていることを把握していた。そして知ってのとおり、二人の男がエヴァンジーのあとを尾けまわし、知ってのとおりコーニーが死に、知ってのとおりジョイスは何者かに刺された――」

「つまり自分が知っているって言いたいんでしょう！」ジー・ジーがまたしても口を挟んだ。「いまのところあたしたちが知っているのは、あんたがおしゃべりだってことだけよ。コーニーとジョイスの身に何があったの？　エヴァンジーを尾けまわしていた連中って？　喘息薬にヘロインってどういうこと？　墓穴に落ちていたハンカチの件はどうなったの？　あの火事がきっかけで、あんたのその素晴らしい脳みそがフル回転しはじめたっていうのはどういうこと？」

ビフはサスペンダーに指をからめ――〈FIREMAN〉という文字がプリントされた赤いサスペンダーだ――椅子の背もたれに寄りかかった。

「きみたちが仲間割れをしているあいだ、僕はイスレタにいた。そのときすべての謎が解けたんだ。コーニーは情報を売ったせいで殺された。ヘロインは喘息薬のなかにあると殺人犯に教えてやったのさ。やつがそれを知ったのは、サンディエゴでガスが入れるのを見たからだ。ガスはそれを取りにくるはずだとコーニーは思っていた。ガスが現れたら、少しばかり分け前をもらう腹づもりだった。だがガスは来ない。なぜか？　殺されたからだ。しかしコーニーは、何者かがうちのトレーラーを探っていることに気がついた。探しものはわかっている。ヤクを売りさばくすべを知らないコーニーは、そいつにありかを教えてやることにした。もちろん金と引きかえに。取り引きはうまくいくかに思えた。ところが、犯人の手に渡ったのはべつの容器だった。当然、犯人はコーニーに文句を言った。するとコーニーはこう答えた。落ちつけよ、さもないと、森のなかに死体が埋まっていることをばらすぞと。つまりコーニーが見たのは、エヴァンジーが死体を埋めるところではなく、犯人が第二の死体を埋めているところだったんだ。そしてエヴァンジーが森から出てくるのを見たコーニーは、彼女がヘロインを隠したのだと思った。コーニーはそれでべつにかまわなかった。すでに四千いくらの札束をトレーラーに隠してある。金さえ手に入れば、ヘロインがどこへ行こうと知ったことじゃない。コーニーの犯したミスは、死体を埋めたことを知っていると犯人に言ったことだ。そのとき、あいつは死の契約書にサインしちまったのさ」

　相変わらず要領を得ない説明がみんなに浸透するよう、ビフは充分に間を置いた。それからのんびりとグラスに酒をそそいだ。

「一番気に入ったのは」ジー・ジーが言う。「死の契約書にサインをしたって件《くだり》ね。なかなか詩的な表現だわ。誰が台本を書いたのか教えてくれない？」

「僕が嘘をついているというのか？　まあいいさ、先を続けよう。エヴァンジーを尾けまわしていた二人組はカルシオの手下だった」

「べつに驚くことじゃないわ」ジー・ジーが冷たく応じた。

「確かにそうさ。ジョーンズの死体を見つけたとき、彼らは震え上がった。そうそう、ジョーンズはカルシオの店のウェイターなんだ。ハンクが死体を見れば、たちまち身元が割れるのは明らかだった。ジョーンズの顔を叩きつぶし、仕立屋のラベルをはぎとったのは彼らの仕業なのさ。ボスが事件に巻き込まれないように、ただそれだけの目的で」

わたしはあることを思い出した。いまさら口に出すのは恥ずかしかったが、妻として言わなければという義務を感じた。

「そのウェイターのことだったのね」わたしが言うと、ビフが鋭い一瞥をくれた。

「カルシオが言ったのよ。ウェイターが一人、二、三日前に姿を消したって。そのとき、あの死体に結びつけて考えるべきだった。でも、彼があまりにも平然としていたから。まるで毎日ウェイターが森のなかで死んでいるみたいな。いなくなったとしか言わなかったし」

「カルシオはそういう男さ」ビフはぶっきらぼうに言った。

「その二人も捕まったの？」

ビフがうなずき、わたしの口からため息がもれた。彼らが鉄格子の外にいるところは二度と見たくない。同じ用心棒でも、カルシオのは本物だ。縦じまのスーツが似合いそうな男たちだった。

彼らは母を尾けまわし、森のなかをうろつき、うちのトレーラーに忍び込んだ。そう思うと背筋がぞっとした。サルーンでわたしの隣に座るカルシオの姿が脳裏に浮かび、さらに神経を逆なでした。きらりと光る白い歯、剛毛に覆われた浅黒いこぶし、葉巻の吸い口をアルコールにひたすしぐさ。唇が震えはじめた。わたしはそれを止めることができず、心に浮かんだ映像を消し去ることもできなかった。

「あ――あの男は、わたしたちを皆殺しにすることもできたのよ」絞り出すように言った。

「確かにね。でも、そうはしなかった。だから落ちつくんだ」ビフが言う。「やつは誰も殺していない――」

「手下に殺《や》らせたんだから、自分で手を下したのと同じことよ」わたしは反論した。「それから、わたしがヒステリーを起こしかけているとしても、余計なおせっかいは無用よ」

震えは止まっていた。もう怖くなかった。残った感情はただ一つ。あのサルーン経営者に対する怒りがゆっくりと燃え上がった。

「あいつがわたしたちを苦しめたのよ。このトレーラーに死体を放り込んで！　新婚旅行中だってことを知っていたのかもしれないわ」

ビフは何か言いかけたが、ディンプルズに先を越された。彼女はマラブーの襟元をかき合わせ、ゴムバンドを調節しながら言った。

「どうやら〈ハッピー・アワー〉からギャラを回収する機会をのがしちゃったみたいね。汚れた金かもしれないけど、ちゃんと働いたんだから、その分の報酬はもらいたいわ。コーニーに渡した五ドルだって。たぶん州政府かどこかに送られちゃうのよね。連中がおとなしく金を渡すわけないし。あーあ、いつもついてないのよね、あたしって。せっかくいい仕事が見つかったと思ったのに。時間は短いし、昼公演《マチネー》はないし。これからってときだったのに。あの店がヤクの密売所だったなんて」

「イスレタのサルーンは〈ハッピー・アワー〉だけじゃないだろう」ビフが言う。「ほかにもたくさんあるんだ。職はすぐに見つかるさ。なんなら僕が〈ブリンキング・パップ〉と話をつけてもいいし」

ビフの口調は普段と変わらないように思えた。しかし、彼をじっと見ているうちにわたしは気づいた。ビフは何か企んでいる。それがわたしの意に添うものなのか判断がつかなかった。

「実を言うと」ビフは続ける。「前から思っていたんだ。〈ハッピー・アワー〉で働くことに、きみたちはあまり乗り気じゃないのかもしれないって」

「乗り気じゃない、か」とディンプルズ。「その言葉が思っているとおりの意味なら、当っているかもね」

ビフが言う。「さっきその件で、ある人物と会っていたんだ。〈ブリンキング・パップ〉の経営者だよ。〈ハッピー・アワー〉の舞台を見て、きみは本物だと思ったらしい」

ディンプルズはゴムバンドが切れそうなくらい満面の笑みを浮かべた。「へえ、彼がそう言ったの?」

「そうさ。ジー・ジーもいっしょに採用してもいいって。週四十ドルで、食事つき。契約は四週間。それならあちこち渡り歩かなくてもいいだろう？　たぶんもう少しギャラを上積みできると思うんだ」

ジー・ジーとディンプルズは顔を見合わせ、それからビフのほうを向いた。

「ちょっと考えてもいい？」ジー・ジーが尋ねた。

「もちろんさ」ビフは大きな身ぶりをつけて答えた。「よく考えるといい。僕はいい話だと思うけど。そうは言っても決めるのはきみたちだ」

そのときわたしは理解した。ビフの表情を見て、なんとなく気づいていたのかもしれないが。その晩は時間の経過がやけに遅く、いつもより頭の回転が鈍っていた。室内を見まわす彼の目には、ジー・ジーやディンプルズの姿はもはや映っていなかった。ビフは一瞬母に目を止め、わずかに肩をすくめた。

「それで帰りが遅くなったのね？」わたしは優しく尋ねた。

ビフは答えようとして、その前ににっこり笑った。

「それだけじゃないんだ」思案顔で言う。「その件でほかにも考えていることがあってね」

わたしの予想どおりだ。

「マンディはどうなるの？　サルーンだろうとどこだろうと、彼一人で売り込むのは簡単じゃないわよ。それからもちろん、マミーのこともあるし。〈ブリンキング・パップ〉の花形女優として売り出すつもり？」

ジー・ジーには大いに受けたが、ビフは違った。

「そろそろ本題に入ろうか」ビフが言う。「みんなに言わなきゃならないことがある。気の毒なマミーのことだ。彼女は――」

トレーラーの前に車が一台停まった。窓から射し込むヘッドライトの光が、ビフの顔を照らす。そして誰かがドアを叩いた。母は急いで髪をふくらませ、ピンク色に染まるまで頬を何度もつねった。それから保安官のためにドアを開けた。

わたしたちは無言で出迎えた。保安官は帽子を取り、そのつばを大きな両手でぎこちなく持っている。少し前かがみに見えるのは、トレーラーの天井に頭をぶつけないようにしているからだろう。かかとの高い靴はどこか滑稽だった。わたしは急に彼がミュージカル・コメディに登場する保安官のように見えて、その考えがずっと頭から離れなかった。

「事情はすでに聞いているようだね」保安官はそう言って、しばしうつむいていた。演奏を始める前のオーケストラのように。

「ビフからマミーのことを聞いていたのよ」母が言う。「ちょうどいま始まったところなの」母は言ったあとで、保安官を邪魔者扱いしてしまったことに気がついた。そして取りつくろうように慌ててつけ加えた。「あなたがいれば、事件の真相を聞かせてもらえるわね」

保安官はできるだけ母の近くに腰を下ろした。ビフに酒を勧められたが断った。目は寝室のドアを見ている。するとノブがまわり、ドアが開いた。わたしはゴンザレスのことをすっかり忘れていた。医者はベッドのそばのランプを消し、黒い鞄を手に忍び足で戸口に現れ、ドアを閉めた。まるで体が触れそうなほどわたしの近くに立ち、ハンクに笑いかけた。暗がりで白い歯が光った。まるで燐《リン》のように。

「ジャニスさんのために大きな車を手配しますから」医者は低い声で言った。「町でしばらく療養したほうがいいでしょう。わたしの目が届くところで」

医者が黒い鞄のふたを閉める様子をわたしは見ていた。浅黒い長い指を優雅に動かし、革のストラップを留め金にさし込む。うつむきかげんで、脂っぽい黒髪に照明が当たっている。彼が出口に向かって歩き出したとき、わたしは引き止めなければという衝動に駆られた。理由はわからない。もう一度彼の姿を近くで見たかった。医者はディンプルズに具合はどうかと尋ねた。

「赤ん坊みたいに生まれ変わった気分よ」彼女は笑顔で応じた。

そして医者は出口にたどりついた。ドアを開け、外に出て後ろ手に閉める。車のエンジンがかかり、ギアを入れる音が聞こえた。タイヤが軟らかい泥を跳ね上げて走り去る音も。わたしは窓に駆けよって外を見た。赤いテールランプがまたたき、そして見えなくなった。しかしその前に、明るい色のロードスターが見えた。大きな車体の、いかにも値の張りそうなロードスター。以前にも見たことがある。あの晩、ビフとわたしが夜道を歩いているとき、医者の屋敷の私道から出てきた車だ。あのとき運転していたのは、カルシオだった。

第24章

「あれはカルシオだわ！」わたしの声はトレーラーじゅうに響きわたった。「見覚えがあると思ったのよ。彼を止めて。行かせちゃだめよ！」

ビフがわたしを揺さぶった。母が大急ぎで水を運んでくるのが見えた。ディンプルズはベッドから飛び下り、窓辺に駆けよった。ジー・ジーは、ドアを開けようとするわたしの腕を必死で押さえている。彼らの動きや顔が万華鏡のように見えた。わたしを見つめるハンクの顔。わたしの唇にグラスを押しつけようとする母。わたしを抱きかかえるビフの腕。

「離してよ、お願いだから」わたしはみんなの手を振り払おうとした。「どうしてわからないの？　あの二人がいっしょにいるところを見たことないじゃない。ゴンザレスの屋敷だって、高そうなものばかり置いてあった。あの車も！　彼の手を見てわかったのよ。もじゃもじゃの黒い毛が生えた、あのこぶしを。それなのに、喘息薬の缶まで渡してしまって。あいつは目的のものをまんまと手に入れて、出ていったのよ」

ビフはわたしを椅子に座らせた。誰一人としてカルシオを止めにいこうとしない。みんなわたしの顔を心配そうにのぞき込んでいる。気でも違ったのかと言わんばかりだ。

「カルシオなら町にいるよ」ハンクが穏やかな口調で言った。「さっきまでいっしょにいたんだ、間違いない。ゴンザレス先生は――その――本当は言いたくないんだが、やむをえない。先生とカルシオは兄弟なんだ。わたしは以前から知っていたんだが、住民に話すきっかけがなくてね。こういう小さな町の医者は、それなりの威厳がないと務まらん。医者の兄弟がサルーンを経営しているというのは聞こえがよくない。二人がサルーンの共同経営者であればなおさらのことだ」

「だけど名前が違うじゃない。カルシオとゴンザレスって――」

「その二つの名前はほんの一部にすぎないんだ。彼らはそれ以外に一ダースもの名前を持っていて、どれを使っても違法ではない。ゴンザレスっていうのはメキシコではありふれた名前だ。アメリカのスミスみたいなもので。カルシオはメキシコ人の名前じゃない。いずれにしろ、先生は真面目な男だ。彼のことは、ここで診療所を始めたときから知っている。カルシオも真面目な男だよ。もちろん、あの男なりにってことだが。真面目で、妙に律儀なところが――」

「律儀ですって?」ジー・ジーが素っ頓狂な声を上げた。「それっていったいどういう人間なの?」大きくかぶりを振ってみんなの顔を見まわした。「殺人犯で、ヤクの密売人で、なのに律儀だなんて!」

「彼が殺人犯だなんて誰が言ったんだ?」ハンクが訊く。

答えはない。

「彼がヤクの密売人だなんて誰が言ったんだ?」

ビフが弁解した。「思い違いをしているんですよ。僕から聞いた話を勝手につなぎ合わせて。

まだ最後まで話していないんです。彼女たちが邪魔ばかりするものだから。トレーラーの焼け跡を見て、僕が疑問に感じたことを説明しようと思って。それでまずはことの起こりから――」

「あの焼けたトレーラーに関しては不審な点がある」ハンクはゆっくりと言った。顎を引き、物憂げにうなずいた。「自分で見ておくべきだった。数カ月前からこのキャンプ場に目をつけていたんだ。なのに、こんな事件が起こるのを防げなかった」

ビフは椅子に深くもたれ、天井を見上げた。「しかたありませんよ」訳知り顔で言う。「すべてを把握することはできないんですから。僕はあの地面を見た瞬間、どこか様子がおかしいことに気づいた。トレーラーも、牽引する車も原形をとどめないほど燃え尽き、森も焼けた。なのにトレーラーのまわりの芝生は焦げてさえていない。焼け跡や車の周辺がやけにガソリン臭かったことに、僕はあまり注意を払っていなかった。ガソリンの臭いはして当然だと思っていたから。でも、火の粉が飛んだだけで、トレーラーがあんなに燃えるはずはない。そうですよね、保安官。その後、彼女は僕らのトレーラーに越してきた。びっくりするほど簡単に。それでこりゃ何かあるなと思って、つねに注意を怠らないようにしていた。そしたら結果はこのとおり。彼女のやり方は単純明快。美容師をしながら定期的に国境の町をまわり、仕入れたヤクを各地の売人に卸《おろ》す。まさか彼女が――」

「まったく残念でならないよ。さらに二人の犠牲者が出るまで、そのことに気づかなかったなんて」ハンクが言う。「真っ先にわたしのところへ来ていれば、結果は違っていたかもしれない。まったくなんのために警察があると思っているんだね。カルシオだってそうさ。自分の店のウェイターが怪しいと教えてくれたら、わたしが部下に見張らせたのに。カルシオはそうせず、代わりに自分の手下たちに調べさせた。彼らが顔を叩きつぶしたせいで、死体の身元を特定することができなかった。連中は、ウェイターがヤクの売人だと早い時期から知っていたんだ。だが、警察を信用していないから、通報する気にはなれなかった。ペテン師の性《さが》だな。いつも嘘ばかりついているから、誰かに信用してもらえるとは思えないのさ」

ジー・ジーは腰に手を当てて部屋の中央に立っていた。毛染めが褪《あ》せて、髪の一部分が薄紫色に変わっている。

「二人揃って偉そうに何を言い出すかと思ったら、オオロガ出身のマミー・スミスがあの男たちを殺したですって？」

「ワトヴァだよ」とビフ。「オオロガの八マイル西だ」

「そうだ、やったのは間違いなくあの女だ」ハンクが言う。

母はジー・ジーを押しのけた。

「彼女にできるわけないわ。わたし、人を見る目があるの。マミーがそんな――そんな卑劣なまねをするわけない。それに、ガスだかなんだか知らないけど、あの男はサンディエゴで殺されたのよ。マミーの犯行のわけないわ。ジョーンズって男のことはわからないけど、でも、コーニーだって彼女には殺せやしない。あのときわたしが喘息薬を吸うのを手伝ってくれていたんだもの」

「エヴァンジー」ビフがなだめるように言った。「覚えているかい？　マミーが僕らと同じ日にこのキャンプ場に到着したときのことを。そうさ、彼女もサンディエゴから来たんだ。そこでガスを殺した。理由は、ガスが支部を作って元締めの連中と結託し、彼女を締め出そうとしたから。死体を探ればヘロインが出てくるとマミーは思っていた。ところが見当たらない。僕らのトレーラーにガスが入っていくところを見ていた彼女は、ブツはそのなかにあると目星をつけた。事実、その読みは当たっていた。しかし、どこに隠したかまでは知らなかった。そこでマミーは死体を僕らのバスタブに――」

「どうしてうちのバスタブなの?」ディンプルズが尋ねた。「そんなの無意味じゃない」

「第一に、僕らのトレーラーが一番近くにあったから。それに、ガスがこのトレーラーに入っていくのを見かけたとき、僕らがグルではないかと彼女は思ったんだ。トレーラー稼業は彼女の専売特許だ。だからガスが僕らを利用し、僕らの一人――あるいは全員と共謀して、同じようにヤクを売り歩くつもりじゃないかと疑ったのさ。あの夜、エヴァンジーが死体を埋めるところを見て、その疑惑は確信に変わった。その後、コーニーから取り引きを持ちかけられたとき、彼女は渡りに船だと思った。仲間割れほど好都合なことはないからね。第三者が入り込む余地ができる。マミーはその第三者になろうとしたのさ」

「わたしが麻薬の取り引きに関わっていると、マミーが、親友のマミーが思っていたというの?」母は冷ややかに言った。

「最初はそう思っていたはずだよ。でも、お義母さんと親しくするうちに自信がなくなった。ヘロインの嘘のありかを教えられたあと、マミーは一刻も早くコーニーを始末したいと考えるようになった。墓穴にハンカチを入れたのは彼女なのさ。ハンクに見つけさせるために。そのあと、慎ましい中年女性を装って自分の考えを述べるつもりでいた。コーニーには怪しいところがあると。そして、彼が死体を埋めるのを目撃したと認める予定だった。なにしろ、コーニーはその現場にいて、彼女が死体を埋めるところ見ていたんだ。マミーは二人の立場をそっくり入れかえるつもりでいた。そうなればコーニーは反論していただろう。しかし、警察の捜査はなかなか進まない。マミーは待っていられなかった。相手の男は、大金が手に入るチャンスを見過ごすタイプではない。いずれ脅しをかけてくることは目に見えていた。マミーはあいつと二人きりになるのを待って、後ろからナイフで刺した。彼女は確かにエヴァンジーといっしょにいた。つまり、エヴァンジーが頭にタオルを巻くまでは。そのあとマミーはこっそり事務所に行き、コーニーが現れるのを待った。ズブっと刺して、それで終わり。彼女は大急ぎでエヴァンジーのもとに戻り、気分はよくなったかと尋ねた。当然ずっとそばにいたとエヴァンジーは思うだろう」

母はビフの話を聞いていた。眉間にしわが寄っている。

「信じられないわ。いつだったか、マミーがこの子たちの持ちものを物色していたの。わたしが声をかけたら、こんなことはもう二度としないって。確かに彼女はこそ泥だけど、わたしが目を覚ましてあげたのよ。彼女言ってたわ。自分のために上等なものを――」

「マミーが欲しいのは」ビフがさえぎった。「上等なヘロインだけさ」

「ジョイスを刺したのも彼女なの?」ディンプルズが尋ねた。

「いいや」ビフが答える。「カルシオの手下がやった。もちろん人違いで。そいつはマミーにぶつかったと思った。つまり、部屋のなかでカルシオと話していたのは、マミーだったんだ。手下たちはドアの外で待機していた。いつでもボスを守れるように。そしてジョイスは立ち聞きをしていた。マミーはカルシオを脅していた。ウェイターを殺されたことで、カルシオは恐れをなしていたようだ。当のウェイターがマミーの手先だったと聞かされたとき、カルシオの怒りは爆発した。マミーを殺さなかったのが不思議なくらいだ。ハンクに言いつけると脅されて、カルシオはマミーともみ合いになった。それを機に、ジョイスは立ち去ろうとした。一方、カルシオの手下は、てっきりマミーが廊下を走ってきたと思い込み、捕まえようとして——」

「ナイフを持った手で捕まえようなんて」ジー・ジーが口を挟んだ。「ずいぶん器用なのね」

「とにかく」ビフが続ける。「ジョイスがトレーラーにやってきて、〈ハッピー・アワー〉にマミーがいると言ったとき、僕は手遅れにならないうちに車で現場に急いだ。マミーが濡れ衣を着せようとしたら、カルシオは迷わず彼女を殺すはずだ。自分自身のためでなく、兄のために。さっきハンクが、カルシオには妙に律儀なところがあると言ったのはそういうことさ。カルシオからすれば、マミーは悪党で、兄貴は悪党じゃない。どちらかが消えなければならないとすれば、カルシオはマミーを殺すだろう。ゴンザレスに迷惑をかける心配はないとカルシオを納得させてから、僕はハンクに電話をかけ、あの女を連行してもらった」

「なんとも凶暴な女だったよ」ハンクは自分の手を見下ろして言った。深い引っかき傷が四つもある。「まったく、あんなに抵抗するなんて」

「まあ、彼女の気持ちもわからなくないけど」母が言う。「三人の男が寄ってたかって一人の女につかみかかったんでしょう。みっともないったらないわ。それにいまだって、彼女がいない場所で陰口を叩いたりして。これじゃあ弁解したくでもできないじゃない」

「弁解だって?」ハンクが言う。「どうしてあの女が――」

母は片手を上げた。「やめて。もうたくさん。わたしたちを説得する必要はないのよ。もう帰っていただけないかしら。わたし、娘と二人きりになりたいの」

保安官は帽子を取った。母からビフへと視線を移す。ビフはまたしても肩をすくめた。今度は申し訳なさそうに。保安官は全員に別れの挨拶をしたあと、帰っていった。

母は車が走り去る音を聞いてから、わたしを振り返った。

「想像できる? わたしがこの歳で結婚を考えていたなんて」母は物憂げに言った。「まったく馬鹿げた話だわ。そうよ、もっとよく考えるべきだった。おまえとビフを放ってはおけないわ。いまだってほら、おまえにはわたしが必要なのよ」

母は窓に近づきガラスの向こうに目を凝らした。「車が来たわ。今夜はなんてお客さんが多いのかしら」

「取り込み中だって言えばいいのよ」とジー・ジー。

ジョイスを迎えにきた車だと思っていた。すると若い女の笑い声が聞こえてきた。

「うわあ、ドールハウスみたい」女が甲高い声を上げる。

「トレーラーでニューヨークまで行けたら楽しいでしょうね」べつの女が言う。

「見て、こんな留め金で車につなぐのね。かっこいい! でも、動きはじめたら怖くないの?

後ろに座っていて」

答えたのはマンディの声だった。

「怖いだって?」大声で聞き返す。「そんなわけないさ。ベテラン運転手のビフォーラがハンドルを握っているんだから。ここがさっき説明したフロントシートだよ」マンディの口調は、見込みのありそうな客相手に部屋を売り込む家主のようだ。「ほら、ここにはミリーのためのスペースが充分にあるぞ。コーニーはいなくなったし、俺は軍用簡易ベッドをビフと共用する。だからクラリッシマはジー・ジーといっしょに寝室を使えばいい」

ビフはドアに近づき、恐る恐る開けた。マンディがミリーとクラリッシマを引き連れてトレーラーに乗り込んできた。

「ほら」マンディは、ビフの鼻先をかすめるようにして、娘たちを前へ押し出した。「新しい仲間を連れてきたぞ。みんなで役割を決めたし、生活費として六ドルずつ払うつもりだ。ミリーは運転も手伝ってくれるって。とりあえず二人とも東を目ざしているんだ。だから、部屋はあるし、いっしょに行かないかって誘ったのさ」

「大歓迎だよ」とビフ。「きみたちといっしょに旅をしたいと思っていたんだ」言葉とは裏腹にちっとも嬉しそうではなかった。珍しく笑顔が引きつっている。

「〈ブリンキング・パップ〉を経営しているっていう男と出くわしたんだけど」マンディが続ける。「それが図々しい野郎でさ。ディンプルズとジー・ジーが自分の店で働くことになっているって言うんだぜ。だから俺は言ってやったんだ。そんなけちな店に出るやつなんか、俺の友達にはいないってね。そのうえ、俺もそこで働きたがっているると思ってたみたいでさ。この俺がだぞ。俺はサルーン向きの芸人じゃない。いまならわかる。さっき〈ゲイエティ〉に電話をかけて訊いてみたんだ。活きのいいコメディアンを使うつもりはないかって。もちろん俺のことさ。マンディ・ヒルは二度とサルーンなんかごめんだぜ！」

ジー・ジーとディンプルズは娘たちにトレーラーのなかを見せてまわった。マンディはその後ろにつき、彼女たちが興味を持ちそうな箇所に説明を加えている。

母がまた発作を起こしかけた。ビフは容器のふたの上に粉薬を盛り、マッチで火をつけた。炎が鎮まると、タオルに手を伸ばし、母の頭に巻いてやった。

「ほら、ここで札束を見つけたんだ」マンディが言う。「いまジョイスが寝室で眠っているんだ。そうでなきゃ、死体を見つけた場所も見せてやれるんだけど」マンディはビフからトレーラーの案内役を引き継ぎ、時間外労働までしている。

「検死審問《インクエスト》が終わったらすぐに出発する。大急ぎで〈ゲイエティ〉に戻るんだ」

母の呼吸が落ちついてきた。頭からタオルを取り、丁寧にたたんで椅子の背にかけた。

「やれやれ、いまのはひどかったわ」母は穏やかに言う。晴れやかな笑顔だった。「ねえ、おまえたち。ずっと考えてたんだけど――」

ビフは小さなうめき声をもらした。

「みんな準備はいいか？　また旅の始まりだ」

待望のシリーズ第二作

森　英俊（ミステリ評論家）

クレイグ・ライスがジプシー・ローズ・リー名義で発表したとされるシリーズの第二作をお届けする。ここで「発表したとされる」という微妙な表現を用いたのにはわけがあり、これについては後述する。なにはともあれ、本書の前年（一九四一年）にアメリカで刊行されたシリーズ第一作『Gストリング殺人事件』がわが国に紹介されてからもう半世紀以上にもなる（一九五〇年に汎書房より黒沼健訳で刊行され、一九六三年に同じ訳が宝石社の探偵小説雑誌〈別冊宝石〉の百十三号に再録された）から、まさにファンにとっては待ちに待った翻訳といえよう。その入手困難さゆえに、前作『Gストリング殺人事件』をお読みになっていない読者も少なくないと思われるので、以下に簡単にその内容を記しておく。物語の語り手もつとめる主人公ジプシー・ローズ・リーをはじめとして、本書に登場する愉快なキャラクターたちも何人か顔を見せており、それらのひとびとの関係を知っておいたほうが本書をより楽しめるはずである。

物語の舞台となるのは、ニューヨーク市にある由緒正しいオールド・オペラ劇場。そこではいま、ジプシー・ローズ・リーたちのバーレスクが上演されている。リーは一座の花形で、やはり同じ舞台に立っているストリッパーのジー・ジー・グラハムは大親友のルームメート。リーは道化のリーダーのビフ・ブラニガンに好意を抱いているが、ビフはキャストのひとりであるジョイス・ジャニスと深い仲だったことがあると噂されており、心おだやかでない。やがてこの劇場内で連続殺人が発生し、リーは持ち前の探偵小説好きが昂じてビフと共に事件の捜査に乗り出す。

事件の発端となったのは地元警察による劇場への手入れで、リーがまっくらな舞台裏に逃げ込んだときに、そこに潜んでいた何者かに一方の手で肩をつかまれ、もう一方の手で喉をしめられるという出来事があった。その翌日、ニールヴィナ内親王なる大仰な芸名の新人ストリッパーが一座に加わるが、リーはどこかその顔に見覚えがあるように思えてならなかった。今回のバーレスクのショーでは出演者全員が舞台の上にそろってのフィナーレがきまりになっていたが、この日の晩にかぎって〈金の声の女神〉の異名を持つロリタ・ラ・ヴェルヌが姿を見せない。舞台監督からは、出番をとちったらだれであろうと首にするときつくいいわたされていたにもかかわらず。ラ・ヴェルヌは意外なところで発見される。打ち上げの際に、余興として新しく設置されたトイレの除幕式がはなばなしくおこなわれることになり、〈トイレの女王〉に選ばれたジー・ジーが勢いよくドアを開け放つと、なかからGストリングで首をしめられたラ・ヴェルヌの死体が転がり出たのだ。ほかの出演者たちの話では、被害者は何者かといいあらそいをしているのを聞かれており、また化粧棚の上に大切に飾っておいた母親の写真がなくなったといって大騒ぎをしていたという。

ほどなく第二の殺人が起きる。なかば脅迫まがいの手口で興行主から主役の座を確約された二ールヴィナ内親王が、まさに自分が主役になったことをほかの面々に告げたその日の晩に、やはり絞殺死体となって発見されたのだ。死体のあったのは今度も奇妙な場所で、それは道具部屋にあった大道具の箱のなかだった。道具方が部屋にいたあいだには問題の箱に他人が手をふれることはできず、食事のために席をはずした際にも箱に鍵をかけておいたというから、犯人が死体をどうやってなかに入れることができたのか謎だった。

いかにもアメリカらしいスクリューボール・コメディであり、フーダニットとしての要素をも併せ持っていたこの『Gストリング殺人事件』は、〈バーレスクの女王〉と呼ばれた国民的スター、ジプシー・ローズ・リーの名前が冠されていたこともあり、たいへんよく売れたという。ストリッパーだったリーは、一九三〇年代なかばにブロードウェイのレビューに抜擢され、一九三〇年代後半からは二十世紀フォックスの専属スターとしてハリウッド映画にも出演している。『Gストリング殺人事件』が出版されたのはまさに彼女が人気絶頂のころであり、出版される前からかなり評判になっていたらしい。ところが、同書がだれか別の人間の手になるものであるという噂は刊行される前からあり、ひとびとの頭にまっさきに浮かんだのはクレイグ・ライスのことだったとか。というのも、一九四〇年から四一年にかけてナイトクラブに出演するためにシカゴに居を構えていたときにリーはライスと知り合い、たがいの家を行き来するような仲のいい友人どうしになっていたからだ。リーの作品もライスの作品も版元は同じサイモン・アンド・シュスター社であり、担当編集者（ミステリの世界ではよく知られた辣腕の女性編集者リー・ライト。

アンソロジストとしても活躍）も共通していた。おまけに、ライス自身が一九四六年一月二十八日付の〈タイム〉誌のインタビュー記事のなかで、リーの広報係をつとめたことがあると語り、リーの代筆の件について訊かれ否定しなかったことから、ジプシー・ローズ・リー名義のミステリはクレイグ・ライスの代筆であるというのが通説となり、各種リファレンス・ブックにもクレイグ・ライスの別名義の作品としてリストアップされることになった。

ところが近年、これに異を唱える者が出てきた。ジェフリー・マークス（Jeffrey Marks）である。マークスは二〇〇一年に出版したクレイグ・ライスの評伝 *Who Was That Lady?* のなかで、ジプシー・ローズ・リー名義のミステリはどちらもリー自身の手になるものという立場を採っている。そしてその根拠として、以下の点を挙げている。

（一）リーは『Gストリング殺人事件』以前にも短いコラム原稿を執筆した経験があり、のちに自伝や劇作も手がけていることからして、小説を書けるだけの文才があったと思われること。

（二）リーが一時期いた〈ハーパーズ・バザー〉誌の編集者ジョージ・デイヴィスが営んでいた下宿には、W・H・オーデンやクリストファー・イシャーウッドといった作家たちも同時期に暮らしており、彼らに深い感銘を受けていたリーが、他人の代筆を快く受け容れたとは心理的に考えづらいこと。

（三）ライスの代筆の事実を示す契約書は残っておらず、ライス自身にもあることないことをいう癖があったこと。

ただ、このリー自身が執筆したという新説がいかにも弱いのは、その事実を示す確たる証拠（出版契約書など）もまた現存していないらしいということだ。マークスがその説の根拠として挙げた点に対しても、それぞれ次のような反論が考えられる。

（一）コラム原稿や自伝、劇作を執筆する才能と、スクリューボール・コメディとスラプスティック・ユーモアとを盛り込んだミステリを書きあげる才能とは、まったく別物であり、この手のミステリを書くことのできたのは、長いミステリ史のなかにあっても、クレイグ・ライスを含めてごくひとにぎりにしかすぎない。それだけ、この種のものはむずかしいのだ。さらには、『Gストリング殺人事件』および本書の作風がライスのそれと似通っているということは、マークスも認めている。

（二）のちにくだんの編集者ジョージ・デイヴィスが自分こそ『Gストリング殺人事件』の代筆者であると名乗り出たときには、リーは強くそれを否定している。だったら、〈タイム〉誌にライスのインタビュー記事が出たときにもなんらかのリアクションがあってしかるべきだったはずだが、このときにはリーは沈黙を守っている。

（三）ライスに虚言癖のあったのは事実だが、契約書の件に関しては、ライス自身のいいかげんな性格に関係している。すなわち、ライスは自作の記録をいっさいつけておらず、契約書もどこかにやってしまうのが常だったため、一九五七年になくなったあとに遺族が遺品を整理した際にも、それらの書類は出てこなかった。ライスの死後、その作品の多くが本国で絶版になってしまったのには、この出版契約書の紛失が大きく関係しているという。

リー自身の手になるものか、それともライスの代筆なのか、いずれにせよ、いまとなっては真相は藪のなかだが、やはりライス・ファンのひとりとしては、『Gストリング殺人事件』および本書はライスの手がけたものだと思いたい。それほどこの両書はクレイグ・ライスを思わせるミステリであり、とりわけジプシー・ローズ・リーの困り者の母親がのっけから大騒ぎをひき起こす本書は、マローン&ジャスタス夫妻もののドタバタ騒ぎを愛したファンには懐かしい思いをもって迎えられることだろう。死体の始末をめぐって主人公たちが右往左往する展開も、ライス・ファンにはおなじみのはず。

Mother Finds a Body

(1942)

by Craig Rice

〔訳者〕

水野 恵（みずの・めぐみ）

1970年生まれ。インターカレッジ札幌で翻訳を学ぶ。札幌市在住。訳書S・トロイ『贖罪の終止符』、V・カニング『溶ける男』、C・ウィッティング『同窓会にて死す』(以上論創社)。

ママ、死体を発見す

——論創海外ミステリ 48

2006年4月10日　初版第1刷印刷
2006年4月20日　初版第1刷発行

著　者　クレイグ・ライス

訳　者　水野恵

装　幀　栗原裕孝

発行人　森下紀夫

発行所　論 創 社

〒101-0051 東京都千代田区神田神保町2-23 北井ビル
電話 03-3264-5254　振替口座 00160-1-155266

印刷・製本　中央精版印刷

ISBN4-8460-0663-8